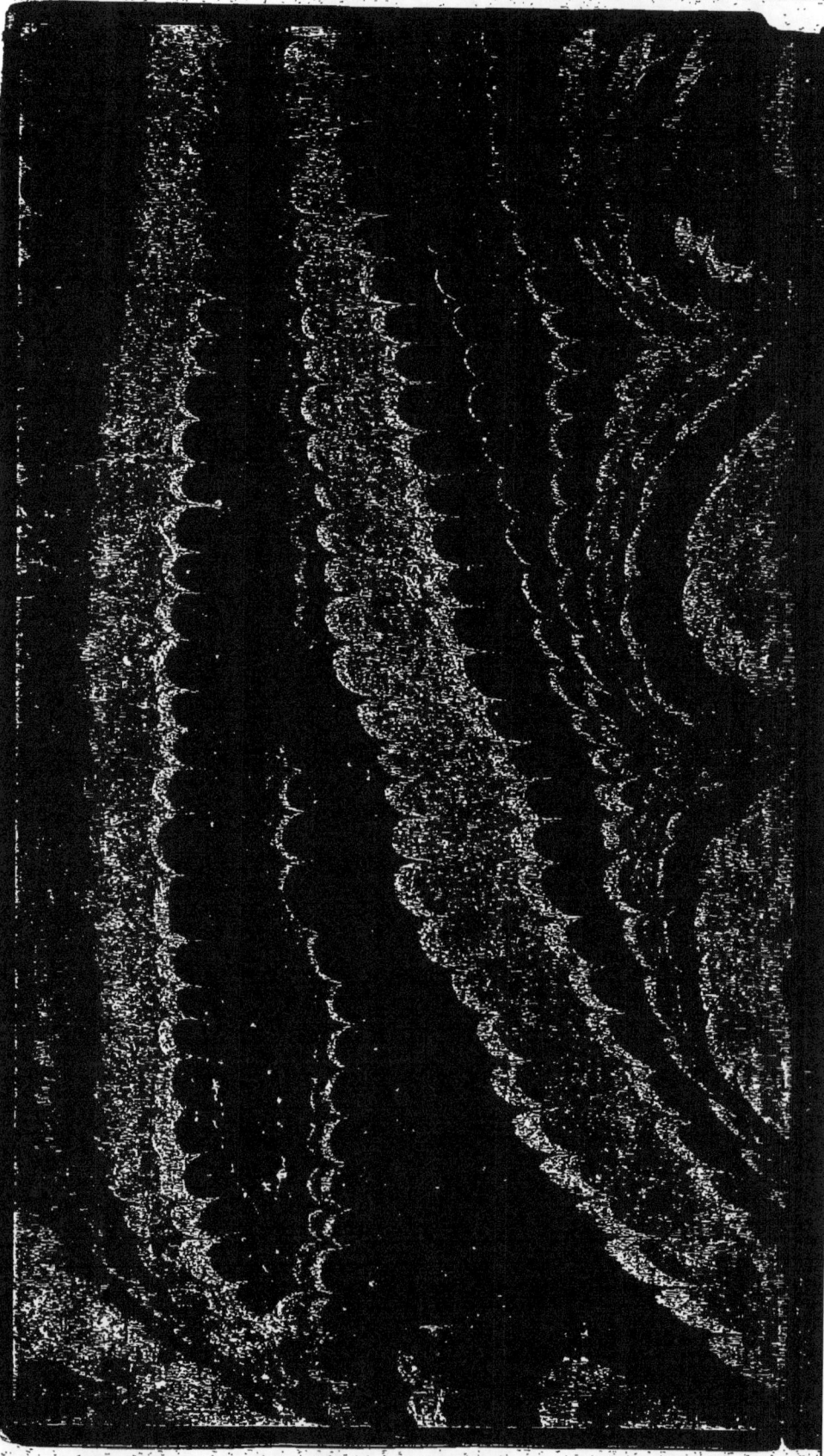

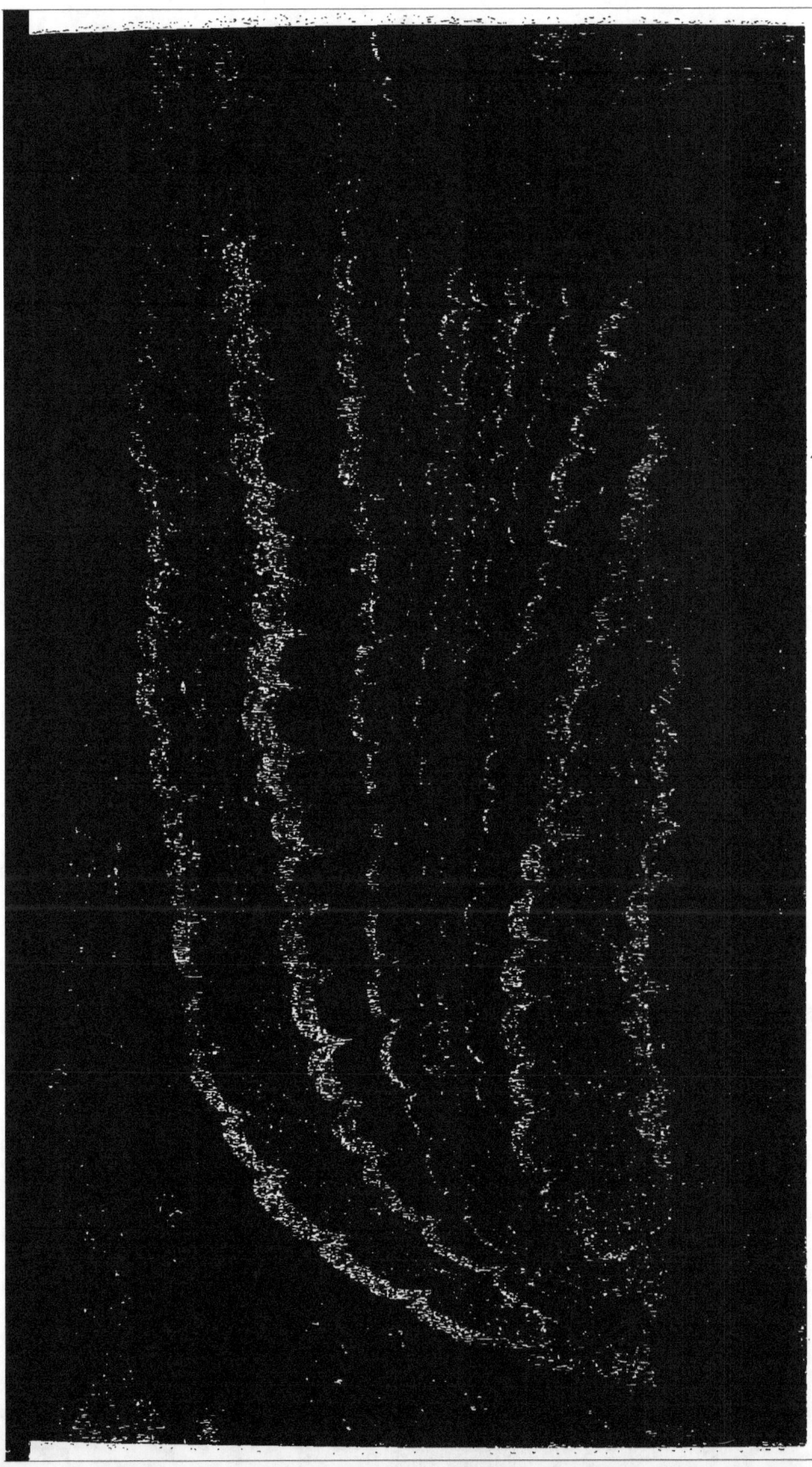

T.21
142
A.

fol. > 222

T.25
2.

fol.

OUVRAGE

DE

PENELOPE.

OUVRAGE

DE

PENELOPE;

OU

MACHIAVEL

EN

MEDECINE.

PAR

ALETHEIUS DEMETRIUS,

TOME SECOND.

Je ne fai pas au Ciel placer un Ridicule :
D'un Nain faire un Atlas , ni d'un Lâche un Hercule.
J'appelle un Chat un Chat , & Rolet un Fripon.
BOILEAU, *Sat.* I.

BERLIN,

MDCCXLVIII.

POLITIQUE

DES

MEDECINS.

CHAP. I.

Politique des Medecins entr'eux.

JE vous ai fait connoître l'inutilité de la Medecine, & l'utilité des Siences etrangères, & en général celle de l'esprit & du manége, à qui tout cède. A préfent je viens aux plus grands détails, & je paffe d'abord au point le

A   plus

plus délicat & le plus difficile de toute la Politique de votre Art ; c'eſt celle des Medecins entr'eux. *Sylva* diſoit en ſollicitant pour les Medecins ; „ je ſol-„ licite pour mes plus grands Enne-„ mis, contre mes bons Amis les Chi-„ rurgiens ”. Avoit-il tort ? On peut dire des Medecins, ce que Caton diſoit des Valets : Autant de Medecins, autant d'ennemis ; ou avec Machiavel : *figulus figulum odit, Medicus Medicum* (*a*). Comment faire, lorsqu'il faut vivre avec une pareille race ? Le voici ; écoutez.

Si votre réputation eſt déjà bien établie, il faut inſpirer de la crainte à vos Confrères : il vous haïront ; mais vous les contiendrez. Si elle ne l'eſt pas encore, il faut prendre une autre voie ; car ce conſeil ne peut ſe pratiquer

---

(*a*) *Valentinus* a donné ſous le nom de *Machiavel* que je conſerve, des *propoſitions* contre les Medecins, qu'il a lui-même refutées en qualité de Commentateur. C'eſt bien resſembler à ce Chirurgien dont parle le *Sage*, dans un de ſes Romans, qui donnoit des coups d'épée par une porte, pour aller les guérir par l'autre. On ne me reprochera pas une telle perfidie.

quer dans la jeuneſſe ; & alors le hazard
ſeul décidera de votre ſort.

CHERCHEZ d'abord quelque vieux
Medecin qui vous introduiſe chez les
Malades ſubalternes qu'il ne daignera
pas voir lui-même ; & ſi vous êtes aſſez heureux pour en trouver un qui ait
ce rare excès de bonté, tachez d'en
tirer parti , & même de le ſupplanter ſans cérémonie , comme il eût
vraiſemblablement fait en pareil cas.

EN général, il y a peu à compter
ſur les Vieillards: ils croient être par-
venus à l'Empire. Leurs déciſions, leur
ton impertinent, leurs airs de mépris
vous font ſentir ſans ceſſe leur ſupériorité : de ſorte que s'ils vous accordent
du ſavoir, de l'eſprit, &c. il faut voir
comme ils ſavent adroitement rabattre
ces éloges ! *Ce génie-là,* diſent-ils, *eſt
bel & bon ; mais il n'eſt pas formé. C'eſt
un fruit qui a beſoin de mûrir ; ou, il
eſt fort ſavant, mais mauvais Praticien ; ſon expérience eſt encore bien jeune.*
&c.   Que *Sylva* n'a-t-il pas dit de
Hunauld, parcequ'il le craignoit ? *Argentérius* qui écrit toujours, qui ſe renferme dans les Bibliothéques , qui n'a

A 2   vû

vû aucun Malade pendant quinze ans
à Montpellier ; qui durant ce même
efpace de tems n'en a vû que fort peu
à Paris, décide avec la même audace
& méprife quiconque a du mérite.

Que l'injuftice de vos Confrères
ne vous rebute point: rampez dans le
jeune âge ; mais enfuite il ne faut que
de la hardieffe & du favoir pour les
humilier. J'en ai cent exemples.

Epiez les fautes des vieux Medecins ; ils en font presque à chaque pas.
Il faut les prendre fur le fait, leur prouver que leur opinion porte à faux, &
les forcer de chanter la Palinodie. Ces
Mrs. font modeftes, lorsqu'une fois ils
font convaincus d'ignorance.

Ne manquez pas de dire hautement
ce qu'on doit penfer de l'âge d'un Médecin, & ne refpeccez point le préjugé
fur cela (a).

Le Public croit bonnement que
c'eft pour le foulagement du Malade,
que les Medecins s'affemblent. Quel
abus ! c'eft pour le foulagement du Medecin traitant , & comme difent nos
Docteurs, pour partager le fardeau.
Lors-

_____

(a) V. *L'Anti-Machiavélisme.*

Lorsqu'on eft affemblé, perfonne ne veut plus fe charger de rien; on ne propofe que de petits remèdes, que tout le monde peut approuver, & qui laiffent le Malade aller tranquillement dans l'autre monde, fans risquer la réputation du Medecin. Car quelque génie, quelque vüe fupérieure qu'on ait, il faut defcendre un cran plus bas, & fe mettre à la portée de tous les Confultans & même de tous les auditeurs.

LES Medecins difputent & s'échauffent dans leur harnois, pour des vétilles & des riens; par exemple, pour deux ou trois grains de Nitre, de Sel fédatif; pour un quart ou un huitième de grain de Laudanum &c. Cependant la première Maxime des Confultans eft de paroitre unis, quelque divifés qu'il foient. Le Malade a-t-il fini fa carrière? chacun dit: *eft-ce ma faute? je m'en doutois; j'avois prévu l'évènement: ce n'étoit pas mon avis qu'on fît ce remède.* Eft-il guéri? nos Docteurs s'encenfent, & fur-tout le premier qui a ouvert la Scène. C'eft toujours lui qui a tout fait, qui a guéri & fauvé le Malade. *Racine* à peine éclos

A 3 de

de l'œuf Hippocratique, eſt appellé pour la Maladie d'un grand Prince; il eſt le plus jeune, il parle le premier, ſuivant l'uſage, & enfin propoſe une ſaignée. Tous furent ſans peine du même avis, parce qu'il n'y avoit pas à balancer de prendre ce parti. Cependant il s'attribua l'heureux ſuccès; il écrivit par tout qu'il avoit ſauvé le Prince, qui ſans lui étoit perdu.

Le premier embarras d'un jeune Medecin, eſt de ſe trouver dans ces ſortes de ſpectacles, où chaque Acteur ne cherche qu'à être aplaudi du Parterre, & s'inquiète peu de guérir le Malade, pourvû que le ſpectateur ſoit ſéduit.

Tachez d'abord de deviner ce que penſent les autres, pour vous y conformer. Un jour *Bacouill* propoſa une purgation; elle fut agréée des Medecins qui parlèrent enſuite. *Caron* ſeul en ſentit le danger; mais il y acquieſça comme les autres, en ajoutant ſeulement: *Quoi! ces B.... d'Anes ne ſe ſouviennent pas, que nous avons tué ces jours paſſés une femme en pareil cas!* Mandé à Verſailles auprès de Mr. Le Duc

Duc de . . . . . qui avoit alors une cruelle petite Vérole, après la fortie de laquelle il fut faigné plufieurs fois; *Penfez-vous*, difoit-il à quelqu'un qui propofoit ce qu'il y avoit de mieux à faire, *que c'eft un Prince du Sang que nous traitons, & qui va nous échaper à la barbe du Roi & de toute la Cour?* (a) Ce font à peu près les termes de ce Docteur, & le langage de fes Confrères. Ils aiment mieux qu'un homme, quel qu'il foit, mais principalement un grand Seigneur, cède à fa deftinée, ou même la prévienne fans tant de délais, que de fe compromettre en rien.

C'EST par l'efprit d'Empirisme, par je ne fai quelle poudre d'une femme de la ruë des francs-bourgeois, que *Caron* tua ce pauvre *Hunauld*, mon cher Compatriote, mon Maître, & mon Ami. Le Public qui aime ce qui eft à fa portée, attaché par vanité à fes petites opinions, trouve de la bonne foi dans la conduite de ce Docteur: mais

_____

(a) *Malim pereat fuo fato, quam fi quid nobis exprobrari poffit.*

A 4

mais les Esprits éclairés n'y en voient pas plus, que d'habileté. Ou cachez-vous mieux, mon fils, si vous êtes capable de sentimens si bas; ou plutôt défiant l'adversité, ne vous exposez point à rougir de l'avoir craint.

NE soiez jamais d'un avis particulier, si vous n'y êtes fortement autorisé, & capable d'entrainer tous les esprits par la force de vos lumières & de votre éloquence. Mais à peine pourrez vous jamais en venir à bout, si vous consultez avec de vieux Medecins. Toutes vos raisons ne tiendront point contre le bouclier de leur Expérience: c'est l'Egide de Pallas. Songez qu'en Medecine, comme dans le Mariage:

Du coté de la Barbe est la toute Puissance.

Songez qu'un Vieillard peut impunément manquer de mille connoissances, qui vous sont absolument nécessaires; qu'un jeune Homme qui a sa réputation (*a*) à faire, ne peut l'élever qu'à for-

(*a*) Pour cette seule raison un jeune Medecin

force de soins, de lumières & de succès; & qu'enfin

„ *Tant de* meurtres *par vous* commis *jusqu'aujourd'hui,*
„ *Ne vous ont donné droit de faillir
comme lui.*

Epousez les modes, les goûts, les hy-
potèses de vos Confrères. Jadis vous
eussiez parlé *tempéramens* aux Galénis-
tes; *particules incongrues, Archée, Sels
volatils* aux Chimistes; *Froncement &
Relachement* aux Méthodiques; *humeurs* aux humoristes : Aujourd'hui A-
strucien ou Chiracien, avec les *Fermen-
tateurs*; Hecquétien, avec les *Tritura-
teurs*; Andrien avec les *Vermineux*; Chiracien encore avec les *Epaississeurs*; Phlé-
botomiste, ou ami des Plantes avec
l'un, vous (*a*) commanderez avec
l'autre aux maladies les plus rebelles;
il faut suivre en un mot toutes les imaginations de vos Confrères.

                                    AVEC

decin mériteroit la préférence sur un vieux,
cæteris paribus.

· (*a*) *Petite Vérole, je t'accoutumerai à la saignée,* disoit *Chirac,* au rapport de Fontenelle.

                    A 5

Avec les ennemis des Modernes, vous ferez fectateur des Medecins de l'Antiquité, pour qui vous vous montrerez digne Emule des Erafistrates & des Hérophiles.   A quoi vous ferviroit de raifonner fur le Mécanisme de notre Machine , fur la compofition Chimique des remèdes & des alimens, enfin fur l'heureufe application que la fage Medecine aidée du génie , fait de toutes ces connoiffances? On ne vous entendroit (*a*) point.   Mais fi vous dites de l'air pénétré d'un homme qui a perdu une bataille : *Tout eft perdu, il n'y a plus de Medecine, depuis que la Phyfique & les Phyficiens s'en font mêlés*; alors plus vous gémirez fur le fort d'un Art plus folide & plus brillant que jamais , plus l'ignorance ainfi flatée gémira de même, en vous applaudiffant.

Il faut avoir foin d'arriver un quart d'heure avant les autres, non pour dormir, (*Molin* feul a ce droit;) mais pour vous trouver tête-à-tête avec le Ma-

---

(*a*) *Sangrado* n'eut pas manqué de placer ici ce favant Paffage : *Habent aures & non audient. &c.*

Malade & gagner fa confiance, en paroiffant étudier fa maladie & s'intéreffer férieufement à lui. Vous ne devez auffi fortir que le dernier, en difant que c'eft vous qui avez mis les Confrères fur la voïe ; parce qu'étant venu exprès de meilleure heure, vous avez eu le tems de bien examiner & de connoître la nature de la maladie.

POUR ce qui eft du difcours, vous l'acquérerez par l'habitude. Il s'agit moins d'ailleurs de briller par une véritable élocution, que par un certain jargon qui fe puife, ou dans les ouvrages, ou dans les entretiens familiers de ceux qui le poffèdent. Exercez-vous donc, non à trouver des remèdes ; car c'eft en cela feul que confifte la Medecine & non le Medecin ; mais des termes, des termes de l'Art, empoulés, inintelligibles & d'un pied de long, pour outrer le confeil d'Horace. Les auditeurs étonnés de l'éloquence de *Sylva*, lui demandoient comment il pouvoit fi bien parler *impromtu*, fur une Maladie qui n'avoit été examinée qu'en autant de minutes, qu'il y avoit de Medecins. *Rien de plus facile*, difoit-

A 6

foit-il, *lors qu'on s'exerce: fi je fais des finges, j'en fuis un moi-même.* Je travaille nuit & jour à copier tantôt la Carlière, *tantôt* Engard, *aujourd'hui* Finot; demain nôtre *Légiflateur*, nôtre *Maître à tous*, le grand Chirac. O *heureux cent fois qui a la facilité de parler* de Duclos; & *à la force des Poumons* d'Aftruc, *peut joindre la folidité* & *la pénétration de ce favant Homme!*

LE bien nommé *Renard* a eu la fineffe d'imiter les Prédicateurs. Comme ceux-ci ont leur Carême & leur Avent tout prêts à prêcher, nôtre Docteur a une provifion de quarante difcours qu'il fait par cœur. C'eft pour quarante maladies principales; de forte qu'il y en a toûjours un qui eft de mîfe pour fêter le Saint du jour. C'eft une harangue en forme qu'il faut effuier. Soiez de même un déclamateur, un homme de précaution. Mais en voulant fuivre des Orateurs de cette diftinction, craignez le fort du malheureux *Bacoüill;* il eut presque celui de Phaëton. Il voulut être un éloquent perfonnage; *Sylva* l'interrompit; & voilà mon harangueur de mémoire, fi

dé-

déconcerté qu'il ne put jamais renoüer les deux bouts de son discours. Il est vrai que ces malheurs n'arrivent qu'à ceux qui n'ont aucunes lumières, aucunes ressources dans l'imagination, ou qui n'ont point encore parlé en Public. Ainsi ne négligez rien pour vous en procurer l'habitude. Essaiez-vous dans le particulier, comme feu *Santeul:* il se donnoit des mouvemens étonnans, pour réüssir dans la déclamation ; il faisoit des signes de croix, il gesticuloit, crioit, se composoit, s'agitoit comme un Possédé, marchant à grands pas presque toute la nuit la veille de ses discours. Cela faisoit un fort mauvais voisin ; mais un grand Orateur, bien digne des regrets de la Faculté. Au défaut de ce Docteur, qui n'est plus, hélas ! cherchez quelqu'autre déclamateur qui vous apprenne à réciter. Prenez Procope ; c'est le Maître d'Ecole de *Ferrein :* sur-tout ne copiez pas *Racine.*

Si vous n'êtes pas le premier du cercle à parler ; si la scène s'ouvre par d'autres Acteurs ; ajoutez toujours quelque chose à ce qu'on aura dit avant

vous, pour ne pas paroître un de ces
Perſonnages inutiles ou müets de nos
Théatres. Vous donnerez enſuite des
éloges adroits à ce que vous aurez a-
jouté; vous paſſerez chez le Malade,
dans le tems de l'opération du remède, s'il n'eſt par trop violent; car a-
lors ce ſeroit vous expoſer à la mauvaiſe humeur du Patient, (prenez y
garde) s'il eſt d'un tempéramment brusque & inquiet. Il faut auſſi changer
quelque petite choſe dans la façon de
le prendre, comme l'eau chaude en
eau tiède, l'eau tiède en eau froide,
ou chauffée au Soleil ou au Bain-Marie.
Par cette conduite pleine d'égards en
apparence pour le Malade, vous vien-
driez à bout de ſupplanter, non un ou
deux Confrères, mais toute la Faculté.

MAIS tandis qu'aſſis auprès du lit,
un Medecin met ſon pauvre cerveau à
la torture, pour jetter de la poudre aux
yeux de ſon Malade, il y aura un autre *Soſie* caché dans la ruëlle, qui a
ſeul la confiance & l'argent d'*Amphi-
trion*; & le premier aura tout au plus
l'honneur de ſa table. Le Célebre M^r. de
Maupertuis me mena un jour chez la
Mar-

* Marquife . . . Le premier foin fut de voir en quelle Cage on me mettroit, dès qu'on entendroit le caroffe de *Bétrave*. *Marcot* vifitoit la nuit les Huguenots de Montpellier ; les Medecins de jour étoient, comme je l'ai été long-tems, dupes de leurs vifites d'amitié, manière d'exercer fa profeffion fort des-approuvée par *Molin* & la plûpart de nos Confrères.

Examinez donc, lors même que vous croirez être feul chargé du Malade, (ce qu'il ne faut jamais ofer chez les grands, de peur d'encourir le mépris qu'ont mérité *Bacouill*, *Peronet*, &c.) examinez, dis-je, fi l'on n'appellera pas quelqu'autre Medecin, qui fera toujours le Juge de votre conduite. En ce cas, n'oubliez aucun des remèdes confacrés par la Routine, afin que les ignorans vous rencontrant dans leur chemin, trouvent vos vuës conformes aux leurs, & vous félicitent en conféquence fur votre perfpicacité. Cette Politique n'échappoit pas à *Sylva*. Mr. . . . avoit confeillé les eaux de Plombières à un Officier aux Gardes ; il en parla à ce Docteur. Si c'eft vous,

lui

lui dit-il, qui avez tiré ce coup de co-
lier, je vous tiens pour le plus grand
Medecin de Paris.

SI vous ofez fuivre quelque méthode qui s'éloigne du grand Courant de
la Faculté, que rien ne tranfpire; que
tout foit déguifé & couvert entre
l'Apoticaire & vous, fous les dehors
nullement effrayans des Remèdes ordinaires. Quelques fignes de croix, par
exemple, dont on convient & qu'on rejette fur un pieux ufage, font le fuccès de ces rufes.

MAIS quelque précaution que vous
préniez; quelques lumières que vous
joigniez aux détours de la Politique
la plus rafinée, vous ferez nécelfai-
rement blâmé dans une infinité de circonftances. La Medecine eft une Ile
bien plus fertile en écueils, que celle de
Calipfo. Mentor même y eût échoüé.
Que faire donc fi vos Confrères condamnent vos démarches? Il n'y a point
d'appel, fi leur barbe & leur gravité s'eft
emparé de l'imagination d'une Famille
entière. Attendez patiemment; l'occafion de relever leurs fottifes & de
vous revancher, n'eft pas loin. Mais
la

la Loi du Talion ne suffit point
ici ; il faut couvrir de ridicules & de
mépris , quiconque vous aura tant
soit peu offensé. Voilà comme il
faut mâter & brider de jalouses bêtes.
On fait plus pour ceux qu'on craint,
que pour ceux qu'on aime & estime.
C'est ainsi que *Racine* fut perdu par
Chirac. Il est vrai que la partie étoit
trop inégale. Avec moins de pré-
somption, vous mesurerez mieux vos
forces.

Si ceux dont vous aurez juré la
perte, ont du savoir, du génie, & sur-
tout ce génie plaisant & caustique, qui
fait rire les uns, en écorchant les autres (comme ce livre pourra bien faire); je vous conseille alors de filer
doux & de faire la paix, non en rampant; car malheur à vous s'ils s'aper-
çoivent que vous les redoutez! mais
au contraire en leur faisant sentir tout
ce que vous pourriez faire, pour leur
nuire & les écraser , si vous n'étiez
leur partisan & leur ami.

Le Malade de votre Confrère est-il
mort? remarquez de quel côté panchent
les Parens; écoutez ce qu'ils disent du
Me-

Medecin, de fa malverfation, de fon ignorance, de fa vivacité &c. Il faut appuier les idées les moins fondées, de toute la force de votre efprit & demander à voir les Formules du Docteur, pour les critiquer. N'eft-ce pas dans cette feule vuë, que la plûpart des beaux-Efprits lifent les Ouvrages de leurs Contemporains? Que l'Apoticaire les aporte lui-même à votre tribunal. Ici ce fera un combat d'Elémens contraires; là une drogue au moins inutile; un *mariage* bizarre, ou impoffible; une dofe *Tournefortienne* qui purgeroit un Cheval. Ai-je tort, Mr. l'Apoticaire, direz-vous en le regardant d'un air flateur, avec un compliment afforti fur le droit qu'il a de juger dans fon propre Barreau? Alors le donneur de Cliftères, fouriant agréablement, fe rengorgera comme un Docteur en paffant la main fous fon menton, fe donnera un air de réflexion & repartira enfuite politeffe pour politeffe. J'avois fait, dira-t-il, les mêmes obfervations que Monfieur, & je vous avouë que j'en ai bien ri. En effet, ajoutera-t-il, (fi c'eft un Pharmacopole du bon ton, un homme
chez

chez qui *Sylva* prenoit communêment
ſes remèdes) ce n'eſt pas là un mélange,
un mariage, c'eſt un véritable *adultè-*
re de drogues. Le lait, par exemple,
pourſuivra-t-il, eſt un *jaloux*, comme parle *Sangrado*, qui demande à ſe
trouver ſeul en poſſeſſion des parties.
Il finira par féliciter les Malades *de tom-*
ber ſur un Medecin qui eſt auſſi bon
Chimique, que *Galenique* : d'autant plus,
dira-t-il, que la plûpart des Recettes
des Medecins ſont pitoiables, comme
on en eût pu juger par celles du Traité des Maladies Vénériennes *d'A-*
ſtruc, avant que *Boulduc* & *Groſſe*
les euſſent corrigées. De cette manière vous ſerez toujours en reſte avec
M^r. l'Apoticaire, qui ne ceſſera de loüer
l'élégance de vos formules, & de ſe féliciter lui-même d'avoir eu les mêmes
penſées qu'un Docteur Régent.

　Le Medecin eſt quelquefois appellé lui-même au Tribunal de la famille,
en préſence d'un Confrère. Si c'eſt
vous qui êtes ici juge & Préſident au
Procès, faites voir de la politeſſe envers l'Accuſé ; mais que ce ſoit une
victime couronnée de fleurs, avant
　　　　　　　　　　　　　d'être

d'être égorgée, à la manière *d'A-*
ftruc dans fes écrits. Ofez lui dire en
face qu'il a été trop lent, ou trop vif;
qu'il a négligé une chofe qui eût fauvé
le Malade. Si vous avez cette impudence, votre Confrère eft un Homme
perdu, fur-tout fi vous le chargez en
arrière à Cartouche.

S'AGIT-IL d'un Confrère qui a du
génie & des talens? Il ne fuffit pas de
le craindre; il faut être affez adroit &
diffimulé, pour qu'il ne s'apercoive pas
que vous fentez fa fupériorité. A plus
forte raifon vante-t-on l'érudition d'un
Medecin, qui n'a ni talens, ni génie?
louez-la, dites qu'elle eft étendue, quoique fuperficielle. Si fes ouvrages en
ont impofé, appréciez-les; faites voir,
que ce n'eft rien qu'une rapfodie d'o-
pinions réchauffées; une compilation
énorme & monftrueufe, faite fans efprit
& fans goût; accueillie cependant par
ceux, qui partifans de l'Hiftoire des
opinions, aiment à trouver une Bibliothèque dans un Livre. Dans tout ce
que vous direz, & fur la pitoiable Théorie *d'Aftruc*, & fur fa Pratique détefta-
ble, & fur les fciences étrangères pour
                                        les-

lesquelles il a fait banqueroute à la Medecine, enfin fur la groffiéreté de ce
Balourd dans fes difputes Médicales,
vous ne ferez que l'Eco des gens
fenfés.

C'est ainfi qu'en Medecine, l'un
prête, l'autre rend, & que chacun
fouffre & rend tour à tour, comme
dans le monde, mille traits de calom-
nie, ou de médifance.

Soiez donc médifant, avec adres-
fe; fachez mêler enfemble le bien & le
mal: mais pour couvrir vos plus noires
calomnies, & les plus indignes artifices envers ceux qui peuvent vous fupplanter, & que vous favez en avoir
le deffein, ne manquez pas de donner
des éloges à ceux qui ne peuvent vous
nuire. *Sylva* n'a jamais *raté* ces coups
de Maître. En élevant *Boyer*, il ne
pouvoit que gagner à la comparaifon.
,, c'eft une ombre au tableau, qui lui
,, donnoit du luftre. "

Il faut joüer l'équité, principalement pour les morts. Tout Paris exal-
te encore la mémoire de *Chirac*, parceque c'eft le dernier mort qui ait eu de
la réputation. Ne vous avifez pas de
fiffler

siffler l'Apothéose du Vulgaire ; soyez
assez votre propre Ami, pour avoir des
égards, qui ne vous porteront aucun
préjudice, si ce n'est dans l'esprit des
Connoisseurs, & vous serviront auprès
du Peuple.   Mais où sont-ils ces vrais
savans ? Il y en a bien peu.   Que
vous importe au reste, que *Chirac*
n'ait pas plus connu la Medecine,
que la Philosophie, & qu'en un mot
la Mémoire des hommes soit conta-
gieuse ? La contagion, le danger, si
vous osez le faire sentir, sera tout
pour vous.   Respectez-vous donc
vous-même dans les préjugés, & prenez le grand chemin de la Fortune,
en adoptant toutes les opinions du vulgaire.   Laissez-là votre sot & malheureux amour de la Vérité: Aïez pitié
de vous enfin, de votre Femme, de
votre famille, à qui vous avez tant
coûté, & croyez ce Paradoxe; qu'il y
a une sorte d'inhumanité, à trop af-
fecter d'en avoir.

LES liens des Medecins, font les
Malades, mais ces liens se rompent
aifément. Bizarrerie, ignorance, caprice, ingratitude, inconstance, mille
in.

indignités, tout cela ne suffit point
pour peindre le caractère du monstre,
dont les Medecins font les Valets. J'en
ai éprouvé des traits si noirs, que mes
desirs seroient comblés, si je pouvois
vivre sans le secours de la Médi-
cine.

LA confiance que la Présidente
A . . . donnoit le lundi au Docte
Hunauld, étoit prodiguée le Mardi
au premier Ane de la Faculté, à Midi. Lorsque j'eus guéri Monsieur le
Marquis de . . . d'une fièvre con-
tinüe très dangereuse qu'il eut a Sart-
bourg, M^r. le Duc son père me fit
l'honneur de me témoigner autant de
confiance, que de reconnoissance; j'é-
toit à ses yeux un petit *Vernage*. Il
s'attendoit que j'aurois été beaucoup
plus flatté de ses bontés: M^r. le Duc,
lui dis-je, si vous avez de l'estime
& de l'amitié pour moi, c'est un honneur auquel je suis extremement sensi-
ble; mais je fais peu de cas de la confiance dont vous m'honorez. Pourquoi
donc, reprit-il, fort étonné? c'est, lui
dis-je, que *Vernage* & moi morts, le
grand-Thomas prendra peut-être notre

tre place dans votre efprit. Tâtez-moi
donc le pouls par amitié, dit en riant
ce bon Seigneur.

VOILÀ l'Art de plaire & de capti-
ver la bienveillance des Malades; matière qui n'eft encore qu'effleurée &
que nous traiterons beaucoup plus au
long dans l'Article fuivant. &c. Il me
refte à vous dire comment il faut enlever, & prendre comme d'affaut les
pratiques de vos Confrères; je dis enlever, car c'eft véritablement comme
une proie qu'il faut ravir.

Ayez beaucoup d'Amis & fur-tout
d'Amies fort repandües dans le grand
Monde, qui parlent haut, & vous
élèvent aux nües. Détachez moi tous
ces gens-là, comme des Troupes Légères, ou des efpèces de Huffards, qui
aillent, pour ainfi dire, faire le coup
de piftolet & bruler la barbe à vos rivaux.

NE vous formalifez jamais de l'af-
fociation d'un Confrère; c'eft un confeil que j'ai oublié de vous donner. Il
faut paroître faire quelque cas de fes
lumières & ne les trouver jamais fuper-
flues. Ajoutez feulement aux éloges
mo-

moderés que vous donnerez, cette efpèce de préfervatif: „ c'eft dommage que
„ Monfieur ne connoiffe pas le tem-
„ péramment du Malade &c.". Re-
doublez d'amitié & d'attentions fimu-
lées. Que vos fentimens foient vrais
ou faux, qu'importe? Dès que votre
homme fera congédié, votre victime
vous fera rendüe. Les derniers appellés font fouvent les Maîtres du Champ
de Bataille; *Ultimi Primi*. Songez à cette ancienne Devife de *Bacoüill*; craignez-
la; tenez vous ferme & ne vous laiffez
pas chaffer comme un fot. Faites même fentir qu'en confcience un autre
Medecin ne peut finir fans vous un
Malade que vous avez fi bien commencé. Ajoutez comme certains, que
cela eft contre vos ftatuts & la bonne
Police de votre Profeffion: moiennant
quoi les Medecins, dont les *Honoraires*
augmentent avec le nombre, fe laiffe-
ront prendre à un hameçon doré, ou
à la crainte d'effuier à leur tour un pareil traitement. Enfin tachez de vous
joindre aux Medecins les plus doux,
pour que votre conduite foit approuvée:
en ajoutant, (comme en paffant)

B que

que vous les appellez souvent, & qu'ils n'usent guères de représailles. Touchés de ces petits reproches, à la première occasion ils pourront se revancher. Mais encore une fois, en vous joignant à vos Confrères, qu'ils ne se joignent point à vous. Il ne s'agit que de prendre leur avis pour votre sûreté, & de les faire remercier ; & vous traiterez ensuite votre malade à votre fantaisie. S'il meurt, c'est la faute de la Consultation ; s'il guérit, c'est vous qui l'avez sauvé.

Vous aurez souvent des disputes. Le Moien d'être Medecin, & de vivre avec des Medecins sans disputer ! Mais si malgré tout ce que je vous ai dit de faire pour les séduire, vous ne pouvez éviter les discussions de l'Art, ne vous engagez jamais dans ces vaines subtilités, qui masquent la Vérité, comme l'Erreur, & plus souvent l'une que l'autre. Consultez seulement les préjugés des Assistans ; qu'ils vous fournissent vos réponses, & vous serez vainqueur. Enfin déclarez vous le Disciple & l'Ami des Medecins Etrangers les plus fameux, des *Gaubius*, des *Albinus*, des *Tronchins*, &c.

TEL-

TELLE est la Politique des Medecins entr'eux. Dans le Chap. II. vous aurez celle de ces Docteurs avec les Malades; elles se touchent de si près qu'il est difficile de marquer bien exactement la barrière qui les sépare, & que l'une ne se mêle pas quelquefois un peu avec l'autre.

CHAP II.

Politique des Medecins avec les Malades.

LA Medecine est une guerre des Medecins entr'eux, comme entr'eux & les Chirurgiens; avec cette différence que la première est plus à craindre, parce qu'elle est plus sourde & plus cachée. Avec les Malades, la Medecine n'est que ruses.

REGARDEZ-vous, Mon Fils, comme un Acteur qui va joüer un Personnage difficile sur un grand Théatre; Personnage à plusieurs travestissemens, à plusieurs Rôles; qui renferme tous ceux des Comédiens de la Troupe &

B 2　　　　　mê-

même des spectateurs. Il faudra que
votre esprit se plie & se replie de mille
façons, afin de plaire par vos propos
& par votre mérite personnel, si ce
n'est pas par votre Figure : elle doit
cependant être grave, enjouée, dure,
compatissante, douce, polie, brusque,
farouche, indulgente, sévère, suivant
les circonstances.   Ce n'est pas tout.
Il faut une attention, une adresse, une
astuce continuelle pour avoir des Malades & se les conserver. C'est un mêts
rare pour les jeunes Medecins; heu-
reusement ils n'en sont pas si friands
que les vieux. Les premiers ont honte
de recevoir de l'argent; les autres de
n'en pas recevoir. C'est ainsi que l'âge
& l'expérience changent la volonté
même des hommes.

Je vais vous apprendre les divers
moiens d'attraper cette sorte de Gi-
bier. On appelle, on attire les Malades à soi, comme on prend une Cail-
le; tout dépend de l'art de séduire,
ou de tromper, comme dit *Pétrarque*,
qui a défini ainsi la Medecine. Il ne
faut que des ruses à peu près sembla-
bles à celles de *Ferrein*, lorsqu'il
                                    prit

prit certain Tribunal à la pipée, &
fans favoir le François, trouva le fecret de faire chanter les morts (*a*).

HIPPOCRATE dira tout ce qu'il
voudra, fur la néceffité de favoir la Medecine, quand on veut l'exercer. Depuis le tems de ce bon-homme, les chofes ont bien changé de face. Le Public a rendu inutiles, l'étude, le favoir,
& le mérite. Comment les vrais Medecins feroient-ils néceffaires ? Il ne
faut qu'une affiche à un Medecin, comme à un Charlatan. Parens, Amis,
Protecteurs, Femmes fur-tout, tout
en fert: la faveur peut tout fans le mérite ; & le mérite fans la faveur, rien.
C'eft elle qui de la poudre des Ecoles
a produit tant de Medecins au grand
jour. Par elle *Helvetius* n'eft-il pas
devenu, encore enfant, & à peine
févré, une efpèce de petit *Archia-
tre?* Les femmes vouloient lui mettre
des Mouftaches, pour qu'il le devint à
l'âge où Mr. le *Duc* de *Noailles* a été
fait Marechal de France. Et *Bétrave*,
cet

(*a*) V. le Chap. *de l'Anat.*

B 3

cet ignare tant de fois baffoué dans les
Ecoles, préfenté par le Dieu des Jar-
dins, n'en a-t-il pas retiré les plus grands
avantages?

ON ne gagne à pâlir fur les livres
qu'une figure *Socratique*, qui n'eft guères du goût de nos Dames ; elles aiment mieux une couleur de *Bétrave.*
C'eft folie, dit l'un, de courir après
l'érudition ; Voïez *Aftruc:* en eft-on
meilleur Medecin? C'eft fottife, dit
l'autre, de tant lire, il ne faut qu'un
bon livre & un bon ami ; il n'y a rien
de nouveau fous le Soleil. Il eft
vrai qu'on eft habile en pure perte
communément ; les Malades font
des Ingrats, & le Medecin le moins
éclairé & qui fe joüe le plus de la
vie des hommes, a bien peu de
confçience & de Religion, s'il n'en a
autant que ceux qu'il fert. L'air, la
gravité, la Perruque, l'acoutrement
du Medecin fuffit donc, fans qu'il ait
befoin de l'être réellement. Mais en-
trons dans le détail: voici des préceptes préferables à tous ceux des Anciens & des Modernes.

VEILLEZ d'abord les Malades ;
foiez

foiez leur Garde, vos foins plairont ; on s'habitüera avec vous; vous gagne- rez les domeftiques, vous commence- rez par être leur Medecin. Les valets font des êtres effentiels à votre fortune. Si les portes des Maîtres vous font fermées, ils vous l'ouvriront. Les Maî- tres commandent aux valets, mais les valets conduifent les Maîtres. *Dure- clos* fentit l'utilité de cette Politique. Sans efprit, fans élocution, ni favoir, il fuivit l'ombre tranquillement volup- tueufe du *Béat Sidobre*, Protecteur digne de lui, comme *Pouce*, celle du refpectable M^r. *Teray*. A la faveur de cette ombre, ou d'un tel appui, il s'étoit gliffé dans beaucoup de bonnes Maifons; il paffoit les nuits auprès des Malades; il faifoit à leurs Gens une forte de petite Cour. Il avoit déjà un nom dans Paris, lorsque pour évi- ter la Reftitution, il emporta l'argent de fon Patron dans l'autre Monde.

Qu'est-il befoin de vous parler du manège *d'Helvetius*, de *Sylva* &c. ? vous favez comme le premier babille le matin dans l'Antichambre, en pre- nant le Caffé à la crême avec les Femmes des Duchesses, en attendant le *petit jour*; l'air riant avec lequel l'autre les saluoit du plus loin qu'il les apercevoit; l'attention qu'il avoit à rassurer les Domestiques avec bonté; à venir voir d'amitié le Maître, lors même qu'il se portoit bien; à plaisanter, badiner avec les Enfans; à les baiser, sans oublier les petits complimens ordinaires: ,, *le joli Enfant! qu'il est bien* ,, *fait! qu'il a d'esprit! mon Dieu qu'il* ,, *est bien élevé!* ''.

Songez, Mon Fils, que les Malades sont la Proïe des Medecins, comme les pauvres Plaideurs, celle des Avocats & des Procureurs. Imitez leur conduite; ils ne se déchirent point entr'eux, ils se ménagent & se respectent; pourquoi? Pour mieux manger de concert & dévorer leurs Parties. Profitez, à leur exemple du désordre de la Nature, pour vous enrichir. L'intrigue & le Patélinage, sans savoir & sans esprit, font tous les jours la fortune & le bonheur d'un Medecin. Quelles richesses *Molin* a sû acquérir! Cela ne m'étonne point; il a été approuvé de tout le monde, parce qu'il a tout

ap-

approuvé. *Chirac* difoit de lui, que fi après fes difcours les plus férieux & fes décifions les plus importantes, un Perroquet lui eût dit qu'il connoiffoit un remède préferable au fien, il eût dit : *cet Animal a raifon.* Il eft vrai qu'il a toujours ménagé les Charlatans, afin d'être appellé par eux chez le petit Peuple. Faites de même gagner de l'argent à tout le Monde, à charge de revanche ; foiez complaifant, enfin approuvez tout. Les vrais titres pourront vous manquer ; la complaifance y fupléera.

POUR parler haut & faire l'important, il faut être vieux, accrédité, & déja riche ; car dans la jeuneffe, il ne faut avoir que les opinions à la mode. On ne fauroit montrer trop de douceur, tant avec les Malades, qu'avec les Medecins. L'âge feul donne le droit d'être dur, orgueilleux, brusque, pédant, brutal, infolent &c.

SI quelques Femmelettes parlent entr'elles des caufes de la Maladie que vous traitez, & de ce qu'elles croient qu'il faudroit faire pour la guérir ; fans faire femblant de les écouter, retenez

B 5 ce

ce qu'elles difent, afin de raifonner, comme elles, à la première occafion, loin de les contrédire. Il eft vrai que vous n'aurez pas le fens commun ; mais vous gagnerez leur eftime & celle de toute une famille, qui croit fouvent ces bégueules fort expérimentées. Il ne fuffit cependant pas d'ordonner précifement les mêmes remèdes, pour être généralement applaudi & paroître un Perfonnage néceffaire. Il y a une attention fort recommandée par *Machiavel*, c'eft qu'au milieu de ces petites complaifances, qui ne peuvent que débaraffer le Malade du fardeau de la vie, il faut faire fubtilement fentir que ces bonnes Dames ont rencontré jufte, il eft vrai, mais jufqu'a un certain point : de forte qu'il feroit avantageux d'ajouter telle & telle petite chofe qu'elles ont oubliée, & dont mille expériences vous ont découvert l'utilité. La vanité fera trop flatée, pour qu'on ne convienne pas de tout avec vous ; ainfi voilà un excellent ftratagème, pour vous ménager des reffources qui vous rendent utile, lorfqu'il eft vifible que vous ne l'êtes point du tout : & vive l'Efprit! SI

Sɪ les femmes vous prônent, votre fortune est faite. *Sylva* (a) doit la sienne à la Garde d'un Peintre nommé *Fontaine*. Rien, pas même votre Barbier, rien n'est à dédaigner. Plus vous approcherez de vous ceux qui le méritent le moins, plus sensibles à cet honneur, ils s'en éloigneront par modestie, plus ils sentiront la force de la comparaison ; & enfin leur respect faisant place à votre Art, le laissera seul dans la carrière : ou, si les femmelettes & autres aussi importans personnages consultent avec vous, vos avis ne pourront se comparer, sans que le votre l'emporte aisément sur le leur, quand il n'en differeroit que d'une bagatelle ; comme de quelques goutes de *Lochies* qu'un Benêt de mari, au rapport d'un sot Auteur (*Valentinus*), avala pour délivrer sa femme des douleurs qui succédoient à l'accouchement.

Lɛs Théologiens ont beaucoup d'autorité sur le Peuple. Il ne suffit pas de leur parler Réligion, de l'air & sur

le

(a) V. Sa vie par *Brubier*.

B 6

le ton d'un homme qui en a; il faut
encore leur faire l'honneur de leur parler Medecine & Phyſique, comme à
des Phyſiciens, pour gagner leur confiance, en flattant leur amour propre.
Sont ils Malades? En qualité de dévots, il leur faut plus de ſoins, plus
d'attentions, qu'aux Gens du Monde,
plus de remèdes & des remèdes plus
doux: " car de douceurs, les Eſtomacs
„ dévots furent toujours avides. "

PRENEZ ces bonnes Gens au miel
de vos Medecines ſucrées, confites &
aromatiſées; ne leur demandez point
d'argent, & après Dieu, vous ſerez
leur Sauveur. Un Medecin n'eſt qu'un
habile Marchand de paroles, qui doit
ſavoir perdre, pour gagner. Soiez donc
déſintereſſé par un rafinement d'avarice, & vous vous attacherez les Idoles
du Peuple par la reconnoiſſance. (a)

QUE les Chirurgiens ſoient vos A-
mis & tâchez de mériter le ſuffrage
des plus habiles d'entr'eux. La choſe
n'eſt

(a) Pecuniam in loco negligere, maxu-
mum interdùm eſt lucrum. Terence. Les A-
delphes. V. la Politiq. ſur la Relig.

n'eſt pas ſi facile ; mais elle eſt néceſſaire. Diſſimulez avec tous ; paroiſſez
chercher à vous inſtruire de ceux mêmes dont vous ſeriez aiſément le Maître. Rampez devant tous ; adoptez en
apparence leurs plus mauvaiſes déciſions. Ignorez vous la Chirurgie ?
Paroiſſez la ſavoir, avec ceux qui l'ignorent comme vous. Si vous la poſ-
ſédez, feignez toujours quelque ignorance avec les Maîtres de l'Art, qui véritablement doivent être les vôtres ſans
peine dans une partie auſſi bornée, &
dont ils ont fait leur unique occupation.

CULTIVEZ principalement les Chirurgiens des grandes maiſons. Si vous
appuiez fortement la confiance qu'on a
pour eux, ils en chaſſeront les autres Medecins pour vous avoir. *Helvetius* leur
ſourit, leur fait politeſſe par-tout ; il
les cite comme aiant ouvert une opinion ſage, un avis important ; ajoutant
d'un air compoſé, qu'ils ſont fort en état
de préſider à l'adminiſtration des remèdes, & de bien conduire une Maladie.

TACHEZ auſſi de vous faire prôner
par les Apoticaires. " Ces ſuppôts de
„ la Pharmacie ont appris par les Or-
B 7 don-

,, donnances des Medecins, l'Art d'en-
,, jouër le rôle; hardis dans la pratique
,, des Règles, qu'ils concoivent de
,, travers, ils ordonnent, ils appli-
,, quent des remèdes & traitent leurs
,, Maîtres de fots & d'ignorans." Cela
est vrai; mais ces vérités-là, laiſſez
les dire aux Poëtes (a). N'écrivez
point contr'eux, ni contre les Chirurgiens comme ont fait *Hunauld*,
(b) *Mettrie*. &c. Vous ne diſſua-
derez pas le Peuple des talens de certains fameux Pharmaciens & Chimi-
ſtes. Il ne comprendra jamais comment des gens qui font tant de remèdes
& les connoiſſent tous, ne pourroient
pas auſſi bien guérir que *Molin* & tant
d'autres Docteurs qui n'en connoiſſent
presque pas un.

Pour bien faire votre petite Cour
à ces Meſſieurs, faites croire à chacun
qu'il eſt votre Pharmacien & que vous
ne prenez point ailleurs vos Médicamens; que vous en vantez par-tout
l'excellence; & enfin ſi ceux qui peuvent vous ſervir, ſont aſſez modeſtes
pour

(a) Pope *Eſſai ſur l'Homme*.
(b) Dans *St. Com. Veng.* dans les *Malad.*
Ven. dans un *Mercure* &c.

pour ne point faire la Medecine, & que par conséquent ils ne se trouvent point à portée de se défaire eux-mêmes de leurs vieilles drogues, comme les Apotiquaires de Londres, faites les partir les premières.

DAIGNEZ consulter avec eux. Les plus Doctes Medecins de leur siècle étoient obligés de consulter avec *Louise Bourgeois, dite Boursier,* accoucheuse de *Marie* de Medicis. Il leur étoit defendu de rien faire sans son avis, qui toujours l'emportoit. Elle dit elle-même de bonne foi qu'elle ne méritoit pas cette preference, mais que le Roi le vouloit ainsi, à cause, non de sa sience, car elle n'en avoit point; mais, admirez! à cause de sa grande expérience. Il est vrai qu'*Hippocrate* lui-même nous apprend à ne point mépriser les remèdes de bonne femme, par le grand nombre de ceux qu'il nous a conservés, & que *van Helmont* dit qu'il auroit eü la gale toute sa vie sans une drogue qu'une Vieille lui donna. *Molin* a suivi ces exemples; il a écouté tous les Empyriques, ses premiers Confrères, & enfin il n'a

point

point été la dupe de la dédaigneu-
fe vanité du Corps. Confultez donc
avec eux tous, & fi vous voulez abfolument les ramener à votre avis,
au lieu de déférer au leur, que ce foit
fi poliment, que leur amour propre
n'en foit point choqué. Sur-tout point
de mauvaifes plaifanteries fur une profeffion fi utile. Celui qui a inventé le
Clyftère étoit un grand homme! C'eft
dommage que l'hiftoire n'ait par trans-
mis fon nom à la Poftérité! Enfin n'i-
mités pas ce Petit-Maître, qui voiant
un Apoticaire trancher de l'Anatomifte, réduifit tellement tout fon favoir,
qu'au lieu de toutes les Parties du
corps humain, qu'il fe vantoit de
connoître, il ne lui laiffa franchement
que le trou du . . . Politeffe dans le
goût de celle que Pitcairne fait quelque part à M^r. *Aftruc*. (*a*)

QUOIQUE vous n'aïez aucun Malade, qu'on vous voïe dès le matin
courir les rües & toûjours d'un air fort
em-

(a) Ce Docteur dans fon *Traité de la Di-
geftion* niant les efforts des Muscles du bas
ventre à la garde-robe, Pitcairne dit: *credo
Aftrucium numquam cacaffe.*

empreſſé. C'eſt un conſeil que ma très honorée mère m'a ſouvent donné, & dont je n'ai fait que rire. *Leauté* a été meilleur Politique ; il a uſé pluſieurs chaiſes dans Paris à faire des courſes inutiles. On diſoit: *voilà un Medecin bien occupé ; il n'y a pas d'heure qu'on ne le rencontre dans quelque quartier de Paris.* Faites de même; entrez dans pluſieurs Caffés, écrivez y avec attention: qu'il s'y trouve en même tems quelqu'un d'affidé, qui diſe à l'oreille ; *c'eſt un tel, c'eſt le fils de Démétrius;* avec un petit mot d'éloge au bout du nom, comme:" c'eſt un garçon d'Eſprit, „ mais la Faculté eſpère qu'il en fera un „ *meilleur* uſage que ſon Père ". C'eſt ce qui a été pratiqué par *Bertrand, Lemery, Herman,* &c.

ETES vous prié à diner, ou à ſouper en ville? Faites vous attendre & ſortez au deſſert. Qu'on vous demande de la part du Petit Duc, ou de la vieille Barone. Etes vous au logis? Ce n'eſt que pour les Conſultans. Si vous dormez ; " vous êtes en affaire; „ vous rentrez, vous ſortez dans la „ minute; vous êtes toujours en l'air,

a, vous

„ vous n'avez pas le tems de manger
„ un morceau ; il faut que vous aiez
„ un corps de fer, &c.

Aprés avoir expédié vos consultations domestiques, réelles, ou prétenduës, sortez, cela fera du bien à vos
Chevaux & à vous ; l'exercice est bon
pour tous les Animaux. Allez a l'Opé-
ra derrière un pilier, ou aux Thuille-
ries dans une allée retirée. &c. Laissez
pendant ce tems votre carosse à la
porte d'un Hôtel, & revenez de vos
plaisirs avec l'air harassé de *Boyer*.
Reprenez haleine ; asséiez vous dans
l'antichambre & racontez vos fatigues aux Valets ; dites, à la manière du
Docteur *Thomés* (*a*), que vous avez
fait les quatre coins de Paris. Marcot
ne s'entretient-il pas de ses cures avec
des laquais ? *Molin* se délasse en ronflant,
jusqu'à ce que les consultans soient venus, & aient tous parlé ; mais il n'est
pas de bonne humeur, lorsqu'on le
laisse dormir trop long-tems, ou qu'il
se trouve enfermé sous un scélé ; il
veut qu'on lui païe le tems perdu.

Votre maison doit annoncer un
hom-

(*a*) Dans *l'Amour Medecin*.

homme aifé. Premier Etage, ou au moins un fecond, Porte Cochère, ou bâtarde, un Portier pour écrire l'adreſſe des Malades, un Equipage, (car les chaiſes ſont pour les Maîtres à danſer, & les *Fiacres* au continu ſont mal-honnêtes;) enfin une Bibliothèque de parade, qui n'oblige point à lire; une femme à ſoi, qui n'oblige point à ... (car il faut qu'un Medecin ſe marie,) une ſale de conſultans &c. : tout cela eſt néceſſaire à qui veut ſe donner pour Medecin. A Paris pour faire fortune, le premier pas eſt de commencer par ſe ruiner. *Chirac* épouſa la fille d'un Tailleur dont il emploia preſque toute la dot en meubles. Sa femme ſurpriſe & éploréé lui en faiſoit de grands reproches. *Conſolez-vous*, lui dit-il, *c'eſt un fond placé au dénier cinq. Tel qui venant chez moi ne m'eût donné que 24 Sols, donnera 6 ℔. pour ma haute-lice.*

Puisqu'on ſe prend par les dehors, il faut être auſſi bien vêtu, que meublé. Laiſſez dire *Hippocrate*, & clabauder *Sangrado*; & ſoiez, s'il ſe peut, auſſi magnifique que *Sylva* & *Sidobre*. Il vaut mieux aller à la Gargotgotte en velours, comme *Ferrein*, qu'en drap d'Elbœuf à l'Hôtel de Malte. Les Préceptes du Traité *de Decenti ornatu* étoient bons pour le vieux tems; il seroit ridicule de les rajeunir. Aujourd'hui la lancette & la seringue marchent sous la soye, la broderie, l'hermine & la Dentelle. La Medecine seroit-elle seule en habit bourgeois? Vous savez l'Etiquette dans les deüils de cour; c'est le velour ras qu'il faut porter. Paris est charmant par le désordre qui y regne; rien ne fait mieux l'éloge du Luxe. Si vous suivez ces conseils, vous reussirez d'une manière, ou d'une autre: vous aurez, ou des Pratiques de Medecine, ou des Pratiques d'Amour. Faute d'espèces, *Ferrein* vous dira qu'on a crédit chez le Charron, & il faut l'avoir, quand on veut courir les bonnes fortunes; car, comme dit notre Ami Maître Jean la Fontaine, *l'Amour est nû, mais il n'est pas croté.* Un homme d'Esprit à pié! suivi d'un savoiard qui s'impatiente! Eh fi! Il n'y a point de *Caillette* qui ne préfère un sot ou un fat trainé. D'ailleurs c'est annoncer sa misère & le mépris du Public.

L'ART

L'ART de vous emparer des Malades, eſt à préſent beaucoup plus approfondi qu'il n'étoit.

JE paſſe aux moiens de les gagner & de ſe les attacher. Amuſez-les ; c'eſt, ça été & ce ſera toujours l'eſſentiel du Medecin, comme je l'ai fait voir. Mais s'agit-il de maux & de remèdes ? Que votre Medecine rentre dans ſa coquille, comme un Limaçon: plus de gaïeté; plus d'air riant; plus de ſaillies. Que la Gravité répande ſon triſte nüage ſur votre Phiſionomie, & en éclipſe tout l'eſprit. Rien ne marque tant l'interêt qu'on prend à la Maladie, que de changer tout à coup de viſage & de paroître comme ſtupide & hébeté. Voilà ce qui plait alors. Vous ſouvient-il d'un certain Medecin de-Cour, appellé *Boudin*? Il avoit une vaſte Perruque dont les deux pans étoient ordinairement jettés en arrière. Lorsqu'on le conſultoit, il en jettoit un par devant; & dans l'inſtant il enfonçoit ſon petit front ridé dans cette épaiſſe forêt de poils, où il prenoit un air ſérieux & recüeilli. Il avoir raiſon; *ſeria ſerio*. Or quoi de plus ſérieux que

que les Maladies, fur-tout dans le beau
fèxe? Il eft vrai que s'il eft un Perfonnage ennuieux, c'eft d'écouter une
hiftoire qui ne finit point, de vapeurs
& de maux imaginaires. N'imitez pourtant pas le Laconique *Chirac*, qui pour
trancher court, nioit aux Malades jufqu'à leur propre fentiment. Ecoutez
au contraire & paroiffez vous inte-
reffer fortement; donnez des remèdes;
variez les fans ceffe, comme vos propos, qui doivent être ici d'un ton jovial
& divertiffant. Moiennant quoi, vous
aurez le département des Vapeurs,
qu'avoit *Sylva*, difficile à remplacer.
Suivez *Finot*; il avoit un Répertoire
de remèdes pour amufer un Malade durant une année entière. Lifez dans
les yeux de la Vaporeufe; peut-être
vous infpireront-ils mieux qu'Hippocrate. C'eft fans doute dans ce Livre
expreffif que *Brillant* avoit appris à
mettre fi heureufement en pratique les
Confeils de *Macbiavel* (*a*), de *Riviè-*
re

(*a*) Puellæ contrectandæ funt molli manû,
marito non advertente. *Mach.* blanda clitoridis
tillitatio juvat. *Riv.* Non aliud remedium
coitû præftantius. *La Mettr. de Vertig.*

re &c. Faites valoir toutes les autori-
tés, & fi l'heure du Berger fonne,
profitez en. Mais ne foiez pas auffi indifcret que *Brillant*; il faudroit être ré-
fervé, quand même vous auriez été la
dupe de votre méthode, comme le
fut *P. . .* pour avoir voulu s'affurer
de la perfection de fa cure. *Qu'alloit
il faire dans cette Galère? C'eft tenter
Dieu.*

Les femmes galantes font précifement celles qui demandent le plus de
ménagement. La Galanterie eft un
rameau fi chéri; que perfonne n'ofera
fi déclarer pour vous, fi vous ne re-
fpectez cette agréable branche de la
République: vous manquerez dans une
femme, à tous ceux qui y prennent
interêt. Fut ce une *Catin*, fongez qu'elle peut faire votre fortune avec la fienne; qu'elle peut vous perdre, l'aiant
faite; que vous déplairez à ceux mêmes à qui vous révélerez les malheurs
les plus attachés à fa profeffion. Mais
voilà un galant homme, je le fuppofe,
un de vos amis: il eft amoureux, fou
d'une de ces créatures, qui eft Malade, & qu'il fait que vous traitez. Pro-
blè-

blème embaraffant! il vous demande
fur votre honneur ce que voûs en pen-
fez. Le rendez-vous eft pris, les Loüis
comptés. Le laifferez vous donner
dans le panneau, & fe prendre à la
fouricière? Oüi, mon Fils, fi vous
avez à faire à un homme impatient;
fi non vous êtes perdu, à ce que dit
ce Coquin de *Machiavel.*

NE vous parez pas d'une bonne
foi pernicieufe. Ne dites pas qu'il y a
des maux incurables; qu'il faut vivre
avec fes incommoditès, comme avec
fes Ennemis domeftiques; que le tempéramment ne fe refond point; car ce
langage eft détefté. Les Mélancoli-
ques veulent des Remèdes; les Bouti-
ques des Apoticaires en font pleines;
donnez en & votre charge eft faite.
La Pharmacie étant épuifèe, vous avez
les eaux & le changement d'air. La
faifon des eaux eft d'une grande res-
fource aux Medecins; le voiage du
moins fera falutaire, il faut le réiterer
plufieurs années; car vive la Medecine Gymnaftique, fur-tout pour les
Avares, à moins que la *Mufique* ne
tienne lieu de tout, comme on l'a vû
dans la 2e. Partie.   HIP-

HIPPOCRATE (*a*), *Sydenham*, &c. font des modèles de candeur, qu'il ne faut point imiter : n'avoüez jamais vos fautes, fous quel prétexte que ce puis-fe être. Mille chofes ferviront à les couvrir : ce qui a été fait, avant qu'on vous ait appellé ; la lenteur des parens à demander le Medecin ; car

Principiis obfta ; ferò medicina paratur,
Dum mala per longas invaluere moras :

La gravité des fimptômes ;

Contra vim mortis non eft medicamen in
hortis (b).

tout ce que les affiftans peuvent dire par hazard, qui vous foit favorable &c. Panchez avec adreffe du même coté ; adoptez les raifons, fauffes ou vraïes, qu'on donnera de la mort du Malade. Réüffir, eft d'un homme d'efprit ; é-choüer eft d'un fot : Maxime qui doit être gravée en lettres d'or dans le cabinet d'un Medecin. La malignité des Maladies eft une bonne batterie.

Lais-

(*a*) V. De Vulnerib. Capit. &c.
(*b*) Ecole de Salerne.

C

Laiſſez *Boerhaave* (*a*) la traiter de fable
imaginée par l'ignorance des Medecins.
Si ce grand mot eſt doublement étaié
de l'experience & de la gravité, c'eſt
un piége auquel vous pourriez enfiler
Paris & Rome. Vous aurez recours
à l'ouverture des cadavres & vous direz aux aſſiſtans curieux, d'un air qui
les faſſe trembler : *Prenez garde ; recu-*
lez, je ſens la malignité, à la manière
dont coupe le ſcalpel ! Si vous trouvez
des tubercules pierreux, ou purulens
au poumon, des taches livides au foie,
des marques d'inflammation à l'eſtomac & ailleurs ; vous vous écrierez
encore : *Ah ! Dieux quelle malignité !*

LES remedes trop chauds ou trop
froids réüſſiſſent également à empêcher
la petite Vérole de ſortir ; c'eſt pourquoi
elle ne ſe montre quelquefois qu'aux approches de la mort ; au cou, à la poitrine, au viſage, entre cuir & chair,
ſous la forme de taches rouges, larges,
plates, éréſipélateuſes. C'eſt bien là
la petite vérole ; il n'y a pas de doute
ſur cela, ſi le Malade a reſſenti la pre-
miè-

(*a*) Malignitatis fabulas ignorantiæ ratio pro-
duxit. *Aph.*

mière attaque du mal, par une douleur
terrible qui lui perçoit le dos, le creux
de l'eſtomac, les reins, les cotes; *men-*
tant (a) ainſi la Néphrétique, la Pleuré-
ſie, l'inflammation du ventricule, du foie
&c. Cependant n'en convenez jamais.
Outre la malignité, vous pouvez alle-
guer la platitude des taches, & la rejetter ſur toute autre choſe, avec tant d'art
& de babil, que perſonne ne pourra
ſoupçonner, qu'il n'a manqué à la petite Vérole que la liberté de groſſir &
de s'élever, ou plutôt le rare bonheur
d'avoir un Medecin ſage. Pour ſuivre le courant, vous pouvez pouſſer
l'impudence plus loin. Le champ
eſt bien plus beau, lorſqu'on a été a-
pellé trop tard par un Confrère; car à
l'aſpect de la moindre éruption, vous
pouvez ſoutenir en face au Medecin
traitant, qu'il a ëu tort de ſaigner
(s'il l'a fait, depuis que le premier bou-
ton a paru); que ce n'étoit pas du
petit lait, ou de la limonade, qu'il falloit pour boiſſon, mais de bonne eau de
ſcorſonnère, du Perſil, du ſaffran,
de

(a) Expreſſion latine de Martial.

C 2

de la canelle, de la Thériaque, une bonne rotie au vin, ou autres drogues qui ordinairement ne valent pas le Diable, mais *quæ fapiunt apud Vulgus.* Par là vous ferez aux yeux de votre confrère, pour peu qu'il foit éclairé, un ignorant, un impudent mortel, un grand fripon même, s'il m'éft permis de vous le dire, Mr. mon Fils; mais il ne pourra jamais fi bien perfuader les affiftans, qu'un fourbe qui flate leurs préjugés. Vous rougirez peut-être de mettre en œuvre de tels confeils. Eh! pourquoi? Vous en feriez la dupe. Vos confrères ne font point gens à être en refte avec vous; croïez que tout vous fera rendu au centuple, & que vous ménageriez des hommes qui vous couvriront de honte à la première occafion : *Exurgunt enim per ruinam aliorum.*

De l'argent! de l'argent! Voila le tronc de l'Arbre d'Efculape. *Pete dum dolet, nam fanus folvere nolet.* C'eft à ce métal, & non au Malade, qu'il faut vous attacher. Les Malades, je vous prie, aiment-ils leur Medecin, pour lui-même, ou pour la fanté qu'ils en attendent ? S'A-

S'AGIT-IL de confultations par é-
crit? Le prix eft un demi-Loüis, & quelquefois on n'en veut donner que fix
francs ; alors imitez le Marchand qui
feint de reprendre fa marchandife & fait
rapeller fon monde, en demandant le
fecret fur le bon marché qu'il fait.
Ce Marchand en Medecine, c'eft
Caron. Il dit qu'on *ne fort pas du Cabinet d'un Medecin, comme d'une Eglife!*
Sortant de chez un Malade, il demande à la porte, *qu'eft-ce qui paie?* S'il eft
demandé hors de Paris, il confent à
partir, pourvû qu'on *éclaire;* & fa *lumière*, qu'il veut toujours faire paffer
devant, c'eft l'argent. Un valet de
Chambre qui devina ce qu'il vouloit
dire, reçut de lui un compliment fur
fa pénétration. L'argent foutient le
Medecin, & le confole de toutes fes
fatigues. S'il eft avare & trop inte-
reffé, il eft méprifé ; mais il eft riche
& heureux. Or " on eft heureux pour
,, foi, & non pas pour les autres ", comme dit Autereau (*a*).

Le

(a) *Démocrite prétendu fou.* l'Auteur de cet
Ou-

LE pis aller, mais quel mal? eſt d'être *affublé* d'une Epitaphe imperti-nente, dans le goût de celle de *Sylvius.* Eh bien! *Caron* s'y attend: mais qu'im-porte encore une fois? Il a bien fait paier ſes victimes, lorsque la douleur les rendoit génereuſes ; il n'a rien ne-gligé pour faire venir, comme on dit, l'eau au *Moulin.* Si ſa chaiſe venoit à ſe briſer dans quelque village, il fai-ſoit crier ſous ſon nom un petit chien noir ou blanc perdu. C'étoit aſſez la ma-nie de *Rivière,* qui faiſoit par le zèle & la charité que lui inſpiroit peut-être ſon amour propre, cette ſource de tou-tes les vertus, ce que *Caron* a prati-qué tant de fois par avarice.

LOIN d'être diſtrait, comme on l'a dit de *Chirac* (*a*), de repondre à con-treſens, en écoutant vos malades, car rien ne les bleſſe d'avantage, affectez un profonde méditation & apprenez de *Machiavel* les geſtes & les diſcours

de

de l'Acteur. *Hippocrate* qui avoit moins
de goût, que de génie, les a inférés
dans fon premier Aphorisme, (lui, ou
ceux qui les ont publiés) dont telle eft
l'énergie & la beauté, qu'elle brille encore malgré ce défaut, qui n'a été fenti par
aucun commentateur (*b*).

Je n'ai point de régles à donner ici.
Le fameux Comedien Baron expri-
moit la colère, en jettant un noeud de
fa perruque fur fon épaule ; c'eft ce
qu'il difoit lui-même à ceux qui lui
demandoient des regles de déclamation. Les Italiens & les Anglois (*c*)
rendent de la même manière, ou par
les mêmes tons, les paffions les plus
oppofées. Vos Confrères au contraire femblent s'être donné le mot, pour
exprimer la même affection de l'Ame,
l'avarice ou l'interêt, par des geftes
différens. L'un s'appuïe le menton fur
fon Bec-à-Corbin ; l'autre s'épluchant
le dedans des narines, fe promène en
long

Telle eft l'eftime où font les Beaux arts.
(*a*) V. la Facult. Veng. Act. II.
(*b*) Mauvais chiens de chaffe, que ces A-
nimaux là! Ils n'ont point de nez.
(*c*) *Lettres d'un François.* (l'Abbé le Blanc).

C 4

long & en large , s'arrêtant à chaque
pas, d'un air de méditation profonde
fur un mal, ou fur un malade, qui
communément lui font fort indifférens.
Celui-là, la tête baiſſée, met ſa main
ſur ſon front & garde un morne ſilence. *C'eſt un charme* , dit alors le petit
Bourgeois, *ce doĉteur fait plaiſir à voir.*
Les geſtes de *Sylva* (*a*), ont mérité le
pinceau de Voltaire, dans ſon *Epitre ſur
la Modération.*

PUISQUE chaque Aĉteur a ſes ges-
tes favoris, il eſt juſte que vous aïez
les vôtres. D'abord, en tâtant le
poux, parlant, interrogeant, ou diſ-
ſertant, il faut compoſer votre viſage,
vos yeux & juſqu'à vos mines, ſi vous
partagez ce dernier agrément avec
Sylva. Il faut enſuite n'effraïer perſonne, mais perſuader le Malade que vous
connoiſſez ſon mal, & que vous le gué-
rirez: apprivoiſer toute la Famille, lui
donnant une eſpérance mêlée de crainte,
& en faiſant à chacun des reponſes pleines de douceur. Plus vous ſerez natu-
rellement diſtrait, plus il faut affec-
ter

(*a*) "Il lève au Ciel les yeux , il ſoupire,
„ il s'écrie &c.

ter un air d'interêt, ſimbole de l'attention de l'eſprit. Point de legereté :
point de diſſipation, ni d'écarts ; point
de contradiction ; point d'*oui*, pour *non* ;
point d'examen, ni de jugement pré-
cipité. Un coup d'oeil vif & juſte
dépoſera contre vous ; on tremblera
d'exécuter des Ordonnances données ſi
fort à la legère. Enfin je ne puis vous
dire s'il faut flater, ou dire vrai ; c'eſt
à vous à le déviner dans chaque maiſon & dans chaque circonſtance.

A l'égard des viſites, il faut voler la première fois, & jamais s'of-
frir, ſans être demandé ; jamais ſe préſenter, même de la part des plus grands
Seigneurs ; autrement vous vous faites
un Ennemi de celui qui eſt en poſſeſſion de la victime ; & quand vous auriez ſauvé un homme, le Malade, ou qui
ne vous aimoit point, ou qui n'avoit
point de confiance en vous, ne vous
fera enſuite aucune ſorte de remercî-
ment. Vos ſoins ſeront non ſeulement en pure perte ; mais votre cure,
ſi belle ſoit-elle, vous fera plus de
tort, que cent autres malades que vous
aurez tués, ne vous mettront peut-être
C 5 en

en vogue : car on s'illuſtre en Medecine,
per vitas & mortes. On batit ſur des Ci-
metières de ſa fabrique.

LE Malade qui n'aura pû vous con-
gedier, en conſidération de ceux qui
vous envoient, ſe vengera par de mauvais propos de n'avoir pû ſe diſpenſer
de ſe laiſſer guérir par vous. Son but
ſera de donner toute la gloire de la guériſon, à l'ignorant qu'il aime, & qu'il
vouloit avoir ſeul pour Medecin, quoique ce ne fût peut-être qu'un Chirurgien fort ignorant dans notre Art.

LES viſites qui ſuivent la première,
ne doivent marquer ni trop, ni trop
peu de zèle & d'empreſſement. Faites
coup ſur coup, on paſſe pour un homme avide ; à moins que l'importance
du mal ou du Malade, ou ſa volonté
expreſſe ne l'éxigent. Il faut ſuppoſer une foule de malades dont on eſt
nuit & jour importuné ; c'eſt l'excuſe
du ralentiſſement. ,, On ne peut être
,, par tout à la fois ; on ne peut ſuffire
,, à l'Univers." Voilà votre point fixe ;
partez de là. Conſultez au reſte la coû-
tume & la mode du lieu. Ne quittez
pas toutes vos pratiques, pour une ſeule;

le; faites dix vifites, s'il le faut, veillez, fi vous pouvez; mais ne perdez pas une Ville, pour fauver un homme.

Si vous avez le coup d'oeil bon, ou le tact exquis, vous jugerez à peu-près du tems que poura durer la maladie. Si la guérifon n'eft pas loin, il ne tient qu'à vous de la reculer. Suivez vos confrères aux lits de leurs Malades, ils vous apprendront l'art d'allonger habilement la couroie : une petite palette de fang dans qui n'en a pas affez; un petit minoratif, un grain d'Emétique coulé *incognitò*, & autres petits poifons fort en ufage, vous procureront le plaifir de recommencer la curation, ou de troubler peut-être une heureufe crife. Qu'il y a d'écueils à fuivre la droiture & la probité! Si vous guériffez votre Malade trop-vîte; fi vous le traitez, ainfique vous même; *comme il m'a mené, dira-t-il! il m'a traité, comme fes Soldats. Quitte, ou double! La Pefte qui s'y fie! il a fauvé la vie à mon chef d'office; mais j'aimerois mieux mourir, que de me fervir d'un tel medecin.* C'eft ainfi qu'on fe félicitera d'avoir échapé au mal, & qui

C 6   pis

pis eſt, au Medecin, dans les mains du
quel on ſe donnera garde de retomber. Si
par un coup de maître, voïant de loin la
pétite vérole dans le ſang; vous la noiez
dans le grand courant des liquides, avant
qu'elle ait le tems de paroitre, de former
des Puſtules, de créver un œil, ou de gros-
ſſir un joli nez, on ne vous en aura aucune obligation. Votre art paſſera pour un
art chimérique & de la plus dangéreuſe
hardieſſe. Cet autre rempli de crapule eſt
attaqué de la Dyſenterie : point d'Emétique ; la cauſe du mal ſeroit emportée ;
vive le *diascordium*, qui la conſerve!
c'eſt un grand remede pour les medecins
& d'ailleurs le public n'eſt pas fort ſen-
ſible à la medecine *ProphilaQique.*

MON cher Enfant, tout change dans
la vie. Le discours dont je n'ai parlé
que par rapport aux aſſemblées des Medecins, n'eſt plus le même, tête à tête
avec un Malade. *Chomel* dit avec autant
de grace, que de complaiſance : *Mad*.,
vos maux ſont toûjours hors de la voie ordi-
naire. Il faut toûjours méditer, combiner
pour vous. Vous avez une petite agitation
dans le poux, une petite toux, un peu de lim-
phe épaiſſie; par conſéquent faiſons un Bol,
avec

avec du blanc de Baleine, du quinquina, & du Kermès. Le Sieur *Bacouill* dit aux Fiévreux : *si vous n'avez point envie de vomir, faites vous saigner ; si vous avez des nausées, prenez le Tartre estibié* (car les Gascons écrivent, comme ils prononcent, & *vice versâ*). Le joli Medecin ! Qu'eût dit *Sangrado*, lui qui déclame si fort contre la Fortune précoce de *Racine*, s'il eut vû un tel Ane occuper une des premières places du Royaume !

D'AUTRES s'arrêtent gravement au milieu de l'Ordonnance ; & regardant fixement le Malade entre deux yeux, *la tête*, disent-ils, en levant la leur, & *l'estomac pourroient bien être de la partie ? je le gagerois ; & les reins mêmes pourroient bien aussi un tantet souffrir ? N'est ce pas ?* si le Malade répond *oüi*, comme les Imaginaires font à tout hazard, & en même tems se plaint un peu de la poitrine ; alors notre Docteur repart ainsi : *je m'en doutois ; ajoûtons donc une poudre Céphalique pour la tête : quelques goutes anodines minérales d'Hofman, pour les acreurs du ventricule : (je n'en sai pas la composition, mais elles sont divines ;) puis douze grains de*

C 7 pi-

pilules de ſtarkey pour les reins; ſix *Cino-gloſſes* pour *conſoler* le poumon &c. La formule faite & envoïée chez l'Apoticai-re, eſt un Coffre plombé à la Doüane; le ſort én eſt jetté. Si vous étes aſſez ſot pour la redemander, ſous prétexte d'y changer quelque choſe, on vous deman-dera une autre fois ſi c'eſt votre dernier mot, c'eſt à dire qu'on vous rira au nez.

Il faut ſe prêter à la manière de pra-tiquer du pays. Le Célebre Mr. de . . . . . dans ſon ſecond voiage en . . . eut un point de côté pleurétique pour lequel il ſe fit ſaigner plus d'une fois ; le Roy lui dit qu'il avoit joué gros jeu. En Hollande, en Pruſſe, en Allemagne, la Medecine ſe fait avec des poudres inciſives, purgatives, calman-tes, & autres drogues ſolides ou liqui-des. Le quinquina n'y eſt guère uſi-té; il donne, dit-on, le Scorbut. Ces i-dées ſont ſi fort en vogue en Zélande, qu'on aime mieux avoir la fièvre deux ans de ſuite, que de prendre l'écorce du Pérou ; & moi-même je crois que j'aurois encore la fièvre double tierce qui me prit il y a environ un An, à Mi-delbourg, ſi malgré mon ancien ca-

ma-

marade *Wesflit*, habile medecin d'ailleurs, je n'avois avalé force quinquina, tant bon que mauvais. En combien de Païs, on ne faigne point, même avant l'éruption de la petite verole, tandis qu'en France, on verfe du fang, dans tous les tems de cette Maladie! Un Medecin qui laiffe fes Malades aller doucement dans l'autre Monde, compare nos Docteurs François à des pêcheurs qui voulant prendre plufieurs anguilles à la fois, lancent dans l'eau une fourche à trois branches (ces trois branches, font la faignée, l'Emétique & l'Opium), avec laquelle ils manquent cent anguilles & n'en prennent pas une. L'Heureufe comparaifon! Il vaut mieux que votre malade périffe d'une inflammation à la gorge qui l'empêche d'avaler, que de vous oppofer au goût & à la mode du Païs. Je reprefentois à plufieurs Medecins le tort qu'ils avoient de ne pas prévenir de tels accidens par la faignée; de ne point donner de quinquina &c. *Nous le fentons bien*, répondoient-ils; *mais enfin ce n'eft pas l'ufage; & un Medecin qui voudroit s'entêter contre le peuple, mourroit de faim.*

LAIS-

Laissez donc prouver Mʳ. Quesnay (a) qu'il n'y a qu'une Medecine &
une Vérité. Le plus court n'eſt-il pas de
ſe conformer à des préjugés , & à des
habitudes dont votre bien-être dépend?
Il y a, par exemple, des gens, qui
comme *la le Maure*, prennent tous les
jours des lavemens; cliſtériſez moi ces
C . . ſpongieux, *usque ad perfectam Satu-*
rationem, jusqu'à parfait contentement.
En Hollande , n'en ordonnez point; ils
ſont trop chers, (*b*) & cette operation
eſt un ouvrage. Une femme auroit le
tems de mourir, avant que ce remede
fût préparé : c'eſt pourquoi il eſt peu
uſité. D'autres ſont dans l'uſage de ſe
faire ſaigner tous les printems ; ne
leur laiſſez pas paſſer le mois de Mai,
ſans ſuivre leur loüable coutume. Revenez voir le ſang verſé, examinez-le
& paroiſſez vous y connoître, à la ma-
niè-

(*a*) Oeconomie Animale. *Nouv. edit. pref.*
(*b*) Le plus ſimple coute 36 ſols du païs.
(*c*) *De Purgantibus in secundâ variolarum*
febre.
(*d*) Il a paſſé pour le plus grand Medecin,
en ne faiſant rien, où en ordonnant ſeulement
ſa *poudre temperante*, ſon *eſſence douce*, ſes
Pi-

nière des Chirurgiens gafcons, jufqu'à y trouver les raifons de tous les maux auxquels le Malade vous aura dit être fujet.

Il ne faut point donner de Remedes à ceux qui ne les aiment point. Laiffez dire Mr. *Freind* (*c*) qu'il eft des cas qui exigent qu'un Medecin ait du jugement & qu'il s'en ferve avec vigueur. *Solano* l'eût regardé du même œil que *Zunol* & *Zapata*. *Staahl* (*d*) ne reftoit-il pas les bras croifés dans la petite vérole? & cette conduite n'a-t-elle pas trouvé des approbateurs, même parmi les Medecins (*e*)? Le plus grand honneur du Medecin, n'eft il pas d'être l'efclave de la Nature, comme *Boerhaave* l'a fait voir dans un beau difcours? c'eft donc bien fait d'être, comme notre *Allemand*, fpectateur oifif de tous fes mouvemens & de

Pilules. C'eft ainfi que *Molin* qui n'a fait preuve que d'une vieille routine, eft fort vanté par *Haller*, s'il eft vrai que ce foit lui, comme on me l'écrit, qui ait donné l'extrait des *Recherches fur la chirurgie &c.* dans la *Bibliothèque raifonnée.*

(*e*) *Hecquet*, brigand. de la Med.

de toutes ſes erreurs ; ou , comme fait
ſouvent *Bacouill*, de ſe retirer , ſans a-
voir rien ordonné , laiſſant le Malade dans le bourbier ; ou enfin comme
Winslow, de ne favoriſer que la liberté de la circulation , à moins que
vos Malades voulant abſolument que
vous leur ordonniez (*a*) quelque choſe , vous ne ſoïez forcé de le faire , à
la manière de *Sydenham* (*b*) qui , las
d'être importuné pour des fièvres tier-
ces printannières, conſentoit qu'on prît
un lavement, ou autre fadaiſe. Par la
complaiſance d'un tel homme , jugez de
l'abſolüe néceſſité de la charlatanerie.

Il en eſt d'autres, qui ſont inſatia-
bles des choſes mêmes, qui les tuent vi-
ſiblement. Le meilleur parti pour les
Hippocondriaques , par exemple, ſeroit
la Medecine d'*Aſclépiade* , ou *gymnaſti-*
que ; de monter à cheval , de voiager,
de faire de l'exercice , en un mot de
prendre des plaiſirs qui récréent & diſ-
ſipent , ſans épuiſer les forces. Les
mê-

(*a*) Donnez du vin aux yvrognes , vous
paſſerez peut-être avec le tems pour un autre *Aſclépiade*. Il fut chef d'une nouvélle ſec-
te,

mêmes conſeils conviendroient à ceux
qu'un poumon foible & délicat ménace
de Phtiſie. Mais ce ſeroit tems perdu, que de vouloir les convaincre
du tort qu'ils ſe font, en prenant des
médicamens de toutes mains. Alors
on eſt mieux recompenſé de ſuivre ces
dignes ſucceſſeurs des Arabes, dont le
papier toujours trop court, ſemble devoir plier ſous le fardeau de l'Ordonnance, *Racine*, *Tourneſol* &c.

MAIS point de remedes inconnus,
inuſités, Chimiques, ſans un myſtère
que l'Apoticaire ſeul, & jamais le Malade, puiſſe découvrir, comme on l'a
dit, car s'il ſurvenoit quelque facheux
évenement, il ſe croiroit empoiſonné
par l'experience, qu'il ſeroit perſuadé
que vous euſſiez voulu faire à ſes dépens.

CE qu'il y a de plus reçû, de plus
trivial, de plus innocent; voilà ce qu'il
faut preſcrire, ſans jamais perdre ce
point de vuë. Songez qu'un Malade
peut envoïer chercher votre formule,
l'exa-

---

te, pour avoir trouvé cette methode Bachique
de guérir &c. *Bayl.* 402. *Dict. critiq.* T. 1.
(b) *De febrib. Interm.*

l'examiner, quand vous ferez forti; &
s'il n'a jamais entendu parler de vos
drogues, il les jettera par la fenêtre,
& qui pis eft, furtivement, pour vous
faire croire qu'elles l'ont guéri, & fe
mocquer de vous, fi vous donnez in-
confidérement dans le panneau.

Ne vous preffez donc point d'attri-
buer la guérifon à vos Remedes.

Mon fils, on n'eft compatiffant,
(le mot le dit) qu'en fouffrant, qu'en
partageant les douleurs d'autrui. Je
vous plains, fi vous me reffemblez.
Je vous fouhaite au contraire un cœur,
tel que celui de *Vardaux*, ou de *Chirac*,
c'eft-à-dire, de Bronze & de Dia-
man, avec un vifage fenfible & un air
pénetré. Que l'état du Patient foit
peint fur votre phifionomie agonifante
avec lui. Que la trifteffe, ou la gaïeté fe fuccedant fubitement tour à tour,
annóncent la plus affreufe cataftrophe,
ou la plus heureufe crife. La figure du
Medecin eft le Barometre de l'efperan-
ce, ou de l'effroi. Si votre proïe vous
échape & que les Parques ne veüillent
plus filer pour elle & pour vous; pleu-
rez avec un époufe en pleurs; ou pa-
rois-

roiſſez du moins conſterné, ſi vous n'avez pas le don des larmes. Un Medecin qui ne change point de viſage, eſt décidé non ſeulement mauvais acteur, mais mauvais citoïen; on lui refuſe avec raiſon juſqu'aux moindres ſentimens d'humanité.

D'UNE mouche, faire un Elephant, c'eſt l'uſage des gens d'imagination en converſant, (a) & des bons politiques en faiſant la Medecine. C'étoit-là la méthode de ſylva. Il faut toujours, comme il le pratiquoit, exagerer le danger de la maladie. Si le malade meurt, tan-pis, ou tan-mieux pour lui, car je ne ſai lequel; mais le Medecin eſt perdu, ſi la Nature s'aviſe de ne pas tenir ce que la témerité de ſon Art, ou plutôt de ſon ignorance avoit promis. Il faut dire à la vüe du cadavre: ,, je ,, n'en ſuis pas ſurpris; tous ceux qui ,, ont été attaqués du même mal, ſont ,, morts; excepté Mr. un tel, qui grace ,, à ſon heureux tempérament & peut-
,, être

(a) L'Habitude de mentir fait qu'on ne peut plus s'en abſtenir. *Altera Idyoſincraſia.* On éxagère tout, ſans y prendre ſeulement garde.

„ être à l'extrême diligence qu'on a
„ faite pour m'apeler, a été soustrait
„ à la fureur de l'*Epidémie*" (*a*) : car
l'exception donne un grand poids au
mensonge. C'est ainsi que se conduit le
Bon bouleux Vardaux. On dit qu'un Avocat gagna un procés qu'il eût perdu, sans
l'adresse qu'il eut d'imaginer une loi. Un
medecin peut bien pour gagner de l'argent, supposer qu'il a fait une *cure incurable* ,

(*a*) Terme dont les Medecins couvrent leur
ignorance. Un grand nombre de Malades
sont-ils attaqués de la Dissenterie, de la petite
Vérole , du *Cholera-morbus* &c. ? Ils accusent
l'air, la saison , & même certain mois. C'est
un mal Epidémique , contagieux. Chansons
que tout cela. La cause de tous les maux
est dans le corps, & les Maladies paroissent en
tout tems, plus ou moins. N'en déplaise à *Sydenham*, j'ai vu des *Cholera-Morbus* en Automne
& en Hyver &c. Ce n'est pas que je nie tout-à-
fait l'influence de l'air : mais on le charge trop,
il n'est pas si coupable. Les gens foibles se res-
sentent principalement de son action. il est
rarement infecté.

(*b*) Le Tartre stibié.

(*c*) Ce mal a toujours son siége dans les
gros intestins, & jamais dans les grêles, si ce
n'est peut-être la largeur de quelques doits &
foiblement, à la suite d'une longue & opiniâ-
tre Dissenterie. Ce que m'a fait voir l'ouverture de plus de cent Cadavres. On trouve
des

rable, comme dit *Crispin* dans Moliere.

MAIS la même raison d'interêt, pour vous le redire en deux mots & en passant, doit vous engager à ne jamais emploier la Medecine préservative. Vous pourriez, je le fai, évacuer la crapule de cet *Apicius* avec l'ancien poison de la Faculté (*b*), & avec elle la cause d'une Dysenterie qui va devenir terrible (*c*). Vous pourriez chari-

des schirres, des inflammations, des gangrenes, des abcés externes & internes, un défaut de velouté, qui pend quelquefois long de la moitié du bras, au cul de ces malheureux, où il faut le couper. Les Medecins ignorans prennent cette tunique pour l'intestin même, qu'ils s'efforcent vainement de remettre. La mort est sûre, quand les choses parviennent à ce vif. Sur cent dissenteries, il n'y en a pas trois qui aient la fièvre. Ce mal est, comme la petite Vérole, une inflammation singulière, que les Medecins ne connoissent point. La saignée n'est bonne que par accident, en cas de fièvre, ou de *pléthore*. La cause de ce mal est l'acreté corrosive des humeurs, dont il faut d'abord emporter la source; autrement sans avoir le tems de causer une inflammation, le sang viendra par les selles. Il y a beaucoup de dissenteries sans inflammation d'entrailles, & *vice versâ* les intestins s'enflamment, sans causer la dissenterie : c'est pour cette dernière espece d'inflammation qu'il faut une rivière de sang. Degne-

ritablement empêcher cette belle *Géor-*
giene (*a*) qui doit vivre du revenu
de ses charmes, de relever avec un
gros nez & un œil de moins; n'en faites
rien; les malades sont toujours persua-
dés qu'ils n'auroient point ëu le mal
dont vous vous vantez de les avoir pré-
servés; on est regardé comme un charlatan, un imposteur qui en veut à la
bourse, plus qu'à la reconnoissance.
car comme on dit: *tel Prêtre*, *tel Peu-*
ple; *tel Maitre*, *tel Valet*; ma foi on
peut bien dire en general: *tels Mede-*
cins, *tels Malades*. La Plûpart sont bien
dignes, les uns des autres.

VOIONS à présent comment il faut
se conduire avec tous ces ennuieux fai-
seurs de questions, dont les lits des Malades sont entourés, & qui poursuivent
souvent le Medecin jusqu'à son carosse,
(car les Medecins emploiez en ont un,
quoiqu'ils ne les citent pas si souvent
que Mr. de *Réaumur*).

ON

gnerus, qui a le mieux écrit sur ce mal, n'a ni
tout vû, ni tout dit, comme vous voiez; car ces
observations me sont propres. Un peu de vraie
Medecine ne gâte rien.

(*a*) V. Volt. *Lettr. Phil.*

ON est sans cesse interrogé. La politesse veut qu'on réponde, & la Politique, qu'on réponde bien, ce qu'il faut précisément, ni trop, ni trop peu; encore ce dernier parti seroit il préferable. Il est bon de satisfaire tout le monde; mais il ne faut pas se compromettre, & ce sont deux choses difficiles à réünir.

METTEZ-vous d'abord dans l'esprit que la réputation du Medecin est toujours en danger, & souvent plus qu'un Malade même qui se meurt: que la plûpart de vos Confrères sont si familiers avec la mort, que les plus sinistres évenemens ne peuvent les ébranler (a); que la vie des Citoiens est la chose dont ils s'embarassent le moins; & qu'enfin vous trouverez mille ingrats, pour un cœur vraiment grand, & capable de sentir le prix des services qu'un bon Medecin rend tous les jours. Dans cette voie vous ne ferez pas un faux pas, si vous suivez les conseils que je vais vous donner.

Vous

(a) Et si fractus illabatur orbis, Impavidos ferient ruinæ. Hor.

D

Vous n'aurez pas la fureur de *Chi-rac*, ou de *Solano* ; vous n'aſpirerez point à l'honneur de paſſer pour ſorcier (*a*). Ecoutez un Profeſſeur en Medecine à Leipſic : ,, il faut parler avec beaucoup ,, de précaution, ſi l'on veut faire hon- ,, neur à l'Art ; ne point trop promet- ,, tre, épouvanter un peu, & non ex- ,, ceſſivement , enfin parler toujours ,, conditionnellement & avec un *peut- ,, être* ,, (*b*). *Bayle* recommande aux Medecins cette autre maxime *d'Aga- thon :* ,, il eſt vraiſemblable que plu- ,, ſieurs choſes arriveront, qui ne ſont ,, pas vraiſemblables (*c*) ''. Ne cher- chez donc point à deviner, pour ainſi di-

---

(*a*) De deux malades, celui que vous condam-nerez à mort, reprendra la vie, & celui dont vous aurez juré la guériſon , mourra, comme pour vous faire enrager. V. L'Hiſtore que Bayle raconte dans ſon *Dict.* T. iii. p. 547.

(*b*) Adverbe admirable !

(*c*) Ne ſe paſſe-t-il pas dans le Monde bien des choſes vraies, qui n'ont aucune vraiſem-blance ? Par exemple, quand deux gens ſe res-ſemblent , comme les *Sofies* , les *Menechmes* (dans *Molière*, & *Regnard*), on peut bien con-tinuer avec l'un, une converſation commen-cée

dire, la pluie, ou le beau tems de l'Art, ou vous vous tromperez plus fouvent que l'Almanach de Liege. Qu'il y ait une double corde a vôtre Arc, c'eft-a-dire un double fens, une amphibologie dans vos reponfes, comme dans celles des Sybilles, ou des Oracles.

MACHIAVEL, puisque Machiavel y a, (car Valentinus eft dans le même cas que moi, & s'il vivoit, il n'avoüeroit point *la Dette*, il craindroit les grecs, ou les juifs, comme on voudra nommer nos communs Antagoniftes,) Machiavel donc, qu'il vaut mieux reprendre tard que jamais, veut qu'on baptife toujours la maladie de quelque nom

cée avec l'autre. Je ne peux diftinguer les deux freres gémeaux Mr. R. de St. M. & il eft arrivé à ce fujet des erreurs qui autorifent les Auteurs que j'ai cités. Moi-même j'ai connu une perfonne, qui fut perfuadée pendant plufieurs jours que j'etois une de fes vieilles connoiffances, & que j'avois rendu des fervices á fa Mère que je n'avois jamais vuë. Il n'y eut que ma reffemblance avec Mr. H.... qui ait pû me faire deviner cette incroîable Enigme, que je fîs durer exprès plufieurs jours. Les coups de furprife font au refte infiniment plus frequens en Medecine.

nom que ce ſoit, qu'on en parle hardiment, ſans jamais paroître embaraſſé,
ni à la vüe du Malade, ni par aucune
queſtion.

JE ne ſuis point de l'avis de nôtre
Chef. Pour ſe conduire de la ſorte, il
faut être ſûr de ſon fait: par exemple,
Mr. *le Duc* de Grammont demanda en
pleine table à Mr. *de la Mettrie*, qui
avoit l'honneur d'être ſon Medecin,
quel jour la dyſenterie d'un de ſes valets de chambre ſeroit guerie. Dans
quatre jours, lui répondit-il, en riant;
à quelle heure, reprit le Duc ſur le
même ton? A vôtre lever, Monſieur,
repliqua-t-il, à cinq heures du matin.
L'évenement qui juſtifia la plaiſanterie,
étonna fort enſuite ceux que d'abord
elle avoit fait rire.

IL n'en eſt pas de même d'une infinité d'autres Maladies, dont on ne connoit pas plus le cours incertain, que
la

(a) V. Les Obſervations de Medecine pratique, de Mr. *de la Mettrie*, dediées à Mr. *Me-*
nara, Medecin de St. Malo, fort eſtimable
& fort eſtimé, en reconnoiſſance d'un grand
nom-

la nature compliquée. Tel qui annonce un abcés au foie, fous prétexte d'une douleur au défaut des côtes droites, & d'un verni de jauniffe, avec fièvre hectique (*a*), comme je l'ai vû, en trouvera un au Poumon, & *vice verfâ*. Alors les Docteurs ont *un pied de Nez*, comme on dit vulgairement.

IL y a affez de témoins de notre ignorance & de notre témerité, fans en aller encore chercher parmi les morts. Défiez vous de ces peftes de gens-là: leur filence eft plus à craindre, que le babil d'un fot n'eft ennuieux : il dépofe tous les jours contre les Medecins.

NOMMEZ donc plutôt un grand nombre de parties qu'une feule ; dites :
„ tout eft ici entrepris ; ces angoiffes,
„ ces anxietés, ces douleurs font trop
„ continuës, trop terribles, pour ne
„ pas

nombre d'Obfervations de ce Docteur, qui n'eût jamais ëu le tems d'en faire part au public, tant il eft emploié. L'Auteur les a indiftinctement confonduës avec les fiennes fouvent faites enfemble. *Cæfaris quod eft Cæfaris.*

D 3

„ pas reconnoitre une foule de caufes.
„ Les Reins, la Veffie, le Foie, l'Efto-
„ mac, les Inteftins, tout eft etranglé,
„ irrité, rien ne paffe ; Les Medeci-
„ nes, même mêlées d'Opium, ne fe
„ confervent point " &c. Par là veritablement que faites vous, fi ce n'eft
vous menager des reffources que la prudence fuggère, & que fouvent l'étendüe du domaine d'une maladie force
de chercher ? Et puisque la Nature s'enveloppe, l'Art ne feroit-il pas bien infenfé d'ofer fe montrer à découvert pour
être méprifé ? Sage & refervé dans
vos reponfes & vos prognoftics, enve-
loppez-vous donc dans le même voile
& comme dans le manteau des com-
plications qui frappent les yeux. Point
de *mais*, point de *fi*, ni de *car*. Vive &
brille à jamais l'Adverbe donc j'ai parlé!
Il n'eft point de piege plus dangereux
que celui de ces maudits Monofyllabes;
tôt ou tard, on y eft atrapé. Songez
que toute propofition conditionnelle eft
la marque, ou du moins regardée comme telle, d'un efprit incertain & fans
vües. On dira que vous biaifez, que
vous vacillez, que vous avez perdu la
tête,

tête, & ne favez plus *de quel bois faire fleche* &c. Feu M^r. *de la Peyronie* s'eft attiré tous ces difcours & beaucoup d'autres infiniment plus mortifians., pour s'être vingt fois par jour contredit avec les mêmes Seigneurs dans la terrible *maladie* de Mêts, dont il s'étoit témerairement chargé. Il faut toûjours dire la même chofe, & foutenir plutôt fes erreurs, que peut-être le cornet du deftin reparera, que de fe couper honteufement foi-même. *Sylva* avoit pour fyftême de raffurer les uns, en faifant trembler les autres; il difoit les chofes les plus oppofées, mais à differentes perfonnes. Il eft vrai qu'il fe fouvenoit toujours parfaitement de ce qu'il avoit dit aux mêmes queftionneurs, de forte qu'il avoit coutume de dire à fes amis : *Si j'ai tort avec* Gautier, *j'ai raifon avec* Garguille. *Les évenemens les plus déplorables me fervent, comme les plus heureux.*

JE n'aprouve point cette Politique, quoiqu'elle ne foit pasd'un fot, comme la précedente; ce ne feroit point la mienne : je préférerois une des propriétés de la matière, l'impénétrabilité; c'eft un

foû-

foûterrain, où l'on peut fe fauver avec tout le monde, & où vos ennemis ne peuvent vous fuivre. Dans le fiftême de ce Docteur, on ne joüit point affez des grands fuccès. La Medecine eft un fecret pour le Public: pourquoi lui réveler ce que la Nature & l'Art dépofent rarement chez les Medecins mêmes? c'eft s'expofer à faire de fauffes confidences, dont on eft la Dupe.

H I P P O C R A T E appelloit *principe divin* ce qu'il ignoroit. Les Modernes ont imaginé la *malignité*; quelques-uns ont recours au Soleil, à la Lune &c. comme on l'a vû, avec tant d'autres fotifes de *Mead*, de *Pitcairne* &c. Si vous dédaignez de repeter les chimères d'autrui, imaginez-en de nouvelles, pour expliquer ce qu'on vous demande, & ne reftez jamais court.

J E n'ai pas prétendu par tout ce que je viens de dire, que vous deviez jamais paroitre héfiter fur la caufe & la Nature des Maladies. L'indécifion eft la compagne de l'ignorance. Quoique vous n'aiez jamais vû un tel mal, prononcez donc hardiment : trompez par d'ingénieux fophismes, plus obfcurs encore.

core que la Maladie, *propter metum Ju-*
dæorum, comme je l'ai déjà dit avec
Bayle, fans le favoir; c'eft-à-dire,
Mr. *Bacouill*, à caufe de ces Juifs qui
feront appellés juges de votre procès
au tribunal d'une famille en fureur,
pour ne pas repeter les autres raifons
que j'ai déjà dites. S'ils vous craig-
nent, & en conféquence vous font
l'honneur de vous haïr, vous êtes un
homme perdu. S'ils vous aiment,
comme un Medecin doux, & medio-
cre, qui ne peut leur nuire; les aïant
conquis par la flatterie, par l'amitié,
ou par l'interêt, en leur faifant fouvent gagner de l'argent, alors ils ver-
ront avec vous tout ce que vous aurez fottement prédit, & enfin ils diront
tout ce que vous voudrez. Voilà le
feul cas, où le tribunal des Morts n'ait
rien de redoutable pour les Vivans de
la Faculté.

Les Remedes demandent la même
circonfpection. Ne dites point: "l'E-
,, métique ordinaire fait vomir; l'E-
,, métique, ainfi que le Kermès, fe-
,, ché au four, ne fait point vomir;
,, le verre d'Antimoine, donné à la ma-

D 5 niè-

niére des Anglois, à la dofe d'un quart
de grain dans de la cire, diffipe les
duretés, les tenfions du ventre, l'amol·
lit, emporte les tranchés, les Hoc-
quets, les fpasmes, les crampes, la
rétraction des Tefticulés, le Priapisme
(a), & guérit en un mot en purgeant
les Dyfenteries les plus opiniâtres: ne
dites point l'Opium eft falutaire dans
les infomnies inquiétes de la petite Vérole &c., car vous n'en favez rien:
rien n'eft géneralement vrai & l'on
voit tous les jours des effets inatten-
dus. Le Kermès, par exemple, ne
va-t-il pas, fuivant qu'il eft pouffé par
la Nature, comme un vaiffeau par les
vens, ou le courant des eaux? Sur-tout
encore une fois point de prognoftic;
il fait plus d'honneur à la Medecine,
qu'au Medecin. Laiffez dire Galien &c.
& croiez que fi une prédiction fatale
s'accomplit, on pourra vous pardon-
ner votre habileté févère; mais que fi
vous vous êtes trompé, une feule erreur
vous

_____

(a) Symptômes, qui viennent de l'acreté des
Humeurs, qui irritent le petit mufcle, commun

à

vous enlevera tout le fruit de votre Art, fuſſiez-vous un auſſi grand magicien que *Solano.* En vain vous aurez rencontré cent fois juſte ; on n'oublîra jamais, que tel que vous aviez condamné, en a rappellé, & que le mal que vous a-viez crû leger, eſt devenu mortel. *Bacouill* peu inquiet du paſſé qu'il oublie, laiſſant là la fatigante Medecine *Anamneſtique*, (comme frivole), ignore le préſent, (peu utile), & prédit cependant l'avenir (bagatelle!). Savez vous pourquoi? C'eſt que le grand *Chirac* lui a dit : *tirez toûjours votre prognoſtic*, nigaut, *comme vous me voiez faire; vos propres erreurs vous corrigeront.* O la Belle lecon! je m'étonne que les Medecins ne l'aïent fait inſcrire en lettres d'or ſur la porte de leur Ecurie.

BEAUCOUP de gens feront tout le contraire de ce que vous leur recommanderez. Ne dites donc point, à la vûë du Malade convaleſcent; *il étoit tems d'y remedier ; vous auriez eu*

une

___

à l'Anus & au Bulbe de l'Urêtre: ce que perſonne n'a encore dit. Je ne vois pas même qu'on ait obſervé juſqu'ici tous ces ſymptômes.

D 6

une grande Maladie, sans cette Medecine de précaution ; & cent autres discours imprudens , dont vous avez vû les conséquences : en un mot il faut être certain qu'on ait pris vos remedes.

Ce n'est que lorsqu'on voit la teinture des drogues prescrites dans les selles, qu'on doit triompher, à l'exemple de ce Medecin de qualité, que Boissi a joué dans une de ses Pièces, sous le nom du Medecin Prussien , qui aïant fait prendre au fils d'une fermier géneral, un peu de *Gilla Vitrioli* de Paracelse, lorsqu'on lui montra les selles noirâtres : *Mon Dieu* , dit-il, *que cet Enfant est heureux d'être délivré de cette*

(a) Ou de femme, ou de Mari qui soupire après le veuvage ; & à ce sujet on me permettra bien de transcrire ici un plaisant conte que je puise dans une de mes Mines (*Bayle* qui l'a tiré du *Menagiana*). Je ne sai si *Brubier* en a fait usage, car il entre à merveille dans son projet de differer les enterremens en France. ,, Dans un village du Poitou, une femme eut une grosse Maladie à la fin de laquelle elle tomba en létargie. Son Mari & ceux qui étoient autour d'elle, la crurent morte. Ils l'enveloppèrent seulement ,, d'un

te corruption! Il eût eü une fièvre malig-
ne épouvantable. C'eft ainfi que les O-
pérateurs confolent ces Païfans, auxquels ils font prendre des eaux Martia-
les artificielles.

BEAUCOUP d'autres non feulement rejetteront vos Ordonnances,
mais voudront en faire eux mêmes, &
que vous les approuviez. Les plus ignorans vous propoferont férieufement
des remedes ; la famille, les amis, vous
folliciteront. Ce n'eft plus comme a-
vec les Malades ; *En mourra-t-il ? Quand*
fera t-il hors d'affaire ? Jufqu'à quel jour
croiez vous qu'il aille ? & autres difcours
d'héritiers (*a*) preffés ? C'eft une autre
for-

,, d'un linge & la firent porter en terre. En
,, allant à l'Eglife, celui qui la portoit, paffa
,, fi prés d'un buiffon, que les épines l'ayant
,, piquée, elle fortit de fa létargie. Qua-
,, torze ans apiès, elle mourut encore, au
,, moins le crut-on ainfi. Comme on la por-
,, toit en terre & que l'on approchoit d'un
,, buiffon, le mari fe mit à crier deux ou trois
,, fois : n'approchez pas des hayes ''. On a
vû un Soldat Militairement enterré, c'eft-à-
dire legèrement couvert dè terre, (à Strasbourg) & qui lui même fut retrouver fon
lit, & fit belle peur à fes Camarades.

D 7

forte de perſécution; quel mal, voulez-vous
que faſſe un auſſi innocent Remede? Il a guéri Mr. un tel, Madame une telle; &
cela toujours préciſement dans le même cas.   Si vous n'opinez pas du bonnet; voilà les Medecins! ils ſe mocquent
de l'expérience d'autrui, & n'eſtiment
que la leur. Il ſuffit qu'un remede guériſſe,
pour qu'ils le rejettent, & on ſent bien
pourquoi: comme ſi Hippocrate & Galien n'avoient pas bati leur Medecine ſur
l'expérience des autres, dit la Celèbre
Louiſe Bourgeois!

SI le malade meurt après vos refus,
auxquels on n'a oſé s'oppoſer, vous
ferez chargé de l'evenement. ” Il en
„ eût échapé ſans vous, ſans votre
„ horrible entêtement ”.   Quel fléau,
dit-on alors, que les Medecins!

TACHEZ donc de vous plier à tout,
à l'exemple de Caron, ſans jamais rien
rebuter brusquement. Il y a mille choſes indifferentes; il y en a mille autres
agréables, qui quoique moins dans l'in-
di-

(a) Expreſſion de Sylva, qui eût été moins
ridicule dans la bouche de Van Helmont. V.
Py.

dication, font plus falutaires, & con-
feillées pour cette raifon par *Hippocrate*,
& fon émule *Aretée*, fur-tout dans les
maux d'Eftomac, qu'un rien *chagrine*
(*a*). Il y a encore des Remedes nuifi-
bles, foit qu'ils allongent la Maladie,
foit qu'ils n'abregent les douleurs que
de quelque peu de tems. Pour ce qui eft
des premiers, nous avons vû qu'ils font
peu fcrupuleufement ufités; & quant
aux feconds, certains cafuiftes prétendent qu'on peut les donner hardiment, fans être fi grand *Machiavélifte*,
dans ces cas où la Femme, les amis,
au defefpoir de voir tant fouffrir un
Malade, font réduits à la trifte néces-
fité de lui fouhaiter la mort, comme
Mʳ. *Scultens* (*b*) le dit du grand & malheureux *Boerhaave*. Que répondre à
une famille qui vous dit ? *Selon vous,*
c'eft un homme mort, il n'en peut reve-
nir. On ne risque donc rien de lui donner,
par Exemple, *le lilium.* Il eft vrai que
le Malade en fera quitte, pour une plus
vio-

Pylor. Rect. Ce chapitre vous dira pourquoi.
(*b*) *Oratio in Boerhaavii , Viri fummi Lau-*
dem.

violente Agonie. Il faut donc y con-
fentir, d'autant plus, qu'on a vû quelquefois des crifes heureufes & furpre-
nantes par ce Remede; & que vous
avez à dire avec Celfe, outre la Maxime d'*Agathon; melius eft anceps remedium tentare, quam nullum.* Enfin plus
on eft fage, plus on fe défie de fa raifon
& de fes lumières : plus on fe dépouille
de tout ce qu'on nomme opinion. Je vois
avec plaifir que ceux qui ont le mieux
approfondi la Nature, n'en ont aucune
(*a*) C'eft une Reine abandonnée.

N'Aïez pas une Morale plus rigide
que *Caron.* Il n'eft Medecin que les
deux ou trois premiers jours; encore
n'exerce-t-il pas despotiquement fon
Empire; mais il ne l'étend pas ordinairement plus loin. Après quoi remedes
bons ou mauvais, il adopte tout; il
dit que c'eft l'affaire des Malades &
non la fienne; que telle eft leur pré-
ven-

(*a*) Voila, dira-t-on, le Pyrrhonifme revenu. On verra fi je fuis Pyrrhonien en Medecine; Mais il eft clair que je ne le fuis poïnt
fur le compte des Medecins; ils auroïent mauvaife grace de me le reprocher.

vention, qu'ils prendroient toûjours malgré lui les Remedes propofés, & qu'ainfi le mieux eft de fe relâcher un peu de fa féverité, parceque, ajoute-t-il, on peut rejetter fur les parens les évenemens funeftes, qui fans la complaifance du Medecin, auroient été infailliblement attribués à fa feule conduite. Non feulement donc on fe met par là à l'abri de tout reproche; mais on pare à tout, en faifant voir qu'on n'a ëu qu'une condefcendance, forcée (*b*) par les importunités & par les fauffes expériences vantées mal à propos. Enfuite il faut ajouter : ,, Voilà ce que c'eft que de fe mêler d'un ,, métier qu'on n'entend point. *Ne futor* ,, *ultrà crepidam* (*c*). Tout le monde ,, a cette fureur, & en eft la victime ''. Mon fils, cela s'appelle tirer parti de tout, & fe menager un recoin, où l'on fera troûvé neceffaire.

LORS-

(*b*) Comme celle du bon *Sydenham*. V. *de febrib. intermitt.*

(*c*) Un peu d'érudition ne gate rien. *Aftruc* en met par tout; c'eft la *moutarde* de fes Ecrits, comme on l'a vû. Moutarde fade.

LORSQUE vous préfcrivez quelque Médicament que ce foit, vous devez férieufement réflechir fur ce qu'il en peut arriver ; & fi en cas de malheur, on ne peut pas blâmer votre conduite. L'état actuel du Malade eft-il périlleux ? Abandonnez tout à la Nature égarée; qu'elle s'en tire, comme elle pourra; c'eft fon affaire. Le Medecin n'a point affifté à la création, pour favoir comment le corps eft fait & fe défait ; & quand il le fauroit, il faudroit encore avoir, ce que les Poëtes feignent qu'il y avoit autrefois, *fenêtre au corps*, chofe commode aux Medecins d'alors (*a*). Dites feulement que la Nature eft bonne & fage, & on dira que vous l'êtes. N'ordonnez chofe au monde, ou feulement que de petits remedes à la mode qu'on ne puiffe accufer, pour les raifons données ci-devant.

NE vous obftinez pas plus contre les Malades, que contre vos Confrères. Si le Malade, ou fa famille montre une répugnance invincible contre certains remedes, tels que l'Opium, l'E- méti-

(*a*) La Fontaine. *Cont.*

métique, la faignée, &c. quand vous
croiriez que la vie en dependroit, ne
vous entêtez pas à les donner. Ou fi
malgré tout ce qu'on vous dira, vous
perfiftez dans vos opiniatretés, vous
ferez chargé de toute l'iniquité, fi par
hazard votre Malade vient à perir.
Mille experiences vous autorifent à
fuivre ce confeil; mais je ne vous ferai part que d'un feul trait arrivé à *Chirac*. Il voulut abfolument faire faigner
du Pied la femme d'un Confeiller au
parlement. Cette Dame montra tant
d'Antipatie pour cette faignée, qu'elle dit cent fois qu'elle mourroit dans l'o-
peration. Elle pria inftamment fon
Docteur de prendre le bras, au lieu du
pied. Celui-ci s'imaginant bonnement,
comme bien des Gens le croient encore, que la faignée du pied dégage
mieux la tête, lors même que les gros
vaiffeaux font encore pleins, (quelle
fotife!) n'en voulut jamais démordre,
& ne fit que fe moquer des terreurs
paniques de la malade. Cependant la
veine s'ouvre, la femme meurt & le
Mari au defefpoir, va fejetter dans la *Rivière*. Arrive *Chirac*: en grand Medé-
cin,

cin, que rien ne déconcerte, il écoute tranquillement cette tragique Hiſtoire, & remonte en Caroſſe, en diſant: *Parbleu, voilà de grand Fous!*

L'HORREUR de la Nature eſt un ſentiment inexplicable; on ne peut la vaincre; il faut en craindre les ſuites, principalement dans une imagination vive. Un Medecin qui ne fait pas taire ſes maudites *regles*, pour écouter un tel inſtinct, eſt un imprudent & un inſenſé: mais lorſqu'on a bravé ces répugnances terribles, c'eſt une ſeconde folie de ne pas prendre les précautions en uſage, au ſujet des agoniſans.

IL faut s'informer dans le voiſinage, ſi par hazard le malade ne ſeroit pas mort depuis la dernière viſite. Si vous apprenez qu'*oui*; alors ſans paroître étonné, dites; *je l'avois bien prévû; je n'aurois pas même crû qu'il eût été ſi loin. Le Pauvre homme a bien ſouffert! mais enfin il faut que tout le monde paye le tribut, Grands & Petits;* & autres Bourgeois *bavardages de Mylord claquedent.* Baptême ajoute: *Pallida mors æquo pulſat pede pauperum tabernas regumque turres.*

S I

SI un Malade vous chaffe par une porte, vous rentrerez par l'autre, fous prétexte de vous conformer à vos ftatuts, ou du fimple interêt que vous prenez, ne dites pas à fa bourfe, mais à fa fanté. Je me fouviens qu'un Capitaine des *Houlans*, impatienté de voir fans ceffe revenir les Medecins de ... tantôt l'un, & tantôt l'autre, même après les avoir fait payer, fut enfin forcé de faire mettre un Sentinelle à fa porte, avec ordre de les bourrer. Ils étoient furieux que le Malade me voulût feul. C'étoit un plaifir de voir de quel lointain & de quel air ils regardoient, comme des gens battus, le champ de Bataille. Voilà de déterminés chaffeurs de *Schellings!* Mais avoient-ils tort? Un Medecin étranger refte quelquefois, & s'établit dans une ville, où il ne comptoit féjourner qu'un certain tems. Cela augmente le nombre & conféquemment diminuë le revenu des Guériffeurs. C'eft une *regle de trois* qu'un avare a bientôt faite.

ENFIN, pour ajouter ici toute la fcéleratesse qui accompagne trop fouvent la pratique des Medecins, & qu'il

ne

ne manque rien au Tableau de leurs mœurs, si une pauvre fille que son propre cœur a séduite, & qui se trouve prise à l'hameçon de l'Amour, vient chercher chez vous un remede plus promt, que celui de la Nature, le lui refuserez vous? Et vous, Medecin, Homme de sac & de Corde (*a*), serez-vous retenu (*b*) comme un sot, par le frein des préjugés? Attendrez vous de cruels délais, pour tirer une malheureuse de l'abîme, duquel elle vous implore! Si elle est riche, de bonne maison, si une mère aussi génereuse, qu'au dé-
ses-

(*a*) Les Medecins ne se facheront pas d'un Epithete que j'ai entendu donner en Chaire à *St. François.*

(*b*) En ce cas vous seriez beaucoup plus scrupuleux que le digne fondateur de votre Art.   Vous savez l'histoire de cette galante chanteuse, qui devenue grosse, pour n'avoir pas toujours chanté, & qui aïant grand' peur de perdre sa voix, (par la raison peut-être, tant la belle enfant étoit simple! qu'il sort plus d'air par une grande, que par une petite ouverture), fut consulter Hippocrate. Ce sage oubliant ses propres loix, (*se sponte legi Legifer obligat*) lui conseilla de sauter haut & souvent, les jambes fort écartées, & à plomb. Le conseil fut suivi,
&

fespoir, vous offre la moitié de fon
bien, pour fauver l'honneur de fa fille
& le fien propre qui en dépend, comment faire? J'avoüe que le cas eft embaraffant. Au défaut de confeils, c'eft
à vous à voir fi vous n'aurez point de
remords, en fuivant l'exemple que je
vais vous propofer; il contient le
crime & l'art de le faire valoir. Mada-
dame M . . . à la fille de laquelle
un Prince avoit fait un enfant, fut trouver le plus fcélerat des Medecins, homme fans foi, fans probité, fans réligion d'aucune efpece, & qu'elle favoit

& heureux; car il vint un bon petit œuf fécon-
dé, qui eût fait un homme & dont les traces eus-
fent au moins effraié les Amoureux, fi la Mufique n'y eût rien perdu. La fille enchantée en
fit préfent au divin Grec: ce qui lui donna occafion de nous en écrire quelque chofe; comme une matrice groffe, heureufement volée
dans un cas rare, a procuré au celebre M^r.
Noortwyk le plaifir & l'honneur de découvrir par
l'injection &c. la communication, qui n'avoit
point encore été connüe, on du moins prouvée
avant lui, entre les Vaiffeaux arteriels & vei-
neux de la Matrice & du *placenta*. V. Hipp. *de
Nat. puer.* C'eft le premier qui ait parlé de
l'œuf humain; tant eft *nouveau* le fyftême des
œufs.

voit avoir plus d'une fois fait payer à la mère, le meurtre de son enfant. Elle arrive toute éplorée chez ce Fripon, (car quel nom donner à ce malheureux)? A quelque prix que ce soit, au nom de Dieu, Monsieur, lui dit-elle, d'un ton de suppliante, soïez le sauveur de ma famille; ma fille est grosse, délivrez-la, & vous me rendrez la vie. Eh! bien, Madame, repliqua le Docteur, que voulez vous que je fasse? Voilà une malheureuse affaire. Est ce qu'un habile Homme tel que vous, reprit la mère, n'auroit aucuns remedes pour de si frequens malheurs! Le Medecin rêva quelque tems, regarda le Ciel qu'il alloit offenser, & fit des mines de posse-dé, que la Consultante prit d'abord pour un refus; mais elle en fut quitte pour

la

(a) De N... habile accoucheur de L. qui servit Madame de Fenelon dans les Couches qu'elle fit à la Haye, appellé chez une païsan-ne en travail d'enfant, ne voulut pas la secou-rir, sans être paié d'avance. Le Mari n'aiant pas autant d'argent comptant, qu'il en fal-loit, fut vîte en emprunter de tous ses voi-sins & amis. La recette ne se trouvant point encore assez abondante, tous les assistans le

sup-

la peur ; il promit tout. Mais, Madame,
fongez-vous bien, reprit-il, après a-
voir un moment comme rentré en lui-
même, fongez-vous bien jusqu'à quel
point il faut être verfé dans les plus fecrets myftères de l'Art, pour réuffir
en ce cas. D'ailleurs les remèdes font
extrêmément chers, j'entens ceux
dont l'effet eft fûr & conftaté par de
fréquentes expériences. Difcours de
Fripon, qui veut être bien paié ! auffi
le fut-il, lorsque la pauvre enfant eut
été délivrée par ce coquin d'Efculape,
du fardeau, dont mal-adroïtement l'a-
voit chargé l'Amour. Ce fuccès horrible
ruina presque la mère, de laquelle il
tira & avant & après, des fommes fi
confidérables, que certains les font monter à 100000 ℔. (a) Le Prince informé
de

fupplièrent en vain de mettre la main à l'œuvre ; il ne céda aux prières & aux larmes,
que lorsqu'on y eut joint l'argenterie, celle
même qui étoit utile à la Malade. Comme
une telle récompenfe de fon adreffe, étoit u-
ne chofe forcée ; appellé en Juftice, il lui falut regorger la plus grande partie de ce qu'il
avoit ainfi extorqué. Voilà un fait qui n'eft
qu'un petit *Pendant* de l'autre ; & qui me fait
re-

E

de l'indignité de cette manœuvre, auroit certainement fait pendre le Medecin , si la Dame même ne fut venüe
les larmes aux yeux se jetter à ses piés
& lui demander grace & miséricorde
pour ce malheureux, qui regna & fit
fortune en Medecine le siècle dernier.
Tirons le rideau sur ces horreurs, & di-
sons avec *Rousseau* (*a*),

> *Fortune, dont les mains couronnent*
> *Les forfaits les plus inoüis &c.*

C H A P. III.

Politique par rapport à la Religion.

S I l'Anatomiste, le Physicien, le
Chymiste &c., font les seuls confi-
dens des plus rares merveilles du Monde, à combien peu de Medecins cette
confi-

_____

regretter que le Medecin n'ait pas du moins
restitué tout ce que lui avoit valu l'abus le
plus

confidence 'a-t-elle été faite! Combien
peu y en a-t-il, à qui la Philofophie,
même celle du corps humain, ne
foit pas tout-à-fait étrangère! *Aftruc*,
Molin &c. Philofophes! Auffi ne font-il
pas expofés au foupçon d'impiété & au
titre odieux d'Athée, s'il eft vrai, comme on pourroit le conjecturer, que ce
foupçon ne puiffe être fondé que fur l'é-
tude de la nature. En effet a-t-on vu pas-
fer des ignorans pour Athées & n'a-t-on
pas vu au contraire accufer un *Leibnitz*,
un *Mallebranche*, un *Wolf*, un *Descartes*, des *Boerhaaves*, des *'s Gravefandes*
&c.? Accufation qui ne peut avoir d'autre fondement que le profond favoir de
ces Grands Hommes & l'ignorance de
leurs fentimens: accufation par là-mê-
me bien digne de ceux qui l'intentent.

DES Medecins beaucoup plus éclai-
rés, ont donné dans les idées les plus
ridicules. *Hoffman* a fait un traité *de
Potentia Diaboli.* Je m'imagine voir
Newton expliquer l'Apocalipfe. Ce
Me-

plus honteux & le plus indigne de fa profeffion.
(*a*) *Ode à la Fortune*, piéce fublime.

E 2

Medecin a fait cet ouvrage, pour prouver que le Diable (*a*) se mêloit de nos maladies, & qu'il étoit la cause de ces extraordinaires bouleversemens de l'Oeconomie Animale, où l'on ne comprend rien. *Winslow*, pauvre génie, mais que la Postérité comptera parmi les Anatomistes, est grand Partisan des *Possessions*; il voit souvent du sortilége & de la Magie, dans des maux faciles à concevoir par le seul *Naturalisme*.   Il croit qu'on a le Diable au corps, lorsqu'un mal lui semble tenir du prodige : c'est pourquoi son remede est l'Exorcisme.   Un jour il envoia chercher *Andros*, pour ces prétenduës possessions.   *Andros* se trouva l'ami du Démon, & du Malade *par conséquent*; *Winslow*, *Agnus Dei*, l'agneau de Dieu,

                                       &

(*a*) Il y a eu un Théologien en Hollande, qui a osé soutenir que les *Diables* dans le Nouveau Testament, ne signifioient que diverses sortes de Maladies; & que, lorsqu'il est dit que J. C. a fait sortir tel, ou tel Diable, de tel ou tel sujet, cela ne veut dire autre chose, si non que J. C. a guéri telle Maladie, ou telle autre, dont on étoit tourmenté, ou *possedé*.
                                    En

& conféquenment encore l'ennemi du Malade, qu'il ne pouvoit toucher, fans lui faire jetter des cris affreux: ce qui ne laiffoit pas d'ébranler notre incrédule. Je fus le voir fur ces entrefaites, pour lui porter la table de fa *Prééminence de la Médecine fur la Chirurgie*, qu'il m'avoit prié de faire. Ce vieux fou ne voulut-il pas échauffer mon imagination, comme la fienne, & me faire croire au fortilége? Alors les convulfions de la troupe Janfénifte de l'Abbé *Paris* étoient en vogue; & chacun apprenoit à l'envi à fe fervir avec affez de vigueur de fon imagination, pour s'en procurer. La puiffance de cette Machine eft incroiable. Quoi, lui dis-je? vous ne voiez pas la fourberie? *Tu folus Peregrinus in Jerufalem!* Non, dit-

---

En ce cas l'illuftre *Hoffman*, le *Boerhaave* des *Allemands*, n'auroit pas fi grand tort. On peut placer ici une plaifante conjecture d'un Medecin. Celui dont je veux parler, prétend que par les Prophètes, dont-il eft parlé dans la Ste. Ecriture, il faut entendre les Aftronomes, ou plutôt apparemment les Aftrologues du tems où parut cet Ouvrage; par les Mages, les Medecins; par les Sages, les Philofophes &c.

E 3

dit-il, je ne fuis point paié comme le
Molinifte A.. pour déclamer contre des
faits, qu'il eft auffi dur de nier, que
ceux de l'imagination dans la grofeffe.
Sángrado, continua-t-il, *Vardaux*, *Reneaume*, & tant d'autres grands fujets de
la Faculté, ne font point de votre
avis. Ceux que vous regardez comme des fauteurs & des Comédiens,
font à leurs yeux des hommes infpi-
rés par l'Efprit Divin. Qu'on dife à
préfent que c'eft le feul mépris de la
Superftition des premiers Siècles, qui
a mérité aux Medecins dans tous
les tems l'accufation d'impiés & d'A-
thées !

CONCLUONS donc que l'accufa-
tion d'incrédulité, dont il s'agit, fait
beaucoup plus d'honneur à la plupart
des Medecins, qu'ils ne méritent;
que ce n'eft pas fur leur Philofophie
& leurs lumières, qu'il faut rejetter
l'idée peu avantageufe qu'on a de leur
Religion : mais qu'au contraire ils
doivent être taxés en *raifon inverfe*
de leur favoir, comme parlent les
Geomètres, c'eft-à-dire en françois, à
proportion de leur ignorance.

CE

CE n'eft pas qu'il n'y ait eu dans la Faculté même, des hommes, qui fe foient diftingués par leur piété, comme par leur favoir : mais admirez ici l'équité du Public, & comme en tout elle fe foutient merveilleufement ! En adoptant le favoir, il rejette la piété ; & réciproquement, en accordant la piété, il nie la fience, comme deux chofes incompatibles.

UN fameux Curé de Paris difoit à *W* . . . . *je crois que vous êtes un fort mauvais Medecin.* C'eft aparemment, lui répondit le Docteur, parceque je fuis Anatomifte. Non, repliqua le Curé, c'eft parce que vous êtes Dévot ; je n'ai jamais vû aucun bon Medecin crédule. De là vient que nos Medecins par une Politique fingulière, lorfqu'ils croïent devoir aller à l'Eglife, en certains jours folemnels, ont foin de s'y cacher. *Caron* étoit caché & endormi au tems de Pâques, derrière un pilier de St. *Euftache*; *Biribi* qui l'y découvrit, l'éveilla, en lui difant : *Tu quoque mi Brute!* Vous me prenez fur le fait, dit *Caron*, cela me coûte deux confultations de 12 ℔ chaque.

E 4 JE

JE ne prétens pas dogmatiſer, mon Fils; "je ne ſuis, comme dit cavalière-,, ment le Prêtre Charron, ni monteur de ,, chaire, ni porteur de Capuchon, ni di-,, ſeur de chapelets": mon ſeul deſſein eſt de vous donner de ſages conſeils pour vous gouverner par rapport à la Ré-ligion, dans une ſociété, où ils ſont d'autant plus néceſſaires, que la Réli-gion y entre pour peu de choſe. *Ta-bac* diſoit que l'idée de Dieu étoit ſans objet; que l'ignorance ſeule de la Na-ture nous avoit conduits à la ſuppoſi-tion de ſon Auteur; que toutes ces in-dications tant vantées, n'étoient que de foibles conjectures, incapables de for-cer l'aſſentiment d'un Philoſophe; que quand nous voiions une roſe, il nous en reſtoit une idée, ou une ſenſation, lorſque cette roſe n'étoit plus; mais que ſi l'on ôtoit les quatres Lettres D, I, E, U, du nom de Dieu, il n'en reſtoit plus rien dans l'eſprit. L'Ab-bé d'*Houtteville*, comme on en peut juger, fort ſcandaliſé d'un tel propos, di-ſoit, ainſi que Mr. *de Mairan*, qu'il n'a-voit jamais connu un ſi mauvais Philo-ſophe. Le Curé *de M....* ne vouloit

pas

pas l'enterrer ; Mr. *le C... F...* le lui ordonna, par ce discours plein de fagesse : ʺ fongez-vous bien, lui dit-ʺ il, que c'eft au Medecin du *grand* ʺ *Mogol*, que vous refufez la fépulture ʹ?

L'IRRÉLIGION n'a pas empêché *Tabac* de réüffir, ni *Spinofa* de mourir tranquille. Un tel bonheur eft l'effet de la prudence. *Spinofa* ne dît jamais ce qu'il penfoit; on le trouva dans fes papiers après fa mort, comme ceux de ce Curé Champénois, dont bien des gens favent l'hiftoire, homme de la plus grande vertu, & chez lequel on a trouvé trois copies de fon Athéisme. *Tabac* fongea d'abord à fe faire une réputation à toute épreuve, avant que d'ofer faire connoître fes idées fur la Divinité. De là vient que d'habiles gens ont bien pû avoir des idées defavantageufes d'un homme qui réüffiffoit, malgré fa tache d'impiété ; mais que la plupart des Malades, qui regardoient *Tabac* comme le Dieu de la Médecine, ont mieux aimé (quelle fimplicité fingulière!) être guéris par un

E 5   in-

incrédule, que tués par un Catholique.

SOTAUX emploïe les mêmes argumens que *Tabac*; il bégaye toutes ſes idées, il les a retenuës, comme un Perroquet, ſans les comprendre. Quand je penſe qu'il fait l'*Eſprit fort*, je le compare à un Ane, qui voudroit ſe donner l'encolure d'un beau Cheval d'Eſpagne. Pour vous détourner de ces exemples, je ne vous dirai que ce qu'*Arnauld* diſoit à *Boileau* (*a*), qui ne ſe piquoit pas de paſſer le rabot & la lime ſur ſes idées de Réligion, comme ſur ſes vers:

„ *Pour un Impie que vous ferez rire,*
„ *vous indignerez vingt* (*b*) *honnêtes*
„ *Gens*". Je ſuppoſe que la Réligion n'eſt qu'une fable imaginée pour contenir les peuples dans leur devoir & faire la ſûreté du Gouvernement; dans cette hipotèſe, elle ſeroit un puiſſant préjugé qui mériteroit du reſpect. Le braver, c'eſt ſe perdre.

ECOUTEZ *Breſil*; vous l'entendrez quelquefois déclamer hardîment contre les miracles; mais il y ajoûte un correctif

(*a*) Sat. 1. ℣. 155.

tif *plein de sens* : quand *ils ne seroient*, dit-
il, *que des bruits de Basse-Cour, ils mérite-*
roient de grands égards. Voilà ce qui s'appelle un Homme judicieux, un Esprit solide ! Si vous dites à l'Univers le mépris
que vous avez pour toutes les R., ce
mépris vous sera rendu au centuple :
on dira que vous êtes un perturbateur
de la Société, un destructeur des loix
Divines & humaines, un esprit dangereux, par qui l'Anarchie est à craindre ;
or avec une telle renommée, qui est-ce
qui confira à un jeune Medecin sa vie,
sa Famille, sa femme &c. ? Il faut
donc respecter ce que les *Pascals*, les
Bayles, & autres beaux génies ont ré-
veré, ne fut-ce que pour éviter la
férule des Loix & vous garantir des
filets de l'envie.

Du moins imitez la conduite de *Ta-*
bac, pour que le malheur de ne pas
croire, n'influe pas sur tous ceux de
vôtre vie. Quelle imprudence de con-
verser avec le vulgaire, de ce qui est
au-dessus de la portée même des Phi-
lo-

(*b*) Plusieurs nient, & par mille faits, que la
probité soit nécessairement liée à la Religion.

E 6

losophes! Ah, mon fils, que la démangeaison d'être compté parmi ces hommes qui pensent, ne vous prenne jamais! Abandonnez (a) une vaine
Métaphysique aujourd'hui décriée,
& ne vous mêlez jamais d'une partie de la Philosophie, qui coûte si
cher à habiller. En un mot ne vous
imprimez jamais aucune tache, soit
par des discours libres, soit par des
ouvrages licencieux, afin que vos confrères n'aïent aucune prise sur vous de
ce côté. La machine de la Religion
est plus à craindre pour le plus honnête homme, que ne le fut jamais pour
St. *Malo*, la machine infernale des
An-

(a) Apprenez plutôt à énoncer quelque verbiage sur un ☙, dont le sens ne puisse se retrouver, & on vous croira grand Théologien,
tandis que vous ne serez qu'un Ane *in Catedrâ*.
Il faut braire comme cet Animal, en Chaire,
à l'Académie, dans les Cercles, par tout. Sur-
tout ne manquez pas de décrier la fureur
qu'on a pour les Gouverneurs Suisses, & d'in-
diquer ces M.rs comme la source de la dégénération d'une chose qui ne s'est jamais encrée
en Hollande, je veux dire le bon goût. Vous
avez encore les Chimères du Janfénisme & du
Mo-

Anglois. Madame la *Comtesse* de M .
.... disoit au Docteur.... *c'est un grand
malheur de ne pas croire; mais c'en est un
bien plus grand de le dire.* Le Prince de P .
. . . ajoûta ; *soyez Déiste, ou Athée, si
vous voulez ; mais que cela ne transpire
pas , je vous prie; car il importe qu'on
ne dise pas à la Cour.* Le Prince de . . .
a un Medecin Athée.

MAIS en évitant toute Irréligion ,
sur - tout poussée jusqu'au fanatisme ,
(car elle a le sien, & je connois des gens
qui en sont entichés); prenez garde de
donner dans un fanatisme contraire &
beaucoup plus pernicieux dans la société : fuïez tout esprit de Parti ; ne
soïez

Molinisme ; embrassez-les , du moins pour
faire voir que vous êtes, non un *Ixion*, mais
un homme universel. Lisez *Bayle*, il vous apprendra l'Histoire de toutes les Sectes ; lisez
la Motte le *Vayer*, ou comme lui tous les *Voia-
geurs*, & ils vous apprendront a n'en cpouser
aucune. Mais je fais tort à *Bayle*; cet excellent Homme suffisoit pour cela. Toute la sience
& l'etude des Hommes ressemble à un Mémoire, dont les sommes bien additionnées, feroient pour toute somme totale , *O. Unum
scio, me nihil scire.*

ſoiez d'aucune Secte, on vous ſoupçonneroit d'artifice. Plus vous ſerez dévot, plus vous paſſerez pour Hippocrite, fourbe & trompeur. Vóiez *Argenterius*; il a crû entraîner tout Paris, en faiſant des Mandemens, des Lettres Paſtorales, en prêchant contre le Janſéniſme, pour faire ſa cour à un Important perſonnage &c: mais tous ces gens-là ont plus d'eſprit que lui; ils ont pénétré le fond des motifs qui le font agir, & ont mépriſé l'Acteur. *Reneaume* avoit crû de même, qu'en épouſant *Janſénius*, *Quesnel*, le Chef de la Troupe de St. *Medard*, *Arnauld*, *Nicole*, & tout Port-Royal, il en auroit tous les malades, comme *Procope*, ceux des *frey-maçons*. *Vardaux* plus heureux, ſans eſprit, ſans lumières, dur, brutal, toujours guindé ſur ſon expérience de 45 ans, Janſéniſte, comme Medecin, je veux dire ſans être plus au fait de la doctrine de l'Evêque d'Ypres, que de celle d'*Hippocrate*; *Vardaux*, dis-je, a trouvé le ſecret de ſéduire le Bourgeois par un air choquant de candeur & de vérité mal entenduë, ainſi que *Mylord Claquedent*,

en

en affectant le jargon de ces fortes de gens. *Sangrado* plus éclairé, a auffi trouvé dans le Janfénisme la première fource de fa réputation. Sans les Huguenots, aux opinions desquels *M* . . . feignoit de fe prêter, il n'eut point eu d'emploi à Montpellier ; il feroit peut-être encore dans fon cabinet. Hélas ! il n'en feroit que plus heureux ! On fe connoît fi peu en vrai mérite à la Cour, qu'il regrette tous les jours fa pipe & fa chaumière.

MAIS, mon cher enfant, les Prêtres, les Dévotes ne vous feront pas inutiles. Ils vous ouvriront des portes qui vous feroient fermées ; ils vous introduiront par-tout, & s'armeront pour vous. *Adverbe* a été fucceffivement marié a deux illuftres Grifettes, une Lingère, & une Jardinière ; fon Curé a été l'Entremetteur. Qui cultivera la *vigne du Seigneur*, fi ce n'eft ces *vignerons* ?

ATTACHEZ-vous donc à ces gens de Dieu & fur-tout aux Directeurs accrédités, & aux Prédicateurs célèbres ; vous pouvez regarder une Dévote, comme me une ame tendrement confite dans le *P. Eternel*, & dans son confesseur, auquel elle n'est pas moins attachée.

COMME la gravité affectée sert à cacher les défauts de l'esprit ; les dehors spécieux de Réligion sont un autre mystère, à l'abri duquel se cachent l'hippocrite & l'hypocrisie. Avec le Vulgaire, vous pouvez vous envelopper dans ce voile imposteur ; tout est permis pour faire fortune, je ne dis pas selon Machiavel, mais selon l'Univers ; mais songez que des yeux pénétrans perceront sans peine vos artifices ; qu'ils liront dans votre ame que vous n'êtes qu'un fourbe : que le masque tombera, & que personne enfin ne sera la dupe du *Tartuffe* découvert.

TOUTE affectation est nécessairement lieé à l'hypocrisie ; il faut la retrancher de votre Réligion. N'affectez

---

(*a*) " *Kirstenius* ne comptoit pour rien l'efficace des remedes sans l'assistance de Dieu ; il faisoit dépendre de la bénédiction céleste, le succès de la Medecine ; ordinairement il n'entreprenoit la cure de ses malades, qu'après qu'ils s'étoient reconciliés avec le bon Dieu : il dontez j'amais d'être plus pieux que les autres, c'eſt le conſeil de notre ami *Rabelais*, ce plaiſant curé-Médecin, qui je crois, n'eut jamais cure d'ames, qu'à la faveur du corps, qu'il traitoit *d'une certaine façon.*

N'imitez pas ces medecins qui diſent avec *Argenterius*; qu'on ne peut être heureux dans la pratique, quand on n'a pas fait un quart d'heure de prières le matin; car rien de plus mal adroit que cette hypocriſie, ſur-tout dans qui ſeroit décidé auſſi malheureux praticien. D'autres, lorsqu'ils ont obtenu quelques graces, diſent publiquement, qu'ils iront en remercier Dieu à Notre-Dame, ou à Ste. Géneviève, & qu'ils y feront dire une Meſſe. Celui-ci, nouveau *Kirſtenius* (*a*), raſſemble ſes Domeſtiques le ſoir pour la prière; celui-là envoïe tous les jours

ſon

„donnoit courage à ſes malades, en les exhor-
„tant à ſe confier en Dieu. Il étoit fort aſſidu
„aux exercices de piété; il commençoit; il finiſ-
„ſoit ſa journée par la lecture de la Bible ". *Morin*
lui reſſembloit V. ſon *Floge* dans F. Voilà deux
Docteurs dont le Curé .. n'eût pas voulu ſe ſervir; & mafoi je crois qu'il eût bien fait.

ſon Caroſſe à la porte d'une Egliſe. Il
arrive de là que ceux qui le remar-
quent, cherchent le Medecin & ne le
trouvent point. Il n'y a plus que la
reſſource du menſonge, en diſant: "je
„ l'avois prêté à Madame de . . . .
„ qui relève de couche".

POUR n'être pas en butte aux accu-
ſations des Hippocrites, ſoïez donc toûjours l'ami de votre Curé, & le Medecin de ſes Dévotes ; inſinüez-vous
dans les Couvens ; mais ne ſoiez jamais
que Medecin avec les Réligieuſes. Il
faut beaucoup d'égards pour les Prêtres, ou Moines, qui viſitent vos Malades & confeſſent vos Nones. Montrez leur de la Religion, quand même
vous n'en auriez pas.

SI ces bons Miniſtres veulent ſe mêler de Medecine, ſoiez toûjours de leur
avis & ne les contrédites jamais; moiennant ces petites attentions, toutes les
reſſources de vos accuſateurs feront
vaines, leurs filets feront inutilement
tendus pour vous.

JE ſai qu'on ne peut avoir ſoi-même
de la Réligion, lorsqu'on accuſe les autres d'en manquer; que c'eſt le dernier
&

& le plus indigne manège des Fripons, de faire servir à leurs passions, ce qu'il y a de plus respectable & de plus sacré : mais enfin telle a été dans tous les tems la ruse des calomniateurs ; l'esprit de vengeance & d'animosité leur fait interesser la Religion dans les disputes qui ont tout autre objet. "C'est, „ appeller la cause de Dieu, à l'aide „ des passions du peuple ". *Boerhaave* pensa être la dupe de cet artifice.

CETTE manœuvre, quelque horrible qu'elle soit, est en usage parmi vos confrères ; elle vous devient donc nécessaire à vous-même. Attendez vous qu'on fouillera les secrets de votre cœur, & qu'on prononcera avec audace sur les sentimens que vous aurez le mieux cachés. Telle est la conduite de *Brésil* ; telle est celle des Emissaires de ce Docteur, & principalement de son premier Valet, qu'il a fait agréger à la Faculté, pour le récompenser de ses services. Ainsi se conduisent encore le Professeur *Argentérius* & tant d'autres. Faites sentir aux uns, qu'on ne peut supofer de la Réligion, à des gens enclins à soupçonner les autres

tres d'en manquer ; & que tel qui vous
accufe d'impiété, trahit lui-même la
fienne, fans s'en apercevoir. Dites aux
autres, autorifé par tant d'honnêtes exemples, que tels & tels font Athées,
ou au moins Déïftes. Ne chargez que
les gens de mérite, qui pourroient vous
éclipfer. Les ignorans, les fots, les
gens fans nom ne méritent pas que
vous vous deshonoriez pour les perdre. Cependant ce font ordinairement
les feuls dont on ait à craindre la malignité ; ils fe vengent fur ceux qui ont
du génie & des talens, du refus que la
nature leur en a fait. C'eft pourquoi
du moins faut-il être, avec eux, retenu
dans vos propos. On ne doit parler
Réligion, qu'à de vrais favans.

Je vous ai recommandé de n'être
que Medecin avec les Réligieufes ; vous
allez voir toutes les conféquences de
ce confeil. *Dom Pueros* avoit foin d'u-
ne jeune None, belle comme l'amour
fous un voile fi artiftement placé,
qu'au-deffous du plus joli minois, Dieu
fait tout ce que l'œil charmé décou-
vroit à demi. En lui tâtant le pouls,
il lui gliffa un *Poulet* tendre, il n'y par-
loit.

loit que d'attentions & de services généreux; le seul mot d'amitié s'y trouva
glissé: mais la Réligieuse qui entrevit
le dangereux amour sous ce déguise-
ment, congédia notre affectueux Medecin. Un autre ancien Medecin de
Cour, plus curieux de chasse, que de
Medecine, ne put éviter dans sa vieillesse les mêmes écueils. Une jeune
fille de quatorze ans, fort précoce, a-
voit imaginé, pour divertir le tour-
ment d'impatiente nature, de se servir de
sa poupée: *non hos datum munus in usus.*
Dans l'usage lubrique qu'en fit la petite libertine, la tête resta séparée du
corps de l'instrument & produisit des
accidens. Le Docteur fut appellé. Or
devinez ce qu'il fit! Le *P* . . . ôta sé-
crettement cette tête; mais plus sécret-
tement encore, il en introduisit une autre, dont les vestiges coûtèrent au Medecin 30000. ℔. Celui-là pouvoit bien
s'écrier avec l'auteur de la *Girardiere,*
Dieu des Tetons, tu m'as perdu!

U N Protestant qui fait la Medecine
dans un Païs Catholique, doit être
aussi exact à ordonner les Sacremens,
que s'il avoit eu le *bonheur* d'être né
lui-

lui-même dans cette Réligion.   De même un Catholique, qui exerce sa profeffion en Hollande, ou en Angleterre, ne doit point damner d'honnêtes gens, qui obéiffent à leurs fupérieurs, à leurs maîtres ; ne fût-ce que par reconnoiffance pour l'efpoir de falut que nous laiffent de bon cœur les autres Sectes. Mais fi vous êtes interrogé fur la manière dont eft mort tel ou tel grand Perfonnage ; ne faites jamais dire au défunt des impiétés dans le goût de celles du Père. *Regnaut* confeffeur (*a*) *de Philippe le Bel.* Suivez F., lifez les *Eloges* des Académiciens ; ils ont tous *reçû ce que j'ai* dit *avec beaucoup de répentance* : ils font tous morts en odeur de faintêté. M^r. *Schultens* a fuivi cet écrivain.

V O I C I une autre précaution néceffaire ; il eft des jours & des tems de piété qu'il faut dignement célebrer. Alors prenez des confeils de la prudence & de la politique, fi vous n'avez pas d'autre

---

(*a*) Le Roi me difoit en mourant ; *Père Regnaut, jettez de l'éau benite fur ma face, elle fera du bien à mon Ame.* " Alors je lui fis ad
„ mi-

tre guide de vos actions. Affiſtez aux Offices & aux Sermons; dérobez-vous aux malades les moins preſſés, ne fût-ce que pour donner des marques de votre dévotion.

Aquathé diſoit à ſon Fils de paroître aux Egliſes dans les grandes Fêtes; de s'y montrer en pluſieurs endroits en un jour; de ſe placer toujours dans un lieu, où il pût être facilement aperçû: il auroit voulu le voir, non dans la *Nef*, mais ſur un Piédeſtal, comme un Chanoine. Mr. *la Burette* éxaminoit d'abord s'il y avoit des perſonnes de ſa connoiſſance, afin de trouver des témoins. Il aimoit ſur-tout ces Meſſes de parade, inſtituées pour la pareſſe de nos Dames & dont nos Petits-maîtres papillonnant autour d'elles, ſaluant même, pour ſe donner un air de bonne fortune, celles qu'ils n'ont jamais vûes, font un ſpectacle aſſez comique.

NE ſuivez pas mon exemple, mon
Fils,

» miniſtrer les ſacremens; les Phyſiciens,
» (*c'eſt-à-dire, les Medecins*) contrédiſant
» toujours.

Fils, ni dans la hardieſſe avec laquelle
j'ai oſé publier une opinion Philoſo-
phique (*a*), ni dans celle que je vous
montre aujourd'hui, en attaquant la
Faculté, (vous avez dû apprendre à
devenir ſage, à mes dépens); ni enfin
dans ma ſincérité, ma candeur en Medecine & mon averſion pour toute
Charlatanerie; car en tout cela, aïant
roulé dans le Monde, comme j'ai fait, il
n'y a, je l'avoüe, ni Politique, ni ſens
commun (*b*). C'eſt s'*Graveſande* qui ne
ſuit pas les règles de ſa propre *Perſpective*.

IL faut, Mon Fils, que je vous raconte l'hiſtoire de mon Doctorat, pour
vous délaſſer du ſérieux de cette partie:
c'eſt un echantillon de ma Religion.

LA Poſtérité ſaura qu'aïant jugé à propos de dépenſer pluſieurs fois les 6000
℔. que mon Père m'avoit envoiéés pour
me faire recevoir de la Faculté de Paris;
il

(*a*) Il ne ſuffiſoit pas que la raiſon fut l'eſclave du corps, on lui a encore mis le frein
des loix: & malheur à qui oſe penſer!

(*b*) *De pane lucrando.* ” De tout ce qui fait
bouillir *la Marmite*”. Voilà, dit à peu près
Bay.

il me fallut rabattre fur celle de
Reims, avec laquelle j'en fus quitte
(en bien paiant, & répondant auffi bien
que j'étois interrogé,) pour dix Loüis.
Après avoir été couronné du fale bonnet
d'*Hippocrate*, par les Auguftes mains
de fes dignes Enfans, je revins chez
moi: là, nonchâlamment étendu fur un
fopha, pour me repofer de mes fatigues,
livré à des réflexions, moitié férieufes,
moitié plaifantes, tantôt j'étois plongé
dans un morne filence, & tantôt je ne
pouvois m'empêcher de rire feul comme un fou. Je me lève enfuite brusquement, & me promenant à grands
pas, jettant par hazard les yeux fur une
glace; voilà que j'aperçois une figure
de medecin, qui s'étoit bien diverti dans
fa vie, qui avoit dépenfé peut-être (*c*)
100000 ℔. *proh pudor!* mais qui ne favoit
pas quatre mots de medecine: c'étoit la
mien-

Bayle, les judicieux *Traités* qu'il faut donner au
fpirituel Public!

(*c*) En confcience, mes chers frères &
fœurs, eft-ce trop, pour m'être mis en état
de faire ce livre? Vous n'en convenez pas? c'eft
marché donné, pour enchérir fur la penfée d'un
Ancien: telle marchandife eft *impaiable*.

F

mienne (ne vous en (*a*), déplaife, mon fils,) avec robe, rabat, bonnet quarré, & tout notre lugubre acoutrement. Je me tenois les côtés à force de rire; je ne revenois point de me voir medecin. Medecin moi ! . . . Mais je fuis trop franc; qu'importe ? pourfuivons. Je me raffis, & bien convaincu que je n'étois que ce que je voiois, l'ombre de *Hu-nauld*, je m'adreffois à moi-même les plus finguliers propos, lorsqu'un valet frappe à la porte de mon *Antre*, & me prie d'aller voir un parent de mon *Ban-quier* qui étoit malade. Ma Folie allant fon train : ah, mon ami, lui dis-je! vas chez Mr. *Jofnet* qui m'a fait medecin! il l'eft apparemment, puifqu'il en fait d'autres; mais que le Diable m'empor-te, fi je fuis plus medecin que toi!

Je ne fai fi nos jeunes Docteurs, fins *Gourmets* en plaifanterie, ne la croiront pas faite, plus à leurs dépens, qu'aux miens. Il eft vrai que je ne les regarde tous, fi la comparaifon ne les cho-

(*a*) Crébillon Père & moi nous avons mangé le Patrimoine de nos Enfans. Son Fils s'en plaint fort, ce qui eft de mauvais exemple.

choque pas, que comme je me regardois moi-même, c'eſt-à-dire comme des eſpèces de Singes d'Eſculape. Vous connoiſſez tout le manège de cet Animal, lorsqu'il voit ſa Figure dans une glace. Croïant voir un autre Singe, il l'agace, il le baiſe, il lui donne des coups de patte; après mille petits jeux, mille ſingeries, il va chercher ſon camarade derrière le miroir, où il eſt fort ſurpris de ne pas le trouver. Si j'ai joüé à peu près le rôle de cet Animal, du moins ne me reprochera-t-on pas d'avoir été ſi dupe de cette illuſion, que lui, le Public & tant de jeunes *Facultatiſtes*, qui ſe croient eux-mêmes de vrais Medecins; au lieu d'aller chercher ailleurs les véritables, pour s'inſtruire & le devenir, comme j'ai fait, & comme le Singe va chercher l'ombre dont-il eſt frappé. *Ridendo dicere verum*, &c.

La vraïe Religion du Medecin conſiſte à ſe rendre utile à ſa Patrie, par ſoi, ou par ſes Confrères. N'en aiez pas plus qu'eux, vous en ſeriez la dupe. Refuſez aux jeunes gens votre inſtruction & vos lumières. Si vous protegez quelqu'un, que ce ſoit toû-

jours

jours un *Gervaſi*, un *Dureclos*, un *Boyer*, ou autres Automates de nulle reſſource, entre les mains même d'un Vaucanſon. *Molin* s'eſt impitoiablement refuſé à tous: *je ne veux pas d'Eléve*, a-t-il toûjours dit, la mode en eſt paſſée. Bonne Politique, car le Maitre eſt quelquefois mépriſé, ou ſupplanté par le Diſciple. Combien de Malades qui ſont encore à venir, *Sylva* ne nous a-t-il pas promis à *Hunauld*, à *Bertin*, à moi, & a tant d'autres ? Modèlez-vous en tout ſur la conduite de vos Confrères, afin de n'être pas ſuſpeſt de plus de Réligion qu'eux. Ou ils ne ſe voient point, ou ils ſe voient politiquement, & ne cherchent qu'à ſe dreſſer mille ſortes d'embûches, comme on l'a vû. Rien ne démontre mieux leur peu de probité. La Faculté eſt une forêt pleine de Loups, qui, ſelon leur adreſſe & leurs ruſes, ſe tendent des piéges & ſe mangent les uns & les autres. Il n'y a pas un Medecin qui avouë le mérite d'un de ſes Confrères, ou qui ne retranche de la ſupériorité généralement accordée à certains. Si par hazard ils loüent, leurs éloges (*a*) ſont forcés,

ou

ou empoifonnés par quelques reftri-
ctions, ou par le fiel d'Epigrammes,
qui fuppofent plus de méchanceté, que
d'efprit ; ils fe blâment, & fe condamnent au moins furtivement dans toutes
leurs opérations ; ils fe déchirent fans
nul ménagement, il ne cherchent enfin qu'à fe fupplanter. Les uns follici-
tent fourdement la place d'un Confrères; les autres la fuppreffion d'un Ouvrage qui leur a déplû, parceque leurs
petites opinions n'y font pas affez refpec-
tées. La plupart fe réjoüiffent de la
mort de ceux qu'ils ne foignent pas;
ils la fouhaitent, pour *caffer le cou*,
difent-ils, à tels & à tels, qui font de
vrais meurtriers. De jeunes gens,
pleins de lumières & de génie, pren-
nent-ils un certain vol? Les vieux ne
négligent rien pour les décréditer & les
perdre. Il faut avoir bonne opinion
d'un Medecin contre lequel vous ver-
rez presque tous fes Confrères s'achar-
ner. Le mérite, auquel on devroit
élever des Autels, n'eft-il donc point
fait

(a) V. La Politiq. des Medecins entr'eux.

F 3

fait pour être aimé ? Helas ! non, c'eſt un malheur d'en avoir, parcequ'il conduit à tourner le dos à la multitude (v. p. 135.); l'envie grince, pour ainſi dire, les dens à ſon aſpect. Quand donc vous entendrez quelqu'un médire de la Religion de ſon Confrère, lorſqu'il n'oſe mépriſer ſon eſprit & ſes talens; vous pouvez dire hardiment : ,, voici un ,, Fripon intérreſſé, qui veut s'élever ,, ſur les ruines d'un autre ''.

Il eſt vrai qu'on dira la même choſe de vous, ſi vous prenez le même parti (eh ! le moien de ménager des Tigres qui ne cherchent qu'à vous mettre en pièces !). Il faut donc ici une hardieſſe infinie pour ne pas vous écraſer avec les autres. C'eſt le fin du *Machia-*

(*a*) Il y a un maudit paſſage de Celſe, *Sanitatem ægis Medicina promittit*, que Boerhaave a eu la maladreſſe de citer dans un de ſes ouvrages, où il ne cite aucun autre Auteur *(Aph. 2.)*. Il ne vaut pas mieux que la ſaillie du Gaſcon : *ponitne an tollit ?* car les Héréſiarques diſent *tenet ne ?* Prévenez ces *Charmants*, déculotez l'Art : qu'on le voie *in naturalibus* : les

chiavélisme, & ce fin ne peut se décrire; il ne s'apprend point.

❀❀❀❀❀❀❀❀❀❀❀❀❀❀❀❀❀❀❀

CHAP. IV.

Politique avec les Hérétiques en Medecine.

ATTENDEZ-vous à assuier mille Brocards, (*a*) & sachez les repousser. Vos Antagonistes seront des Gens du Monde, de grands Seigneurs, des Financiers, des Petits-Maîtres de *Robe*, ou de Littérature &c.

Si

les rieurs seront pour vous. Je connois un Medecin qui a fait fortune, à force de se moquer de lui-même. Si l'on vous dit avec Petrone, savez vous, pourquoi Mr. un tel est mort; c'est qu'il avoit 12 Medecins, vous repondrez qu'il y en avoit 12 de trop; & que Montagne est bien indulgent de dire qu'il en faut un : il est vrai qu'il le supose bon. Mais *rara avis in terris, nigroque simillima Cygno.*

F 4

Sɪ vous êtes attaqué par un grand (*a*) Seigneur, ne répondez rien; Il attribuera au refpect qu'il croit dû au hazard de fa naiffance, un filence méprifant.

Sɪ un Officier (*b*) vous attaque, pardonnez lui de mal plaider dans un Bareau étranger. Qui déraifonne du matin au foir fur fon propre métier, peut-il parler jufte fur une fience qu'il ignore, & qui n'eft véritablement à la portée que des Hommes qui avec du génie l'ont étudiée toute leur vie. Ne badinez pas ces Adverfaires; votre raifon auroit fur les oreilles, parce que malheureufement la leur n'eft pas dans leur tête. Leurs argumens font tranchans.

Lᴇs Beaux (*c*) Efprits font faits pour le Clinquant, plutôt que pour le Solide; ce

---

(*a*) L'Empereur *Hadrien* fit venir tous les Medecins de fon Empire, & parce qu'ils ne pûrent le guérir de fon Hydropifie, il eut pour eux tant de mépris & de dépit, qu'il les eût tous volontiers fait pendre: mais il ne les egorgea, qu'à ma manière. *Maximin* que fes Medecins ne pûrent guérir de fes plaies, les fit tous tuer.

(*b*) Ce Chapitre a été lû à Anvers par l'Auteur,

ce ne font que des *joüeurs d'imagination*, & graces à l'ufage qu'ils en font, le jugement eft bien risqué à ce jeu-là. L'un donne fa confiance à un Docteur, qu'il a nommé avant moi le *bœuf à la mode*; l'autre à fon ami; celui-ci au Medecin qui a le plus d'efprit; celui-là enfin au praticien le plus emploié, quoiqu'il le croye fort incapable de bien obferver.

Parmi les Gens du monde, il eft de certains Pédans qui à un petit air d'héréfie comique, qu'ils croient fort agréable, joignent une forte de Misantropie dont les Medecins font l'objet. Voiez, dit-on, tels & tels, en un mot presque tous les Medecins: étudient-ils? Imaginent-ils quelque chofe de nouveau? Non; ils tuent les Enfans,

com-

teur, dans une grande compagnie d'Officiers de diftinction: ils prirent le parti que prend un Malade purgé par un Medecin qui fe mocque de la Medecine; celui de rire.

(*c*) Ceux ci difent: ʺcomment les Medecins guériroient-ils les autres? Ils ne favent ʺpas fe guérir eux-mêmes,ʺ & autres merveilleufes objections: c'eft comme fi je difois, qu'un bel Efprit fe laiffe mourir comme un fot.

comme ils ont tué les pères. Peu curieux d'épreuves nouvelles, ignorant les anciennes, ils négligent tout; ils donneroient pour faire connoiſſance avec un ſeul Malade, celle de cent Maladies.

Il peut y avoir du ſingulier, du bizare, du ridicule même dans tous les diſcours de ces mécontens. Ne relevez pas de telles miſères, vous vous feriez autant d'ennemis capitaux; vantez la juſteſſe de leurs vuës, & pardonnez leurs extravagances. Mais pour ce qui eſt du peu d'activité, ou de l'indolence de vos Confrères, vous pouvez en convenir avec l'Univers, ſans craindre d'altérer la Vérité. Eh! oui; ma foi, c'eſt bien aux progrès de la Medecine, que la plupart des Medecins s'attachent! Pour les cultiver avec ſuccès, *Hales* ne ſemble-t-il pas prouver qu'il n'eſt rien tel que de n'être pas Medecin? Pourvû que tous les héritiers ſoient contens, les Medecins le ſont auſſi, ſi les Honoraires marchent: *Fami, non Famæ.* Voilà la Déviſe du Medecin.

On vous reprochera la honte qu'eſſurent

rent jadis les Medecins d'être chaffés
de Rome, convenez du fait en riant;
dites : " cet inconvenient n'a rien qui
„ me furprenne, les Medecins de-
„ voient s'y attendre ; pourquoi auffi
„ avoient-ils la folle ambition de tout
„ embraffer ? Un Medecin qui exerce
„ la Chirurgie, la Pharmacie, la Me-
„ decine, comme on faifoit autrefois,
„ ne peut que fe perdre, quoique deux
„ de ces chofes fe pratiquent encore
„ aujourd'hui en certains pays, (les
„ deux dernières en Zélande) : Les
„ Malades mouroient , parce qu'ils
„ étoient livrés plutôt à des Bouchers,
„ qu'à des Chirurgiens" &c. Babillez
d'un air fenfé fur ce ton-là, & vous
détruirez l'opinion reçüe. Mais pour
le dire en paffant, le fait eft-il vrai?
On a beaucoup écrit, harangué, dis-
puté, pour s'en affurer. *Drélincourt*,
Méad dans un Difcours Anniverfaire,
d'après lui Mr. *de la Mettrie* (réfuté
par un Anonime qui a paru fur le même glorieux Théatre (*a*), & plufieurs
autres n'ont pû foufrir un point d'hiftoire,

qui

(*a*) Le Mercure.

F 6

qui ne flattoit pas leur amour propre en particulier, & celui du corps en général, que *le grand Patin* avoit fort à cœur. Ils ont fait jouer les Machines ordinaires, la reputation de crédule & de menteur que Pline s'eſt juſtement acquiſe. Mais en examinant de ſens froid & avec toute l'impartialité poſſible les raiſons pour & contre, je ſuis forcé d'a-voüer que ce ſont veritablement les Medecins, non tels qu'ils ſont aujourd'hui, car on eſt revenu de l'abus de faire un ſeul homme de quatre, mais tels qu'ils étoient alors & que je l'ai dit. Ainſi ceux qui ont détourné la choſe ſur les Chirurgiens, n'ont fait qu'une mauvaiſe plaiſanterie qui porte à faux. *Bayle* prouve clairement ce que j'avance (*a*). Mais revenons. Un gros financier friſe le petit hérétique? Ne lui rapellez pas impoliment ces tems facheux, où il déſiroit d'être en état d'appeller un Medecin. Riez avec le Seigneur Plutus; quiconque eſt riche eſt tout. Un Fermier général qui mepriſe un Medecin, lui
fait

(*a*) Diȼt. T. III. p. 306.

fait honneur ; mais en faifant la cour au gueux enrichi, en admirant fon dif-cernement, fruit bien digne de fon éducation ; en flattant fon *importance* & fa vanité, ne vous abandonnez que juf-qu'a un certain point ; faites entendre que vous connoiffez dans l'art bien d'autres replis plus obfcurs que ceux qu'il a fi merveilleufement découverts, bien d'autres fouterrains impénétrables, que vous lui ouvrirez quelque jour, de forte qu'en convenant de tout avec ce fuffifant Perfonnage, vous vous ména-gez une reffource, qui vous attirera au-tant de confiance, que de refpect.

POUR rendre vôtre Azile plus affu-ré, fondez les préjugés de ceux avec lefquels la difpute aura été entamée. Ne perdez pas la nouvelle occafion de vanter votre expérience, la fimpli-cité de votre pratique, votre atten-ton, votre perféverance à épier la Nature, à fuivre fes traces auffi exac-tement que *Sydenham*. Dites que vous haiffez la drogue, & autres difcours que l'interêt vous infpirera. *Dabit a-liquid loqui in illâ horâ.* C'eft le Dieu des Apôtres d'Efculape. Moiennant

F 7   quoi,

quoi, vous plairez aux uns & aux autres par ce langage. On vous dira
que vous n'ètes (*a*) pas medecin ; &
véritablement c'est un assez joli compliment, quand on y réflechit.

J'ai vû des Medecins se formaliser
de ce qu'on leur disoit, " *qu'ils ne res-*
„ *sembloient en rien aux autres, & que*
„ *dans leur conduite ridiculement exacte,*
„ *il y avoit de quoi les faire raier du Ta-*
„ *bleau*". Pour moi je trouve qu'il
n'y a aucune mortification dans cet é-
lo-

(*a*) *Ce n'est pas un medecin, c'est le Messie,*
disoient les femmes de Versailles, en voiant passer *Claude Bourdelin*. C'est qu'il étoit aussi
charitable, que la plupart de ses confrères le
sont peu. Il traitoit les Pauvres, comme *Laïs*
traitoit *Diogenes*. V. Fonten. *in F°*. T. III.
p. 152. Qu'il me soit permis d'ajouter qu'il
se conduisit fort mal dans la maladie dont il
est mort. Il avoit une toux *férine menaçante*,
pour laquelle il prenoit *force Caffé* qu'il croioit
corriger par l'Opium. L'inconduite des Medecins dans leurs propres maux, leurs embarras,
leur incertitude trahit celle de l'Art. Il est
vrai que c'est un sot Animal, qu'un Medecin
malade.

(*b*) „ Les Tyriens convinrent de choisir
„ pour Roi, celui d'entr'eux qui à un certain
„ jour apercevroit le premier le lever du soleil.
„ Ils

loge; qu'il ne dégrade que des Docteurs dont la réputation n'importe , qu'autant qu'il eſt beau de s'élever ſur ſes débris : double raiſon pour eſſuïer ſans murmure les plus mauvais propos, ſuivant vos vuës & vôtre utilité. Telle a été la Politique *de Bacouill*, *de Chomel*, &c.

J'ESTIME peu la vérité, mon Fils; ſon peu de crédit & de ſuccès m'a dégoûté de ſes charmes. Si par hazard elle s'offre à vos yeux; détournez les; ou fixez-les au même lieu (*b*) que l'u-

,, Ils s'aſſemblèrent dans une campagne. Tou-
,, te cette multitude avoit les yeux attachés
,, ſur la partie Orientale du Ciel , d'où le ſo-
,, leil devoit ſortir : mon eſclave ſeul que j'a-
,, vois inſtruit de ce qu'il avoit à faire, regar-
,, doit vers l'occident. Vous ne doutez pas
,, que les autres ne le traitaſſent de fou. Ce-
,, pendant en leur tournant le dos , il vit les
,, premiers raïons du ſoleil qui paroiſſoient ſur
,, le haut d'une Tour fort élevée, & ſes com-
,, pagnons en étoient encore à chercher vers
,, l'Orient le corps même du Soleil. . . . Pour
,, trouver la verité , il faut tourner le dos à la
,, multitude; les opinions communes ſont la
,, règle des ſaines, pourvû qu'on les prenne à
,, contre-ſens". Fontenelle *Dialogues des Morts
anciens*, *avec les Modernes* T. 1. ed. in F°. p. 77.

l'univers, pour éviter les piéges de cette fyrène ; mille peines , mille désagrémens fuivent les plaifirs qu'on goûte avec elle. L'Effentiel eft de refpecter les préjugés du public ; de montrer, non de l'efprit , non des lumières, ni même un zèle indifcret ; mais de la prudence. Or en quoi confifte-t-elle, fi ce n'eft à tout vendre fans remords à l'intérêt & à l'avarice.

Pour peu qu'on ait fait de noviciat dans le Monde , on fait que l'abus & la proftitution de la vérité font le meilleur ufage qu'on en puiffe faire. Vous êtes perdu , mon fils , fi vous marchez fur mes traces. Sur les Alpes & les Pyrenées, on voit de moins haut la foudre fe former fous fes pieds, que je n'ai regardé la Fortune qui me tendoit les bras.

Le Ridicule de tous les gens du monde, qui vous parleront de vôtre profeffion, fera fi facile à faifir & à repouffer, qu'il faudra vous faire violence pour ne pas rire au nez des fôts, fur-tout des fôts confrères , qui font auffi les petits hérétiques par un comble d'impudence incompréhenfible, comme on le verra dans l'*Anti-Machiav.* Je
ne

ne fuis pas furpris que *Bacouill* (*a*) ait été mal mené, pour s'être avifé de donner dans ce travers, qui doit être foutenu du moins pas l'Efprit.

NE m'imitez point encore dans les Cercles. Nec cherchez point à perfuader qu'un grand nombre de Medecins habiles connoiffent les caufes d'un grand nombre de Maladies: que lorfqu'il s'en trouve d'inconnuës, l'examen de toutes leurs circonftances éclaire leurs recherches. On vous diroit, l'un: *Vous êtes Orfèvre* Mr. *Joffe* ; l'autre, *quel Don-Quichotte !* Rabattez vous plûtôt fur vos cures ; elles pafferont de bouche en bouche ; & en convainquant vos Adverfaires, qu'au défaut de Principes, on ne peut réfufer à la Medecine, l'Expérience & l'Obfervation, vous les prendrez à la gluë de cette triviale Politique. Méprifez avec eux la Théorie ; dites avec *Dom Marcos*: *la Medecine eft une efpèce de jargon qui change fi fort, qu'on n'eft jamais fûr de ne pas dire une fottife à chaque parole.* Ajoûtez avec le même judicieux Docteur:

(*a*) Dans fon Portrait.

teur : *Que Molière montre de pénétration,
lorsqu'il dit que de son tems le Foïe avoit
déjà changé de* place *& n'étoit plus comme autre fois du côté droit !* Tudieu, *quelle critique pleine de sel !* Il faut convenir de tous les changemens & de toutes les contradictions de la Faculté. Elle nous offre mille faits, qui figu-
rent, on ne peut mieux, avec la pro-
scription de l'Emétique. Par exemple,
n'outre-t elle pas aujourd'hui la Doctrine de *Botal* sur l'avantage des fréquentes saignées, quoique dans le tems elle
ait condamné son livre ? Quelle sorte de Bête *serio-comique*, que cette facul-
té-là ! Mais savez vous pourquoi *Marcos*
a si plaisanmant raisonné ? C'est qu'il
étoit dans l'embarras de choisir un sujet de tèse, lorsqu'il falut disputer cette Chaire qu'il emporta pour faveur,
&

(a) Qu'on me permette de succomber à la
tentation de placer ainsi une Anecdote. *Boerhaave* me disoit un jour : Il seroit à souhaiter
que le Quinquina n'eût jamais été connu ; Il
a tué plus de monde que toutes les Armées
de Louis XIV. Il fondoit sa haine contre cette
écorce, sur l'ignorance des Medecins qui ne sa-
voient

& que depuis il a vendüe au poids de
l'Or à un Bègue, digne successeur des
Orateurs de Montpellier. Exaltez donc
l'empirisme qui est encore le plus souvent la juste valeur de l'art. Dès qu'u-
ne fois vous tiendrez votre Homme
dans ce défilé, loin de reculer il avan-
cera lui-même vos affaires, & avoüant
qu'il a vû faire des Miracles au Quinquina, (a) à l'Opium, à l'Emétique,
au Mercure, & à tant d'autres remèdes qu'il vous épargnera la peine de
citer, il vous donnera gain de Cause,
sans s'en apercevoir.

Pour récapituler ces derniers conseils, quelques reproches qu'on fasse à
la Médecine, (car il ne s'agit pas des
Médecins; eh, que ne leur reproche-
t-on pas?) convenez de tout d'abord
sans vous révolter; écoutez les sots;
ne

voient pas l'administrer. Un peu de préjugé Na-
tional entroit dans cette Antipatie-là. C'est mal
raisonner, que de condamner une bonne chose,
parce qu'on en abuse. Je retorquai son argument
sur les Medecins; il en sentit le ridicule, & se
mit à sourire finement. C'étoit bien la meilleure réponse que ce grand homme pouvoit
faire. *Aliquando bonus dormitat Homerus.*

ne méprifez perfonne , donnez raifon
à qui a tort, riez avec les rieürs; car,
(fongez y bien), Il faut toûjours commencer par rire. Après quoi revenant
fur vos pas , vous n'accorderez une
chofe dont vous pourrez vous paffer ,
(*a*) que pour en nier une autre, dont
vous aurez abfolument befoin. Faites
tomber les plaifanteries de vos *Agréables*,
plu-tôt fur vos confrères, que fur vous;
mais plûtôt fur vous-même, que fur un
art qui eft la baze de votre Fortune.
Un aveu qu'on croira fincère, vous
fera honneur , & le Médecin gagnera,
où la Medecine ne perdra rien.

TEL eft le Cannevas du manége
médical; c'eft à vous de l'embellir, de
le broder; mais ne forcez point l'aiguil-
le,

(*a*) Par exemple, dans le fyftême de cet
Ouvrage , j'accorderois au *Marquis d'Argens*
Lettr. Juiv. 86. T. III. qu'il n'y a que fix remedes; que les Medecins de Montpellier font
au-deffus de tous les autres; qu'ils ne font
excellens , que comme Chirurgiens; qu'ils
tuent peut-être plus de monde, qu'un Apotiquaire de village : (pourquoi? admirez; par
ce qu'ils font plus habiles;) que l'Anatomie &
la Phyfique rend certaine la cure des maladies
ex.

le, de peur de la rompre. Incrédule vous-même, s'il faut à la rigueur, que vous le foiez, pour ramener les autres, tâchez du moins de vous donner, à force d'efprit, toutes les graces de l'incrédulité. Plaifantez avec ceux qui plaifantent; donnez carière à vôtre imagination, fans vous faire més-eftimer des gens férieux & fenfés, dont le filence eft plus redoutable que le babil de tous les *Procopes* de la Faculté. Ainfi attaqué par les uns, obfervé & comme braqué par les autres, quel heureux badinage, quel jufte milieu, quelle force de raifon ne faut-il pas faire fuccéder tour à tour? Tant-il eft vrai qu'il n'eft point de rôle fi difficile dans le Monde, que celui

de

externes ; qu'il ne faut que trois jours pour favoir tous les fecrets de l'Art, &c. *quæ rifum mehercle rerum gnaris excitant;* pourvû qu'à la vûe des meurtres que commettent les jeunes docteurs fans expérience, & les vieux avec leur routine, à la vûe de tant de pauvres facrifiés à des Effais hazardeux, je puiffe m'écrier avec lui: "Que le Dieu de nos Pères nous „ préferve *de* tomber entre les mains de „ pareilles gens"!

de Medecin ! point de personnage qui exige plus d'Esprit, plus de souplesse dans l'Esprit, de varieté dans les connoissances &c.

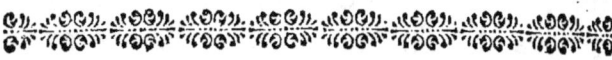

CHAP. V.

La Pratique de la Medecine de Paris exposée par Gilblas dans la personne du Docteur Sangrado.

„ SANGRADO autrement nommé
„ Hecquetos étoit un grand homme
„ sec & pâle, & qui depuis 40 ans pour
„ le moins occupoit le ciseau des Par-
„ ques. Ce savant Medecin avoit l'ex-
„ térieur grave. Il pesoit ses discours &
„ donnoit de la noblesse à ses expres-
„ sions. Ses raisonnemens paroissoient
„ Géometriques, & ses opinions fort
„ singulières. Il s'étoit mis en réputa-
„ tion dans le Public par un verbiage
„ spécieux, soutenu d'un air impo-
„ sant, & par quelques cures heureu-
„ ses, qui lui avoient fait plus d'hon-
„ neur

„ neur qu'il n'en méritoit. Après
„ avoir obſervé mon maitre ", (cha-
„ noine malade,) " il lui dit d'un air
„ Doctoral: il s'agit ici de ſuppléer
„ au défaut de la tranſpiration arrêtée.
„ D'autres, a ma place, ordonneroient
„ ſans doute des remedes ſalins, uri-
„ neux, volatils, & qui pour la plu-
„ part participent du ſoufre & du mer-
„ cure. Mais les purgatifs & les ſu-
„ dorifiques ſont des drogues perni-
„ cieuſes. Toutes les préparations
„ Chymiques ne ſemblent faites que
„ pour nuire. J'emploie des moiens
„ plus ſimples & plus ſûrs. A quelle
„ nourriture, continua-t-il, êtes vous
„ accoutumé ? Je mange ordinaire-
„ ment , répondit le Chanoine, des
„ bisques & des viandes ſucculentes.
„ Des bisques & des viandes ſuccu-
„ lentes, s'écria le Docteur avec ſur-
„ priſe! Ah vraîment je ne m'étonne
„ point ſi vous êtes malade! Les mets
„ délicieux ſont des plaiſirs empoiſon-
„ nés, ce ſont des piéges que la Vo-
„ lupté tend aux hommés pour les fai-
„ re périr plus ſûrement. Il faut que
„ vous renonciez aux alimens de bon
„ goût.

„ goût. Les plus fades font les meilleurs
„ pour la fanté. Comme le fang eft
„ infipide, il veut des mêts qui tien-
„ nent de fa nature. Et buvez vous
„ du vin, ajout-a-t'il? Oüi, dit le Ma-
„ lade, du vin trempé. Oh, trempé,
„ tant qu'il vous plaira, reprit le Me-
„ decin ! Quel déréglement ! Voilà
„ un régime épouvantable ! Il y a long-
„ tems que vous devriez être mort.
„ Quel âge avez vous ? J'entre dans
„ ma 69 année, répondit le Chanoine.
„ Juftement, repliqua le Medecin, une
„ vieilleffe anticipée eft toujours le
„ fruit de l'intempérance. Si vous
„ n'euffiez bû que de l'eau claire toute
„ vôtre vie, & que vous vous fuffiez
„ contenté d'une nourriture fimple,
„ de pommes cuites, par exemple,
„ vous ne feriez pas préfentement tour-
„ menté de la goute, & tous vos *mem-*
„ *bres* feroient encore facilement leurs
„ fonctions. Je ne défespère pas tou-
„ tefois de vous remettre fur pied,
„ pourvû que vous vous abandonniez
„ à mes ordonnances. Le malade pro-
„ mit de lui obéir en toutes chofes.
„ ALORS *Sangrado* m'envoia chercher
„ un

,, un Chirurgien qu'il me nomma , &
,, fit tirer à mon maître fix bonnes
,, palettes de fang , pour commen-
,, cer à fuppléer au défaut de la tran-
,, fpiration. Puis il dit au Chirurgien :
,, *Maitre Martin*, revenez dans trois
,, heures en faire autant, & demain
,, vous recommencerez. C'eſt une
,, erreur de penſer que le fang foit né-
,, ceſſaire à la conſervation de la vie.
,, On ne peut trop faigner un malade.
,, Comme il n'eſt obligé à aucun mou-
,, vement ou exercice conſidérable,
,, & qu'il n'a rien à faire, que de ne
,, point mourir, il ne lui faut pas plus
,, de fang pour vivre, qu'à un homme
,, endormi. La vie dans tous les deux
,, ne conſiſte que dans le pouls & dans
,, la reſpiration.

,, LORSQUE le Docteur eut ordonné
,, de fréquentes & copieuſes faignées,
,, il dit qu'il falloit auſſi donner au
,, Chanoine de l'eau chaude abonda-
,, ment ; aſſûrant que l'eau büe en a-
,, bondance, pouvoit paſſer pour le
,, véritable ſpécifique contre toutes
,, fortes de maladies. Il fortit enfuite,
,, en difant d'un air de confiance ,

G   ,, qu'il

„ qu'il répondoit de la vie du malade,
„ si on le traitoit de la manière qu'il
„ venoit de prescrire. La Gouver-
„ nante du Chanoine, Dame Jacinte,
„ protesta qu'on la suivroit exacte-
„ ment; en effet nous mîmes prom-
„ tement de l'eau à chaufer; & com-
„ me le Medecin nous avoit recom-
„ mandé sur toutes choses de ne la
„ point épargner, nous en fîmes d'a-
„ bord boire à mon maître deux ou
„ trois pintes à long traits. Une heu-
„ re après, nous réitérâmes; puis re-
„ tournant encore de tems en tems à
„ la charge, nous versâmes dans son
„ Estomac un déluge d'eau. D'un au-
„ tre côté, le Chirurgien nous secon-
„ dant par la quantité de sang qu'il ti-
„ roit, nous reduisîmes en peu de
„ jours le vieux Chanoine à l'extré-
„ mité.

„ LE bon Ecclésiastique n'en pou-
„ vant plus, comme je voulois lui
„ faire avaler encore un grand verre
„ du spécifique, me dit d'une voix
„ foible : arrête, Gilblas, ne m'en don-
„ nes pas davantage, mon ami, je
„ vois bien qu'il faut mourir malgré
„ la

,, la vertu de l'eau, & quoiqu'il me
,, reſte à peine une goute de ſang,
,, je ne m'en porte pas mieux pour ce-
,, la. Ce qui prouve bien que le plus
,, habile Medecin ne ſauroit prolonger
,, nos jours, quand leur terme fatal
,, eſt arrivé. Va me chercher un No-
,, taire, je veux faire mon teſtament.
,, Je partis ſur le champ, & j'entrai
,, dans la maiſon du premier Notai-
,, re, & le trouvant chez lui : Mᵣ.,,
,, lui dis-je, le chanoine *Sédillo* tire à ſa
,, fin, il veut faire écrire ſes dernières
,, volontés, il n'y a pas un moment à
,, perdre. Le Notaire me demanda
,, quel Medecin voioit le malade. Je lui
,, répondis que c'étoit le Docteur San-
,, grado. A ce nom, prenant brusque-
,, ment ſon manteau & ſon chapeau ;
,, vive Dieu ! s'écria-t-il, partons
,, donc en diligence ; car ce Docteur
,, eſt ſi expéditif, qu'il ne donne pas
,, le tems à ſes malades d'appeller des
,, Notaires. Cet homme là m'a bien
,, ſouflé des Teſtamens. (*a*) . . . . .
,, Le Chirurgien aïant encore ſaigné
,,le

(*a*) 150--156.

G 2

„ le Malade, le pauvre Vieillard, qui
„ n'étoit déjà que trop affoibli, expira
„ presque dans le moment. Comme
„ il rendoit les derniers foupirs, le
„ Medecin parut & demeura un peu
„ fot, malgre l'habitude qu'il avoit
„ de dépêcher fes malades. Cepen-
„ dant, loin d'imputer la mort du
„ Chanoine aux faignées, il fortit en
„ difant d'un air froid; Cet homme-là
„ n'a point été affez faigné &c. L'éxe-
„ cuteur de la Haute Medecine, le
„ Chirurgien voiant auffi que le mou-
„ rant n'avoit plus befoin de fon Mi-
„ niftère, fuivit le Docteur Sangrado".

NE foïez pas furpris de voir Gilblas raifonner fi bien Medecine, ou
du moins rendre un compte auffi
exact & plaifant de la maladie dont
mourut fon maitre. Il n'écrit fa vie,
qu'après avoir été au fervice de *San-*
grado même ; & ce ne feroit pas le premier favant & même le premier Medecin, qui eût été Valet, (*a*) comme le prouve l'hiftoire des favans, que
nous

(*a*) Celui de *Racine* a été aggrégé à la Facul-
é, comme on l'a dit.

nous ont donnée Bayle & tant d'autres.
Il fut lui-même Medecin ; & voici comment ; la chofe eft bonne à raconter.
Comme il fervoit ce docteur, "ecoute,
,, mon enfant , lui dit-il un jour, je
,, ne fuis point de ces Maîtres durs &
,, ingrats qui laiffent vieillir leurs do-
,, meftiques fans les recompenfer. Je
,, fuis content de toi. Je t'aime, &
,, fans attendre que tu m'aies fervi plus
,, long-tems, je veux faire ton bon-
,, heur. Je veux tout-à-l'heure te dé-
,, couvrir le fin de mon art. Les au-
,, tres Medecins (les Etrangers) en
,, font confifter la connoiffance dans
,, mille fiences pénibles ; & moi je
,, prétens t'abréger un chemin fi long,
,, & t'épargner la peine d'étudier la
,, Phyfique, la Pharmacie, la Botanique
,, & l'Anatomie. Saches, mon ami,
,, qu'il ne faut que faigner & faire boi-
,, re de l'eau chaude. Oüi, ce mer-
,, veilleux fecret que je te révéle, &
,, que la Nature, impénétrable à mes
,, Confrères, n'a pu dérober à mes ob-
,, fervations, eft renfermée dans deux
,, points ; dans la faignée & dans la
,, boiffon fréquente. Je n'ai plus rien

,, à

,, à t'apprendre. Tu fais la Medeci-
,, ne à fond, & profitant du fruit de
,, ma longue expérience, tu deviens
,, tout d'un coup auſſi habile que moi.
,, Tu peux, continua-t-il, me ſoula-
,, ger préſentement. Tu tiendras le
,, matin notre Regître (*a*), & l'après
,, midi tu ſortiras pour aller voir une
,, partie de mes malades. Tandis que
,, j'aurai ſoin de la Nobleſſe & du Cler-
,, gé, tu iras pour moi dans les mai-
,, ſons du Tiers Etat; & lorsque tu au-
,, ras travaillé quelque tems, je te fe-
,, rai aggréger à notre corps. Tu és
,, ſavant, Gilblas, avant que d'être
,, Medecin, au lieu que les autres ſont
,, long-tems Medecins, & la plûpart
,, toute leur vie, avant que d'être ſa-
,, vans ".

JE vous adreſſe, mon fils, le même
Diſcours que Sangrado tient à Gilblas.
Vous ſavez que la ſience eſt inutile, &
qu'au

(*a*) Gilblas l'appelle *Regître Mortuaire*: &
ſa raiſon eſt que les gens, dont il prenoit les
noms, mouroient preſque tous. Il compare
les portiers de Medecins, à ces commis de
Bu-

qu'au défaut de l'esprit & du manége, un
systéme peut suffire. Partez de là, & si
c'est à celui de ce Chef d'une grande Secte, que vous vous attachez, vous n'aurez que trois choses à dire : boire de
l'eau chaude & saigner dans la maladie ;
des pommes cuites & du fromage dans
la convalescence ; des legumes dans
la santé. Rien n'est au dessus des *alimens de Carème*, des pois, des fèves,
des haricôts, des pommes de terre &
autres légères nourritures, facilement
triturables, pourvû qu'on avale des
sçaux d'eau, tiéde sur-tout, & qu'on
ne s'en rassasie pas. Partez de là, mon
fils, & battez vous d'estoc & de taille
avec quiconque vous prendra pour un
fou ; vous avez droit de tuer sur mer
& sur terre ; laissez les Apotiquaires
présenter Requête au Parlement pour
vous forcer d'ordonner des remèdes ;
n'en ordonnez point : vous seriez in-
con-

Bureau qui écrivent les noms de ceux qui re-
tiennent des places dans les voitures publiques.
C'est ainsi, dit-il, que nous autres Sécrétaires
d'Esculape inscrivons les personnes qui veulent partir pour l'autre monde. p. 162. T. I.

conféquent, & entre nous d'ailleurs, vous n'en avez pas befoin pour exercer votre Profeffion auffi dignement qu'elle l'eft pour l'ordinaire. *Sangrade* a paffé les 38 dernières années de fa vie fans boire du vin & fans manger de viande: Il eft mort vieux. Quel plus grand éloge demandez vous des legumes, des pommes cuites & de l'eau chaude ? Il eft vrai que j'ignore s'il s'eft fait fouvent faigner.

Si la Méthode *Sangradienne* ne vous fatisfait pas pleinement, fuivez-les étendarts du fier *Chirac*, ou ceux du *Brillant Sylva*; avec le premier, vous aurez des purgatifs & de vomitifs, c'eft tout; avec le fecond, vous faignerez à toute outrance. Un autre vous apprendra le grand art de clyftérifer; ainfi dans la Medecine de Paris, vous aurez

(*a*) Saignare, purgare, clyfterium donare; Et fi *Maladia* eft opiniatria; refaignare, reclifterifare.

(*b*) Roman ingénieux & plein de fel; les plus petites chofes, fuivant l'ufage de l'auteur, y font rélevées par la politeffe, comme par le ftile décent, & noble dont elles font énoncées.
Qn

rez toute celle de Molière (*a*) &
peut-être fera-t-elle plus de cures
que vous ne pensez, . . en faisant
rire. La Morale de cette Histoire tirée de *Gilblas* (*b*), est plai-
sante; Mr. le sage a senti qu'un valet pouvoit apprendre la Medecine
& l'exercer en peu de tems avec autant de succès que la plûpart des Medecins de Paris. Et l'on s'étonnera
après cela que les plus habiles Chirurgiens, que dis-je! les Charlatans,
& les plus hardis hableurs l'exercent
avec autant de hardiesse, que d'im-
punité? Si l'ignorance doit jouïr des
mêmes droits, pourquoi n'auroient-ils
pas tous également *jus impunè tuandi*
& *vastandi per totam terram?* Je serois fondé à m'appuier du suffrage de
Guy Patin, & de tant d'autres; mais
c'est

On y trouve presque à livre ouvert de fines
railleries puisées dans la nature, aussi simples,
aussi naïves qu'elle-même, pour ainsi dire:
Tant qu'il y aura des gens d'esprit, on senti-
ra le prix de la bonne plaisanterie, & on pré-
ferera les Livres qui la contiennent, Livres rares, à tout ce jargon précieux & entortillé
de nos plus Beaux Esprits.

G 5

c'eſt ce que je réſerve pour l'*Anti-Ma-chiavéliſme.* Qu'il me ſoit ſeulement per-mis de revenir à mon ami *Gilblas,* ou plutôt à ſon ancien Maître *Sangrado,* car je ne veux pas qu'il manque un trait au tableau de ce Docteur, & Mr. le *Sage* l'a ſi bien atrapé, que je veux le copier encore, pour qu'on compare ce que j'en ai dit dans le Chap. *de l'Inuti-lité de la Phyſique,* avec un Romancier, juge deſintereſſé dans nos procès. Al-lon donc, ſuivons *Gilblas* après ſes roiages, & chez ſon Docteur : c'eſt lui qui va parler.

,, Nous nous rendîmes ches lui ſur
,, les dix heures du matin, nous le trou-
,, vâmes aſſis dans un fauteuil, un
,, livre à la main. Il ſe leva, ſi-tôt qu'il
,, nous aperçut, vint au-devant de
,, nous d'un pas aſſez ferme pour un
,, ſeptuagénaire & nous demanda ce
,, que nous lui voulions. Mr. le Doc-
,, teur, lui dis-je, eſt ce que vous ne
,, me remettez point ? j'ai pourtant
,, l'honneur d'être un de vos Élèves.
,, Ne vous ſouvient-il pas d'un certain
,, *Gilblas,* qui étoit autrefois votre
,, commenſal & votre ſubſtitut ? Quoi,
,, c'eſt

„ c'eſt vous, Santillane, me répon-
„ dit-il en m'embraſſant? Je ne vous
„ aurois pas reconnu. Je ſuis bien aiſe
„ de vous revoir. Qu'avez vous fait
„ depuis notre ſéparation? Vous avez
„ ſans doute toujours pratiqué la Mé-
„ decine; non, lui dis-je. . . .
„ TANT pis, reprit Sangrado, a-
„ vec les principes que vous aviez re-
„ çus de moi, vous ſeriez devenu un
„ habile Medecin, pourvû que le ciel
„ vous eût fait la grace de vous pré-
„ ſerver de l'amour dangereux de la
„ Chymie. Ah! mon fils, pourſuivit-
„ il, d'un air douloureux, quel chan-
„ gement dans la Médecine depuis
„ quelques années! on ôte à cet art
„ l'honneur & la dignité. Cet art qui
„ dans tous les tems a reſpecté la vie
„ des hommes, eſt préſentement en
„ proie à la témérité, à la préſomtion,
„ & à l'impéritie; car les faits parlent,
„ & bien-tôt les pierres crieront con-
„ tre le brigandage des nouveaux pra-
„ ticiens, lapides clamabunt. On verra
„ dans cette ville des Medecins, ou ſoi
„ diſant tels, qui ſe ſont attelés au
„ char de Triomphe de l'Antimoine,

G 6

„ cur-

„ *currus triomphalis Antimonii* , des é-
„ chapés de l'Ecole de Paracelfe, des
„ adorateurs du *Kermès* , des guéris-
„ feurs de Hazard, qui font confifter
„ toute la Sience de la Medecine, à
„ favoir préparer des Drogues Chy-
„ miques. Que vous dirai-je ? tout
„ eft méconnoiffable dans leur mé-
„ thode; la faignée du pié, par exem-
„ ple, jadis fi rare, eft aujourd'hui pres-
„ que la feule qui foit en ufage. Les
„ purgatifs autrefois dous & bénins,
„ font changés en Emétique & en *Ker-*
„ *mès*. Ce n'eft plus qu'un cahos, où
„ chacun fe permet ce qu'il veut, &
„ franchit les bornes de l'ordre & de
„ la fageffe que nos premiers Maitres
„ ont pofées.

„ Quelque envie que j'euffe de ri-
„ re en entendant une fi comique dé-
„ clamation, j'eus la force d'y réfi-
„ fter: je fis plus, je déclamai contre
„ le *Kermès* , fans favoir ce que c'étoit,
„ & quand j'eus feulement prononcé
„ le mot *défordre* , mon Fanatique
„ me lacha cette feconde bordée.

„ Ce défordre , reprit-il , va plus
„ loin qu'on ne peut croire; il ne m'a
„ fer-

,, fervi de rien de publier un livre con-
,, tre le brigandage de la M. ; au con-
,, traire il augmente de jour en jour.
,, Les Chirurgiens dont la rage eft de
,, vouloir faire les Medecins, fe croient
,, dignes de l'être, dès qu'il ne faut
,, que donner du *Kermès* & de l'Eméti-
,, que, à quoi ils joignent des faignées
,, du pié à leur fantaifie. Ils vont mê-
,, me, *ô Tempora ! ô Mores !* jusqu'à
,, mêler le *Kermès* dans les Apofêmes
,, & les potions cordiales, & les voi-
,, là de pair avec les grands faifeurs en
,, Medecine. Cette contagion fe ré-
,, pand jusques dans les Cloîtres. Il
,, y a parmi les Moines, des Frères qui
,, font tout enfemble Apotiquaires &
,, Chirurgiens. Ces Singes des Mede-
,, cins s'appliquent à la Chymie, &
,, font des droigues pernicieufes, avec
,, lesquelles ils abrégent la vie de leurs
,, Réverends Pères. Enfin il y a dans Pa-
,, ris plus de 60. Monaftères, tant hom-
,, mes que filles : jugez du ravage qu'y
,, fait le *Kermès* uni avec l'Emétique
,, & la faignée du pié. Seigneur *San-*
,, *grado*, lui dis-je alors, vous avez
,, bien raifon d'être en colère contre
G 7 ,, ces

„ ces empoifonneurs , je gémis avec
„ vous & partage vos allarmes fur la
„ vie des hommes, manifeftement me-
„ nacée par une méthode fi dif-
„ férente de la vôtre. Je crains fort
„ que la Chymie n'occafionne un jour
„ la perte de la Medecine, comme la
„ fauffe monnoie caufe la ruine des
„ Etats: faffe le Ciel que ce jour fatal
„ ne foit pas prêt d'arriver !

„ DANS cet endroit de notre con-
„ verfation, nous vîmes paroître une
„ vieille fervante qui apportoit au
„ Docteur une foucoupe, fur laquelle
„ il y avoit un petit pain molet, un
„ verre avec deux Carafes, dont l'une
„ étoit pleine d'eau & l'autre de vin.
„ Après qu'il eut mangé un morceau,
„ il but un coup , où il y avoit à la
„ vérité les deux tiers d'eau, mais cela
„ ne le fauva point des reproches qu'il
„ me donnoit fujet de lui faire. Ah,
„ ah , Mr. le Docteur, lui dis-je! Je
„ vous prens fur le fait. Vous buvez
„ du vin, vous qui vous êtes toujours
„ déclaré contre cette boiffon, vous qui
„ pendant les $\frac{3}{4}$ de votre vie n'a-
„ vez bû que de l'eau. Depuis quand
„ êtes

„ êtes vous devenu si contraire à vous-
„ même? Vous ne sauriez vous excu-
„ ser sur votre âge, puisque dans
„ un endroit de vos écrits, vous dé-
„ finissez la vieillesse, une *Phtisie natu-*
„ *relle* &c. & que sur cette définition
„ vous déplorez l'ignorance des per-
„ sonnes qui appellent le vin, le lait
„ des vieillards. Que direz-vous donc
„ pour vous justifier?

„ Vous me faites la guerre bien
„ injustement, repondit le vieux Me-
„ decin. Si je bûvois du vin pur, vous
„ auriez raison de me regarder; com-
„ me un infidèle observateur de ma
„ propre méthode; mais vous voiez
„ que mon vin est bien trempé. Autre
„ contradiction, lui répliquai-je, mon
„ cher maitre, souvenez-vous que vous
„ trouviez mauvais que le Chanoine *Se-*
„ *dillo* bût du vin, avec beaucoup d'eau.
„ Avouez de bonne grace que vous a-
„ vez reconnu vôtre erreur, & que
„ le vin n'est pas une funeste liqueur,
„ pour-vû qu'on n'en boive qu'avec
„ modération.

„ Ces paroles embarassèrent un peu
„ notre Docteur; il ne pouvoit nier
„ qu'il

„ qu'il n'eût défendu dans ſes livres
„ l'uſage du vin; & la honte & la va-
„ nité l'empêchant de convenir que je
„ lui faiſois un juſte reproche, il ne
„ ſut que me répondre. (*a*)

CHAP. DERNIER.

Que la Medecine n'eſt qu'une Comédie.

POUR prendre des Malades, il faut de bons filets, comme pour pren-dre l'Oiſeau. Le talent de l'Oiſeleur & celui du Medecin ſe reſſemblent en cela. Ces filets ſont l'art de plaire, & de divertir, comme un Farceur, ou un hiſtrion; en un mot c'eſt la Comédie qu'il faut ſavoir joüer dans la grande perfection. Molière l'a dit; un Mede-cin eſt une eſpèce de "Comédien, de-„ ſtiné à amuſer les Malades, juſqu'à
„ ce

(*a*) Tout ceci eſt imaginé pour mettre à quia le pauvre bon homme Hecquet, car il ne

„ ce que la nature les ait guéris, ou
„ que les remèdes les aïent tués ".
Mon Fils, ne vous regardez pas d'un
autre oeil; si votre vanité est blessée
d'un mépris qu'il est juste que vous par-
tagiez, puisque vos Confrères l'ont mérité; l'argent, ce grand consolateur,
l'argent guérira vos plaïes.

RIEN de si facile que de prouver
que la Medecine compte la Comédie
parmi ses principaux attributs. Il faut
des Medecins pour le Peuple, comme
pour les Grands. Les Medecins du peuple élèvent des Théatres dans des Places publiques, ils y joüent la Comédie;
& tandis qu'Arlequin, ou Scaramouche
divertit les Badauts qui les écoutent,
le Docteur, ou plutôt le Marodeur de
la Troupe, dont les Patentes sont sig-
nées par le premier Medecin, vend
la suie de sa cheminée en pilules. Les
Grands ont des Docteurs élevés dans
des Facultés, brillans Acteurs, qui ne
joüent qu'en particulier, & sous une
plus

---

ne buvoit jamais de vin, comme je l'ai dit: cela eût été contre son système; & mieux vaut
mourir pour l'honneur du Pavillon.

plus belle forme. Chez eux le Théâtre est plus noble, la scêne plus délicate, plus grave, plus épurée ; & c'est à des connoisseurs qu'il faut plaire (*a*). Donc par-tout où est l'art de guérir, par-tout précéde la Comédie, ou l'art d'amuser. Que l'on puisse être Baladin, Comédien, ou Opérateur, sans être Medecin, j'y consens ; mais être Medecin, sans être Comédien ! c'est ce que je nie. Concevez en effet la difficulté de l'entreprise, pour ne pas dire son impossibilité· Etre assez fou, pour n'être que Medecin, n'est-ce pas s'exposer de Gayeté de coeur à mourir de faim ?

Toutes les professions s'entre-volent, comme les Auteurs ; on se pardonne les uns aux autres un pillage mutuel. *Hippocrate* se plaignoit des Prêtres de son tems, comme les Medecins se plaignent des Chirurgiens, qui font la Me-

(*a*) L'université de Montpellier est le 2. Théatre, où se forment nos Acteurs. Elle est à celle de Paris, ce que le Comédie Italienne est à la Comédie Françoise, rivale aussi jalouse, qu'impuissante· La vanité de voir bril-

Medecine ; & ceux-ci des Medecins qui font la Chirurgie. Si les Medecins dérobent le métier des Comédiens, en allant fur leurs brifées dans les cercles & au lit des malades, ceux-ci pour la même raifon (pour vivre) joüent la Medecine & les Medecins, dont le tableau étoit trop plaifant & trop lucratif, pour échaper à Molière. L'heureux Mortel ! Il étoit protegé, il s'eft enrichi par ce qui m'a ruiné. Si tous les Etats ont leur Charlatanerie & leur Friponerie réciproques, il n'y en a pas un feul, qui ait fi grand befoin de ces fecours, que la Medecine.

IL fut, dit-on, un tems, où les Medecins furent obligés de guérir. Alors la Medecine étoit une affaire férieufe & même dangereufe. Pourquoi ? C'eft qu'il falloit exercer utilement un Art le plus fouvent inutile, & fouvent nuifible. On ne fut pas long-tems à
s'a-

briller fes membres fur un plus grand théatre, l'a dépouillée de fes bons fujets ; & à en juger par ceux qu'elle nous envoie aujourd'hui, on n'en aura pas grande idée ; à moins qu'elle ne nous trompe, en ne nous donnant que à *lie du tonneau*, ce qui eft probable.

s'apercevoir combien ils frappoient
loin du but. Qu'arriva-t-il de là? Ce
que j'ai dit. Les Medecins démasqués
furent honteufement chaffés de Rome.
Qu'ils ceffent d'être Charlatans, & je
leur promêts le même fort à Paris. Mais
leur conduite me raffûre ; la Medecine
fe fait gayement ; les Medecins font
fouvent de Petits-Maitres, en bonnet
& en hermine ; & Dieu mercy,
on a plus de Farceurs, qu'on n'en demande.

IL en eft de la Medecine, comme
de la Chevalerie. Il ne fuffifoit pas à
ceux qui s'y deftinoient, d'en apprendre tous les exercices, il falloit être reçu en forme Chevalier. C'eft dans de
mauvaife Ecoles, que nos Docteurs
font leurs premiers exercices, pour être
enfuite proclamé Chevalier par les Femmes ; à condition feulement qu'on les
amufera & qu'on leur *donnera de l'Efprit*
de toutes les manières. (*a*)

Voi-

(*a*) On difoit à Mʳ. de F... votre Maitres-
fe, Mˡˡᵉ. B... doit avoir bien de l'Efprit; je
lui en donne, dit-il, tant que je peux. La
Fontaine, cet homme d'une naïvité inimita-
ble,

Voilà le vrai moien de parvenir à l'honneur d'être Chevalier d'Esculape. Mon Fils, si jamais vous êtes décoré d'un titre aussi brillant, tous les états seront entre vos mains: Grands, Ministres, Jurisconsultes, Théologiens, Beaux-Esprits, vous serez le Medecin de tout Paris. Au défaut des talens de l'esprit, suppléent merveilleusement ceux du corps, qui doivent redoubler. Paris est une ville galante, où *il en faut découdre*. Malheur à qui a le milieu de la Phisionomie, d'un petit augure! Feu Mr. de la P., homme de grande expérience en cette matière, disoit à un Medecin, qui vouloit s'établir à la Cour: "Allons, mon Ami, faites va-
,, loir les dons de la nature; vous a-
,, vez en main ce Remède universel,
,, que les Chimistes ont vainement
,, cherché loin d'eux". Il est vrai, comme vous le diroit encore un homme, dont l'autorité est d'un grand poids
dans

ble, a mis à la Mode cette façon de parler dans un de ses Contes (*comment l'Esprit vient aux Filles*). Cette expression étoit fort du goût de Madame de Sévigné; elle en badine avec sa fille, Made. de G.

dans ce genre, que les talens corporels valent mieux que tous les autres, pour être reçu Chevalier; & que fans autre fecours, il eft parvenu, fi ce n'eft aux honneurs, du moins aux plus grands fruits que l'on puiffe retirer de la Chevalerie. Quel exemple plus féduifant que celui de ce *Rubicond Bétrave !* Quelle plus heureufe efpérance de devenir Commandeur, comme il le deviendra infailliblement après la mort d'un homme, qui n'a pas commencé fous d'autres Aufpices !

TEL eft l'Empire du beau fexe; il eft jufte qu'il foit proportionné à fes charmes. Le fort des Medecins pouvoit-il être en de plus belles mains? Faifons-lui donc éternellement la cour; & qu'une vive reconnoiffance ajoute encore aux tendres hommages de la plus douce fympathie !

CON-

(*a*) Cette penfée qui eft de *Lucrece*, fi je ne me trompe, a été ainfi paraphrafée par *Rouffeau*, dans *l'Ode à la Fortune.*

Le

CONCLUSION.

Cadit persona, manet res (a).

A présent, mon Fils, vous êtes initié dans un Art qui doit faire votre fortune. Il est clair que votre but principal n'est pas de guérir, mais de réussir, c'est-à-dire de gagner de l'argent ; car enfin quoique nous ne sachions pas pourquoi nous sommes dans ce monde-ci, la faim nous dit qu'il y faut vivre ; comme autre appétit, qu'il faut se reproduire : & tel paroit être le but de la Nature, selon *Linæus*.

Vous avez appris dans nos Ecoles tout ce que savent tant de Docteurs fort estimés ; jargonez comme eux, mon Enfant, c'en est assez ; laissez-là
tous

(a)
Le masque tombe, l'homme reste
Et le Héros s'évanoüit.
Le Docteur, au lieu du *Héros*, fait la juste Parodie de ces vers.

tous vos projets d'immortalité, & tout
ce vilain métier d'Auteur, ou de gueux,
termes presque synonimes. Si le Démon de la Composition vous possède,
que l'avarice, ou *Caron* vous exorcise,
n'écrivez que des Ordonnances ; voilà
l'oeuvre, le grand oeuvre, ou la pierre Philosophale du Medecin : si du reste,
& de toute cette fumée déguisée sous
le beau nom de gloire, après laquelle
la folie vous fait courir ! Quand on
écrit, il faut critiquer, ou loüer ; &
par conséquent soulever des Ennemis,
ou l'Estomac : il n'y a guères de milieu, & il est difficile à tenir.

Avez-vous un grand nombre de livres curieux, & utiles ? renfermez les
précieusement, pour que vous ne soiez
pas plus soupçonné de lire, que d'écrire. Vous avez entendu les plus grands
Maitres ? Que l'Univers l'ignore ; que
les nouvelles découvertes soient sans
attrait pour vous ; ou feignez de les mépriser. Ne vous affichez pas pour a-
mateur de la Physique ; cachez enfin
votre esprit, vos goûts, vos connoissances, comme la Terre fait les dia-
mans. Quelle simplicité de compter sur
le

le mérite & les talens! leur appui eſt foible & fragile : pour un qui s'élève par cette voie, mille ſe perdent. Le manège, la cabale ſont d'une toute autre reſſource. Songez que l'Eſprit, ſur-tout vif, révolte le gros bon ſens qui eſt par-tout, & déconcerte la confiance d'une *tête bien faite*. Au contraire les déciſions d'un Medecin ſot & grave, ſont des *Axiomes* & des *ſentences*. On dit, *Bacouill* parle peu ; mais il penſe, comme il mange, beaucoup. Que la ſérieuſe & impoſante gravité forme donc un voile épais, qui enveloppe le nuiſible ſuperflu de vôtre eſprit & de vos agrémens : cachez-vous y, comme dans l'Antre de *Trophonius*. Ne ſoiez ici ni amuſant, ni aimable ; ou les rieurs, ceux que vous aurez le plus divertis, ne ſeront pas pour vous, dans le quart d'heure de réflexion : on vous prendra pour un homme du monde, & pour un boufon, qui pis eſt, & non pour un Medecin. Pourquoi ? par ce que vous n'aurez pas l'air d'un Ours.

RESPECTEZ-vous dans les préjugés : de la réſerve, de la retenüe dans

H   VO

vos propos ; point de familiarité avec
les Seigneurs, ſi ce n'eſt avec ceux qui
méritent celle d'un homme d'Eſprit.

Eſt-il queſtion des maux qui viennent par le canal de la galanterie? Je
ne ſaurois trop vous le recommander,
il faut être un *Harpocrate*, pour la dis-
crétion. Les Filles de joie, *à ce qu'on dit*,
ſont un ragoût de Seigneur , quand
les valets l'ont épicé. Les reſpecter, c'eſt
donc reſpecter les plaiſirs des Dieux.

Récapitulons auſſi ce qui a été
dit ſur la Réligion. Rien ne figure ſi
mal , mon cher enfant , que cette
Reine myſtérieuſe , avec la Philoſophie ; celle-ci eſt une rivale triom-
phante qui ne connoît de myſtères,
que ceux que la nature ne lui découvre
point. Ainſi je vous le répete, croiez
ce qu'il vous plaira, mais ne vous éri-
gez pas en convertiſſeur de gens, ſur-
tout de gens d'Eſprit, & de vrais Philoſophes: mettez vôtre croiance à l'a-
bri

(*a*) Qu'on ne croie pas que ce jugement
ſoit celui d'un homme piqué de l'*Avis au Lecteur*,
qui eſt à la tête de cet Ouvrage. Les Ca-
lom-

bri de la Révélation , & ne l'expofez
point au mépris du grand jour. Voiez
les *penfées chrétiennes, mifes en oppofition
avec les penfées Philofophiques ! Quel parallèle* , ô bon Dieu , & quelle pitié (*a*)!
l'Auteur aïant pour but de réfuter un
Déifte, commence par ce début my-
ftique : ,, tout vient du père des lu-
,, mières " ? Bel exemple pour les
Théologiens ! comme tels, ils ne peuvent manquer de ruiner la Religion,
en voulant la défendre.

SOIEZ impénétrable fur l'Article
de la Foi , & auffi exact à ordonner les
Sacremens, que fi c'étoit la charge du
Medecin. Suivez Vardaux au lit des
malades; il a grand foin de faire *grais-
fér les bottes* d'un malade prêt à partir
pour l'autre monde. ,, C'eft , dit-il,
,, un grand voiage , il faut que cha-
,, cun prenne fes précautions ; il faut
,, que le malade faffe fes affaires, &
,, puis je ferai les miennes.

NE

lomnies ne méritent que le mépris, ainfi que
ceux qui les répandent, *Intelligenti pauca* : On
dit que Mrs. *Duport* & *Alary* font ces bons
Chrétiens.

H 2

NE ſoiez ce que vous êtes, &, comme on dit *déboutonné*, & tout ouvert, qu'avec vos Amis, *intrà privatos parietes*. Faut-il donc que l'homme ſoit entre quatre murailles, pour être libre? Oui, c'eſt là que s'en donnant à cœur joie, un verre d'une main, & le *Téton* de ſa *Phylis* de l'autre, dans cette douce & double yvreſſe, où! l'homme eſt aſſez heureux pour s'oublier lui-même, c'eſt là qu'à table, avec ſes amis, & chacun ſa chacune, on peut, on doit ſe . . des Préjugés du ſot Univers: mais en Public, dans un cercle, au lit d'un patient crédule, il faut plus de masques à un Medecin, que n'en mettent les Danſeurs de l'Opera d'*Iſis*. Un des plus ſpirituels & des plus aimables Seigneurs de la Cour, diſoit avec raiſon à Mr. . . : „ quelle „ folie de dire tout haut, de crier ſur „ les toits, d'imprimer ce que tout la „ monde ſe dit à l'oreille"!

SOIEZ donc, (c'eſt-ici la Concluſion de la Concluſion, comme le dernier Chapitre eſt un Corollaire de tous les autres) ſoiez Hippocrite, fourbe, bas, rampant, comme un courtaut

de

de boutique, charlatan, comme *Sylva*, *savantas*, comme *Astruc*, &c. tout à tous (St. *Paul* l'a dit), ou sans caractère pour les avoir tous. Croiez que si vous êtes heureux, si quelque vieille édentée d'un grand crédit, ou quelque jeune fringante d'un plus grand appas, a juré vôtre bien-être, vous escaladerez de force les murs de la Fortune, avec la seule & ferme échelle de tous les vices.

DE plus encore, souvenez-vous en, enveloppez vous dans le vénérablement ridicule manteau de l'expérience, de la gravité & de la divination *Solanienne*: faites redire les hauts faits de vôtre pratique aux cent bouches de la renommée; c'est bien la moindre chose qu'une Déesse en soit crüe sur sa parole, comme tant de Bégueules. Enfin badin, vif, amusant, sérieux, sententieux mortel, que *Protée* & le *Caméléon* prennent moins de formes & de couleurs que vous; mais quant à opter, prenez celle de la gravité. Je vous en répons, sur ma tête; s'il vous est possible d'arborer celle d'un juge de Village, en y joignant seulement la sien-

ce

ce d'un droguiste qui a lu *Pomier*, vous arriverez enfin à la vie la plus heureuse, à force de la détruire. C'est ce que je (*a*) vous souhaite. *Amen.*

VOILA le langage du Fripon. Ecoutez celui de l'honnête homme (*b*). C'est *l'Anti-Machiavélisme.*

(*a*) *Endurcis toi le cœur, sois Arabe, Corsaire, Injuste, Violent, sans Foi, double, faussaire.*
Boyl. *Sat.* 8.

(*b*) Sois studieux, savant, Officieux, sincère, Apprens l'art de guérir, dédaignes l'art de plaire &c.

ANTI-
MACHIAVÉ-
LISME.

AVANT-PROPOS.

VÔTRE furprife n'eft pas fur mon Compte, le titre vous en avoit averti; oüi, encore une fois, c'eft ici *l'Ouvrage de Pénelope*, & je vais défaire *férieufement* ma propre Toile. Il fe pourroit que comme ces Logiciens qui fe prennent quelquefois eux-mêmes dans leurs propres filets, j'euffe beaucoup de peine à me tirer des miens. Quelque mêlé que foit mon fil, j'efpére cependant le débrouiller. J'ai voulu pourfuivre la

H 5   vé-

vérité comme au travers des ronces
& des épines de l'erreur, & faire briller l'honnête homme, par un contraste
frappant avec le fripon. Si j'ai donné
à de dangereux prestiges, toute la force dont ils etoient susceptibles, je vais
les dissiper : toute seduction va dispa-
roître, & je ne doute point que je ne
puisse en une seule partie, renverser le
clinquant imposteur des cinq autres.
Mais ma foi je suis trop bon! je me
serois bien dispensé de réparer un honneur que je n'ai point flétri. Outre
qu'il n'y a que des *Pécores* à figure hu-
maine, qui n'entendent que le sérieux,
plus mes premiers conseils sont empoi-
sonnés, plus le venin est facile à éviter, & porte avec soi son Antidote.

MAIS enfin, dit-on, vous ne pou-
rez refuser cette petite consolation aux
Medecins; ce sera le beaume des plaïes
que vous leur avez faites. Eh, bien!
soit : rapatrions - nous donc avec nos
confrères, & que la même main qui a
craionné les défauts & les vices de
la plûpart, fasse aussi volontiers l'Apothéose de ceux qui l'ont méritée. C'est
en détestant le vice & ses favoris, que
j'ai

j'ai découvert ſes traces & leurs aſtuces criminelles. Ce ſera par la loüange & le goût de la vertu, que je vous condui-rai jusq'à elle, & vous la ferai unique-ment chérir. Tout manège va donc ceſſer, le ſavoir & l'Art vont être re-ſpectés, & la raiſon de concert avec la probité va couronner cet ouvrage.

Me voilà dans le cas de ce Chirur-gien du *Bachélier de Salamanque*, dont j'ai parlé. Fermons-la porte de der-rière, & ouvrons celle de devant, c'eſt celle qui guérit les maux faits par l'autre. Que les Malades ſeroient heureux, ſi les Medecins avoient la même reſſource! La Faculté n'a qu'u-ne porte; mais la quelle?

Commençons par réfuter les prin-cipaux préjugés qui s'oppoſent aux progrés de la Medecine, & qu'une nouvelle forme ôte, s'il ſe peut, à une chemin ſi fraié, le dégoût qui le ſuit. Cachons d'ailleurs nôtre marche. Ces longs Prologues, où l'on voit d'un coup d'œil le détail des choſes qu'on traite, reſſemblent à ces fâcheux qui veulent abſolument que vous ſachiez tout, d'une pièce qu'on va jouer,

H 6   jus-

jusqu'au dénoüement. Comme cette partie fera plus férieufe & par confé-quent moins agréable que les autres, je vous réferve le plaifir de la furprife. Il eft tems d'entrer en matière.

AN.

ANTI-MACHIAVÉLISME.

CHAP. I.

Du peu de cas qu'on fait de la Medecine.

LA Medecine donne peu de relief en France ; un gentilhomme aime mieux être Lieutenant de Milice, que Medecin : il croit qu'il est bien plus beau, plus noble de se faire casser la tête pour la Patrie, que d'apprendre à conserver les citoiens. Je ne blâme point cette Manie. Elle est nécessaire à l'Etat ; & dès que l'on supposera des guerres, ce fléau qui détruit tout, jusqu'à la Loi naturelle, & change des Etres raisonnables en Animaux féroces, on ne peut mieux faire que d'attacher à cette folie, des honneurs qui la rendent incurable.

Au-

Aucuns Honneurs, aucunes Dignités n'attendent le plus habile, le plus excellent Medecin au bout de fa carrière ; il n'a pû qu'amaſſer de l'argent, dont il n'a pas voulu joüir, pour ſe rendre plus utile. Tout le fruit de ſes veilles & de ſes travaux, eſt pour une Multitude de Malades, rarement reconnoiſſans, & pour des héritiers impatiens & avides. A peine les plus heureux ſuccès, les plus grands ſervices rendus à d'importans Perſonnages, lui valent-ils ſa Nobleſſe. La faveur l'obtient ; mais elle eſt refuſée au mérite, s'il oſe ſe préſenter ſeul.

Pourquoi les Medecins ſont-ils ſi peu conſiderés ? Ce n'eſt pas parceque Molière les a décriés ; c'eſt qu'ils ſe ſont décriés eux-mêmes par des vices & des ridicules qui exiſtoient avant ce grand *Comique*, & qui ne nous promettent pas de ceſſer ſi-tôt. Tels ſont les ruſes, les fourberies, l'ignorance, la Charlatanerie, l'affectation dans l'air, le maintien, & l'habit, en un mot tout ce qui annonce le Pédantisme.

Que les Medecins ſoient honnêtes & habiles gens, qu'ils ne ſe diſtinguent

guent du reste des Hommes, que par
les lumières de leur profeſſion, & je
leurs répons qu'ils récouvreront du
moins cette conſidération, duë au mérite & à la vertu.

MAIS tant que les Medecins ſeront
faciles a connoître pour tels, par un
air grave & lugubre, par un ſérieux af-
fecté, un habit noir, une vaſte perruque & une démarche aſſortie à leur a-
coutrement Hippocratique, ils ſeront
toujours ridicules; ne fut-ce qu'au premier coup d'œil. Or comme le peuple
François, tout *folet* qu'il eſt, ne veut
point ſe livrer à un Medecin qui n'a
pas l'air de l'être, & qu'ainſi ces Docteurs ſont forcés d'avoir une figure &
un ajuſtement comiques, (ſur-tout
dans leurs Ecoles & dans leurs Aſſemblées doctorales,) & de joüer en un
mot la Comédie, il n'y a pas d'apparence que jamais les Eſprits plaiſans
ceſſent de leur rire presque au nez.
C'eſt une vérité que la *Bruyère* a fort
bien ſentie. Le langage également in-
intelligible des Pédans & des Beaux
Eſprits, le ton ſententieux & impoſant,
avec lequel ils débitent ſouvent les plus
fiè-

fières fotifes au lit des Malades & dans leurs confultations, leur ignorance jointe à leur fuffifance & à leur vanité, tout cela fait comme une Brochure de ridicules. De plus, l'interêt fordide des Medecins, leur infatiable cupidité, la baffeffe de leurs manœuvres, leur mauvaife foi, leur averfion pour l'étude, leur mépris pour la vie des Hommes, tant d'autres affreux abus de la Profeffion, font autant de fources empoifonnées du peu d'eftime que l'on a pour eux. De là vient que les Medecins mêmes, à la vuë de l'opprobre & du mépris que la plûpart de leurs confrères ont mérité, je dis ceux qui exercent la Medecine avec le plus d'honneur, la dédaignent pour leurs enfans. L'un fait fon Fils Fermier général, l'autre maître des Requêtes &c.

C E font donc les Fripons, qui ont fait naître contre la Medecine, ce premier préjugé, dont les honnêtes & les habiles Gens font la victime. C'eft pourquoi je ne fuis point furpris qu'un Homme riche mette fon Fils dans la Robe, ou dans la Finance; je le fuis feulement de voir que les Chirurgiens,

les

les Marchands , & en général tous ceux qui ont fait fortune dans un état fubalterne , aient la fureur de faire apprendre cette profeffion à ceux mêmes de leurs enfans, qui ont le moins de génie, & qu'en un mot il y ait tant de Medecins. C'eft à peu près la réflexion de *Richard Steele*, dans fon *Spectateur Anglois*.

CE n'eft pas la faute de la Medecine, fi elle eft méprifée , mais celle de tous ces Perfonnages ignorans , grotesques , ou Charlatans qui l'exercent: car par elle-même cette profeffion , loin d'avoir rien de méfeftimable, eft des plus belles & des plus nobles, fi la Nobleffe fe mefure par l'utilité. Pourquoi l'Art militaire eft il fi brillant & fi diftingué, fi ce n'eft parceque la fatale néceffité du défaut de fageffe parmi les Hommes , & des guerres qui naiffent de ce défaut, fait la fienne propre? Mais n'eft-il pas évident que la néceffité des Maladies eft encore plus grande que celle des guerres, & par conféquent auffi celle de la Medecine? Donc c'eft un art encore plus noble. Quel autre lui feroit préfeferable ? Parmi tous les Philofophes, le Medecin eft le feul qui ne foit point oifif, & qui, tandis que les autres pourfuivent tranquillement dans leur cabinet les plus ftériles connoiffances, feul fans ceffe occupé, fans ceffe expofé à la contagion des maux, mérite plus vifiblement de la Patrie.

Si le décri, où la Medecine eft chez nous, eft un Préjugé, fa diftinction chez l'Etranger eft une preuve que ce préjugé n'eft pas fans fondement ; & que toutes les caufes dont j'ai parlé, lui ont donné lieu, & le fortifient tous les jours de plus en plus.

En Angleterre, les Medecins font fi confiderés que les *Ducs de Rochefter* & *de Montaigu* fe font-honneur de voir leurs noms à la tête du Catalogue (*a*) de ceux qui ont droit de faire la Medecine à Londres. En Suède, en Allemagne, en Pruffe, un Medecin & même un Philofophe, peut prétendre aux premières places de l'Empire, com-

(*a*) V. celui de 1746. c'eft Mr. *Tronchin* qui m'a appris ce fait, en me montrant ce Catalogue à Amfterdam.

comme le prouve l'exemple *des Leib-*
nitz, *des Wolfs*, *des Heifter*, *des Haller*,
& de tant d'autres. Vêtus comme le
refte des Hommes, portant l'épée &
le galon, s'il veulent, rien ne les diftinguant qu'un grand favoir, ils obvient aux
ridicules d'un ajuftement trop marqué,
& d'une phyfionomie affectée, ou d'une
gravité peu naturelle, & reçoivent enfin dans tous ces climats les récompen-
fes & les honneurs dûs au mérite, auquel on rend à peine juftice en France (*b*).

C'EN eft affez fur un préjugé trop
légitime, qui n'importe qu'à la vanité,
& qu'il eft beau de méprifer, quand
on a des talens, en faveur du bien
public. C'eft feulement dommage,
qu'il nous prive de tant de fujets, qui
diftingués par la naiffance & par une
belle éducation, feroient autant d'honneur à la Medecine, que la plûpart de
mes confrères lui en font peu.

CHAP.

(*b*) Le folide Anglois recompenfe
Le Merite errant, que la France
Ne fait tout au plus qu'admirer.
Bernard. Ep. à Mlle. *Salé.*

CHAP. II.

De l'Expérience.

IL y a fur l'age & l'expérience des Medecins, un préjugé d'une toute autre conféquence, parce qu'il n'en eft peut-être pas de plus nuifible à la fociété & aux progrès de l'Art.

UN jeune Homme qui fe dévouë à l'étude de la Medeeine, doit fe regarder comme un Auteur affez patient, pour compofer un grand Ouvrage, qui ne paroîtra & ne lui fera honneur, que dans 20. ou 30. ans, car il ne faut pas communément moins de tems pour être connu ; fouvent même le mérite meurt dans l'obfcurité & la mifère. Trifte reflexion, mais vraïe!

Le

(*a*) J'ai éprouvé ces jours paffés tout ce que peut le génie. J'ai été peint en deux heures par un jeune homme de mes amis, dont la profeffion n'a rien de commun avec la peinture, beaucoup mieux que je ne l'ai été dans vingt & quatre heures par plufieurs vieux peintres fameux dans leur ville. Le

coup

Le manége perce plus vîte la foule, ſes fruits ſont précoces.

IL faut vieillir, avant que d'être employé. Le Proverbe l'a dit, & le Peuple a fait le Proverbe. De quel courage ne faut-il pas s'armer dans une carrière, où l'on eſt arrêté dès l'entrée, & qu'on ne peut parcourir cependant, ſans en avoir ſurmonté conſtamment tous les obſtacles? Et comment ſe peut-il encore une fois qu'il y ait tant de Medecins?

JE dois dire hautement ce qu'on doit penſer de l'âge d'un Medecin, ſans aucun reſpect pour un Préjugé mépriſable & dangereux.

C'EST, il faut l'avoüer, une bien miſérable reſſource que le poids des années; c'eſt vouloir mettre à profit la foibleſſe même & donner de la vigueur à l'enfance de l'eſprit.

L'AGE d'un Medecin qui a du (a) génie,

coup d'oeil fait preſque tout en Medecine, comme en peinture, & les Phyſionomies des Malades ne ſe connoiſſent pas autrement que celles des gens ſains; c'eſt ce que mon peintre vous diroit mieux que moi, car il eſt Medecin, n'a que 26 ans, & il pratique déjà auſſi heureuſement qu'il peint ſes amis.

nie, qui dès sa plus tendre jeunesse a cultivé cet heureux don de la Nature, qui s'est long-tems & sérieusement apliqué à l'étude de la Medecine, en un mot, qui a de belles & solides connoissances, est un âge respectable, comme celui qui a ces talens.

Au contraire un Vieillard a beau vanter son expérience, s'il est sot ou ignorant, il ne peut avoir qu'une sote & fausse expérience. Toujours reduit à tâtonner comme un *Quinze-vint*, avec ce mauvais bâton d'Aveugle, vivroit-il mille ans, toute sa vie ne seroit qu'une fuite funeste de courses, de fautes, d'erreurs & de préjugés.

On peut connoître dans un instant ce qui dissout le fer, ou rend les métaux fusibles. Il ne faut pas blanchir & s'enfumer 50. ans dans un Laboratoire, pour découvrir cette expérience. La sience peut donc suppléer à la routine, ou à l'habitude; mais jamais l'habitude à la sience. Ce que je dis du Chymiste, peut s'appliquer aux *Geometres*. Un mauvais *Geometre* observera les Astres éternellement, sans faire des Découvertes Astronomiques.

ques. Il faut donc du génie & des connoiſſances qui nous éclairent & nous conduiſent des unes aux autres par divers degrés, qu'un Eſprit borné ne peut franchir. Il aura beau ſouffler, ce ne ſera jamais qu'un vil Artiſte en Chymie, comme un Medecin qui n'a d'autre mérite que d'avoir vû beaucoup de Malades, eſt un vil Praticien.

POURQUOI l'age qui ne fait rien aux autres ſavans, importeroit-il tant tant aux Medecins ? Quel privilége trouvent dans le leur les plus vieux Mathématiciens, devant les *Maupertuis*, les *Bernouilli*, les *Maclorins*, les *Eulers*, les *Fontaines*, les *Clairauts*, les *le Moniers*, les *Dalembergs*, cet Aigle de la Géométrie, qui à 21. ans fit taire les plus anciens Géométres de l'Academie ?

Newton n'étudia plus la Géométrie, dès qu'il eut atteint l'âge de 35. ans. Mr. *Albinus* à 22. ans ſavoit d'Anatomie, tout ce qu'il en fait aujourd'hui. Or avec quel ſuccès ces ſavans (pour en paſſer tant d'autres ſous ſilence) ont fait germer de bonne heure les connoiſſances acquiſes dans le jeune âge! Celles d'un praticien fructifient de même

me au lit d'un malade à quelque âge
que ce soit, s'il a du génie.

LES Medecins seuls auroient-ils besoin d'une expérience, qui ne feroit
pas nécessaire aux autres? Il est vrai
que les Géomètres n'en ont pas besoin,
comme tels; mais par la même raison
un Medecin peut aussi s'en passer, en-
tant que renonçant à la pratique, il
ne voudroit être simplement que Bo-
taniste, Chymiste, Anatomiste, &c.
Mais en qualité de Physicien, ou
d'Astronome, il faut de l'expérience
au Mathématicien, comme au Medecin qui se mêle du grand Art de
guérir.

OR comme l'exemple de nos jeunes
& célebres Géomètres a prouvé à toute l'Europe étonnée, qu'il ne faut ni
un demi, ni un quart de Siècle, pour
acquérir l'expérience nécessaire dans
cette sience; Hunauld a personnelle-
ment

(a) J'ai observé, ainsi que Mr. *Tronchin*,
que 60. selles dans 24. heures, loin de faire
rentrer les grains de la petite Vérole, les fai-
soient sortir. Cette Expérience est constante, &
nous encourage de plus à perfectionner la Doctrine

ment demontré la même verité dans notre Art. Il avoit déjà commencé à percer la foule, lorsqu'il eſt mort, & très certainement il étoit bon Medecin, meilleur à 40. ans que d'autres à 60. ou je ne m'y connois point du tout. Tant de progrès ne ſont dùs qu'au génie qui les explique. Mr. *De* . . . après deux mois d'habitude à obſerver les Aſtres, devint grand Aſtronome, & on devine bien pourquoi. C'eſt quelque choſe de ſi mécanique & de ſi ſimple, que la pratique en tout, abſtraction faite de la Théorie qui l'éclaire, qu'il écrivoit plaiſamment à un Ami, qu'il n'y avoit plus que le Cocher de Mr. de C. . . . qui obſervât mieux que lui.

Qu'HIPPOCRATE montre un grand ſens, lorsqu'il nous fait ſentir tout le danger de (*a*) l'expérience! Quelle étoit en effet celle qu'alléguoient les Medecins,

trine de *Freind*. Cependant *Boerhaave*, *Hecquet*, & autres Medecins expérimentés, mais encore plus ſyſtématiques (ſur-tout le premier dans cette maladie) craignant le danger des purgatifs dans un venin, qu'ils comparoient

à

I

cins, lorsque contre ce Père de l'Art,
& la raison, sa Mère encore plus légitime, tantôt ils ordonnoient une Dié-
te Pythagorique dans les Maladies ai-
guës, sans qu'un pauvre Malade tourmenté de la soif la plus cruelle osât a-
valer un seul verre d'eau; & tantôt ils
proscrivirent l'Emétique, un de nos
plus grands remèdes, comme un poison.

L'Ignorance ne prive-t-elle donc
pas assez long-tems le genre Humain
des secours qui le peuvent soulager dans
ses infirmités? Hélas! faut-il encore
que la plus aveugle prévention s'y op-
pose, d'autant plus, qu'elle en impose
par un vain masque, à ceux qui ne sont
pas en état d'en pénétrer l'écorce?

L'Expérience mal entendue est
donc un préjugé du coté de l'exercice

de

à une simple Inflammation, (comme j'ai fait
depuis eux) eussent allegué contre nous une
expérience, dont ils manquoient dans ce cas,
puisque uniquement occupés de leur Hypoté-
se, toutes leur expériences se bornoient à saigner, à baigner, à rafraichir. Et à propos des
Bains, du petit lait, &c. que Mr. Senac a
emploïés avec succés tant de fois à St. Cyr, &

que

de l'Art, comme le mépris de cette profession, du côté de la Fortune.

JE connois un vieux & très célèbre Praticien, qui, s'il étoit de bonne foi, conviendroit que l'expérience seule n'est qu'un *Couvre-Sot*, espèce de manteau fort à la mode; ou une mauvaise cuirasse, qu'un Homme clairvoyant peut facilement percer. Celui dont je parle en a fait lui-même la cruelle & double expérience ; l'une avec Mr. *Quesnay*, & l'autre avec Mr. B. . . . Vous saurez que dans une Maladie grave du jeune Marquis de *Villeroi, ce grand Experimenteur* proposa despotiquement un avis contraire à celui du savant Homme qui traitoit le Malade. Celui-ci voulant savoir sur quelle preuve l'opinion de Mr. *Molin* étoit fondée; sur quelle preuve, reprit-

que Mr. *Fischer*, qui cite les expériences de Mr. *de la Mettrie*, vante également d'après elles & d'après les siennes, excepté Mr. *Brubier* & peu d'autres, combien d'opposans ces remèdes ne trouvent-ils pas? Chacun se fonde sur son expérience. *Experientia fallax.* V. la *Dissert.* de Mr. *Fischer* & le *Journ. des Sc.* Janv. 1742. ed. d'Hol. p. 82. &c.

I 2

prit-il, d'un ton de Maître! fur mon expérience. Tant pis, repliqua M^r. *Quesnay*; votre expérience eft bien jeune, quoique vous foyez bien vieux, elle ne vaut pas ce qu'elle vous coute & au Public. Quel coup de bec & d'ongle!

M^r. B . . . appellé avec le même Docteur chez un Malade, qui avoit le ventre enflé, dit au vénerable *Molin* M^r. c'eft ici une hydropifie. Point du tout, dit le *Vieillard*, il n'y a point d'eau dans le bas ventre. Il y en a, repartit fermement le jeune Medecin & j'en fens la fluctuation. Le bonHomme irrité crut le relancer avec fon expérience; & comme dans la chaleur de la difpute, il lui montra fes cheveux gris; voilà des cheveux, répliqua B. . . . en fouriant, qui n'ont pas blanchi au fervice de la Medecine. Enfin la difpute s'échaufant: O Blafpheme! ô tems! ô moeurs! le jeune Medecin dit à fon Doyen, qu'il étoit un ignorant, ou un Homme de mauvaife foi; & il fit faire la ponction, qui réuffit malgré l'âge & l'expérience du bon Homme.

L'IN-

L'INJUSTICE & l'orguëil des viëux Medecins ne doit point rebuter les jeunes; mais il faut de la hardiesse & du favoir pour les humilier, ou du moins pour les mettre à hauteur d'apui.

JE regarde un Medecin fans principes, fans théorie, comme un Homme qui voudroit ouvrir fans clé une porte fermée : ou comme un aveugle qui veut fe promener dans un long plein-pié, fans favoir fi les portes font hautes ou baffes, & à qui il faut fans ceffe crier comme à *Molin* : où allez vous, Mr. *l'Aveugle*, baiffez vous, arrêtez, enraïez, vous allez vous caffer le nez : ou, fi vous voulez encore, un Medecin employé fans relâche du matin au foir, reffemble affez à ces curés ou Vicaires, qui peuvent à peine fuffire à porter leur *bon Dieu*. Le Vicaire, le Curé, le Medecin, voyent tous trois beaucoup de Malades. Toutes chofes égales, ils doivent être tous trois auffi bons, ou auffi mauvais Medecins; & le meilleur fera évidemment celui qui aura le plus de lumières.

I 3

J'AI

J'ai entendu dire à de graves Docteurs de *Montpellier*, que la Medecine s'y faifoit mieux qu'à Paris; mais c'étoit des Efprits bornés & nullement Philofophes. Il faut l'être, pour fentir que la Medecine eft une fience d'obfervations éclairées, ou un tiffu d'Expériences que la feule phyfique du corps humain peut expliquer. Or fi la Medecine eft une Expérience fans ceffe multipliée, n'eft-il pas ridicule de croire qu'elle fe fait mieux dans un lieu, que dans un autre? C'eft dire que la même expérience eft vraïe dans un endroit, & fauffe dans l'autre; ce qui fe contrédit manifeftement. Si la Medecine fe fait autrement à *Montpellier*, en Hollande &c. qu'à Paris, elle fe fait mal par-tout, excepté dans un de ces Païs, ou plutôt elle ne fe fait point. On voit fans peine que la vanité de ceux dont je parle, imbuë des préjugés de leur Ecole, confond la Medecine même avec les Medecins.

Mais, pour qu'on ne s'imagine pas que je veüille décrier la Pratique de la Medecine, je ferai voir qu'elle eft beaucoup plus dificile que toutes
les

les autres Parties, qui en font comme les Avenuës.

CHAP. III.

De la Certitude de la Medecine.

S'IL n'y avoit que les Medecins qui fuffent raillés, ce mal feroit léger & compenfé de refte par le lucre de leur profeffion ; c'eft à peu près la penfée de *la Bruyere*, & cette autre ancienne, & beaucoup plus forte : *Lucri bonus odor ex re qualibet.* Mais on attaque la Medecine même. Cet Art deftiné à la confervation des Citoiens, Art refpectable par ce feul Titre, auffi ancien que le Monde & fa mifère ; Art cultivé dans tous les tems par les plus grands génies, fondé fur des principes réels & un vrai favoir ; cet Art fublime enfin eft expofé aux yeux du vulgaire & à la rifée des fots & des ignorans, comme des favans & des gens d'Efprit. Les mêmes préjugés font communs à des perfonnes qui fe reffemblent

fi

ſi peu, & ne ſont véritablement pas
faites pour penſer de la même manière.
Tous cependant appellent les Medecins à leur Tribunal; tous apprécient
leur mérite, décident de leur conduite
& de leurs ſuccès ; tous confondent
les titres avec la ſience, forment la réputation, élèvent, dégradent, ou abais-
ſent à leur gré. Il n'eſt pas juſqu'aux
Comédiens, qui n'aient dénigré cette u-
tile Profeſſion ſur la ſçène ; & les Medecins en ont ri eux-mêmes avec le
Public ; ſoit qu'ils ſoient perſuadés qu'il
n'y a rien de ſi ſérieux, qu'un Eſprit
plaiſant & enjoué ne puiſſe tourner en
ridicule, ſoit que leur amour propre
(dont il revient une juſte portion à
chaque Homme, ſelon ſon mérite) ne
leur ait pas permis de ſe reconnoître
dans les tableaux groſſiers qu'on a
tracés: tableaux, où l'on ne voit ef-
fectivemenr que que quelques défauts
de la plupart des Artiſtes, & non ceux
de l'Art même. Mais que pouvoit ſaiſir un Auteur qui n'étoit que bel Eſprit,
dans une ſience difficile, qu'il faut
approfondir, ſi l'on veut la connoître?
Preſque rien, ſi ce n'eſt les moiens
de

dé mortifier une famille de Medecins ;
moiens encore qui lui étoient fournis
par un Docteur oisif, qui croioit par
là se venger de l'injustice, ou plutôt
de la justice que lui faisoit le Public.
Mais toutes les Farces de Moliere
sur les ridicules ou l'ignorance des
Medecins, prouvent-elles plus contre
la Medecine, que l'opinion de *Boileau*, lorsqu'il dit d'un petit air décisif
qu'il est *grand ennemi de leur Art hazardeux*? Je ne parle ni de *Pétrarque*, ni
de *Montagne* & autres Antagonistes,
parce que M^r. *le François*, Medecin de
la Faculté de Paris a si solidement réfuté leurs raisons, qu'assurément il n'en
peut rester aucune à nos Adversaires.
Du moins on peut hardiment les défier de les produire.

Si la Medecine est une sience inutile, non seulement elle mérite que l'opprobre & le mépris qu'on ne peut refuser aux mauvais Medecins, aux Charlatans, aux Fripons, réjailliffent sur
elle ; mais un honnête Homme doit
l'abandonner, comme une personne
sensée ne doit jamais consulter aucun
Medecin. En effet le Medecin & le

I 5 Ma-

Malade se deshonorent, l'un comme fourbe; & l'autre, comme inconsé-quent.

Pour qu'on fût excusable en quelque sorte d'exercer la Medecine sans y croire, il faudroit qu'on s'aveuglât, jusqu'à pouvoir se persuader qu'un Art chimérique pût cependant être utile. Pourquoi au reste cette persuasion ne pourroit-elle pas entrer dans l'Esprit? l'Intérêt, le Préjugé, l'Imagination ne travestissent-ils pas tous les jours les objets! La plus futile littérature ne paroit-elle pas quelquefois un savoir important? Ce qu'il y a de certain, c'est que des gens d'Esprit ont passé leur vie à rechercher quelles étoient les coëffures des Dames Romaines; quels étoient les Priviléges de la main droite sur la main gauche : quelle Couronne portoient les Orateurs de la Gréce & de Rome, pour supprimer tant d'autres Dissertations aussi intéressantes sur la façon de manger des Romains, sur les divers vêtemens que le caprice ou la Mode avoit inventés &c. Or quand des Académies Célèbres ont été sérieusement occupées de telles Fadaises,

pour-

pourquoi un Medecin n'exerceroit-il pas la Medecine, fans la croire en rien falutaire?

MAIS voions, & ne décidons qu'après le plus mûr examen. La Medecine feroit-elle vraiment digne de mépris?

LES plus beaux génies en condamnant la Charlatanerie, ont placé l'art de guérir parmi les fiences Divines. Des Efprits fupérieurs l'ont cultivé toute leur vie, & lui ont prodigué les plus grands éloges. Tant d'efforts, les plus grands qui peut-être foient poffibles à la Nature, auroient-ils donc été fuperflus? Et des Efprits fuperficiels, ignorans, légers, ou mal à propos prévenus, des Efprits qui ne trouvent chez eux qu'impuiffance & Stérilité, l'emporteroient-ils fur tant d'hommes éclairés? Non; l'Autorité ne décide ici que de concert avec la Raifon qui la fait valoir.

MAIS que nos Antagomistes descendent dans l'Arêne. Voions ce qu'ils reprochent à la Medecine, & non aux Medecins (car que ne leur reproche-t-on pas)? "C'eft un Art incertain, „ conjectural, dénué de règles & de

I 6   „ prin-

„ principes, où tout eſt du moins dou-
„ teux , & équivoque , s'il n'eſt pas
„ faux ".

MAIS qui nous fait ces Objections
triviales ? Qui eſt-ce qui s'élève & pro-
nonce ainſi contre la Medecine ? Qu'ils
paroiſſent ces redoutables Ennemis !
mais qu'ils paroiſſent verſés dans la
Philoſophie du corps humain & dans
toutes les parties de l'Art, & les œuvres des Medecins qui y ont excellé !
ou nous pouvons ſans orgüeil dédaigner de nous meſurer avec eux.

IL faut connoître un objet , pour
en juger. Or qui prendra la plupart des
gens du Monde , de ceux qui s'érigent
en juges , pour des connoiſſeurs en
Phyſique , en Chymie , en ſtatique
&c. ? Je demande à préſent ſi la Medecine n'eſt pas , comme toutes ces
ſiences, hors de la portée du commun
des Eſprits ? Et cela poſé , quel cas
doit-on faire du jugement de presque
tous nos Critiques ? Leur foibleſſe ſeule feroit notre force.

SI donc tout vous rit , mon Fils, fortune , préjugé , ſavoir, (qui n'attend
pas toujours les années) laiſſant là la Po-
li-

litique & tout son vil Manége, défen-
dez une aussi belle Profession , & ne
soufrez pas qu'on avilisse un Art qui
doit vous honorer ; vous confondrez
sans peine d'ignorans Critiques ; ou ,
s'ils font les petits maîtres , c'est-à-dire , les Fats , les petits sots , ou les
petites-maitresses , vous leur rendrez
au centuple les ridicules & le mépris
dont ils s'efforceront de vous couvrir :
s'ils ont l'impertinence de chanter , ou
de *Turluter*, comme j'en ai vû , siflez le
chanteur, ou la chanteuse ; divertis-
sez-vous , faites rire à leurs dépens :
mais ne plaidez jamais sérieusement,
qu'avec les gens sérieux & habiles, qui
seront rarement contre vous.

JE veux cependant supposer que
vous rencontriez un Adversaire digne
de vous, plus encore par ses connoissances , que par son génie. Alors
quel champ vaste & magnifique vous
est ouvert ! Quel plaisir de briller dans
une si belle carrière ! de paroître savant, lorsqu'on l'est en effet, & savant aimable , lorsqu'on a de l'Esprit ; sur-tout de cet Esprit vif, qui
a le ton rare de la bonne plaisanterie,

I 7

rie, & dont les faillies font autant d'é-
clairs!

Vous avez lû tous les Philofophes,
depuis Ariftote jusqu'à Monfieur l'Ab-
bé *Nolet*. Eh bien! Que vous ont appris fur les premières caufes toutes les
Veilles de tant de grands Hommes?
Des Syftêmes. En Admirant la vafte
étendüe de leur génie, vous ne devez
point refpecter leurs plus brillans é-
carts. La vérité feule mérite nos hommages. Ils devoient penfer eux-mêmes, que plus ils voudroient s'élever
au-delà de leurs forces, plus ils re-
tomberoient par leur foibleffe, &
qu'une ambitieufe audace les per-
droit. Le Géometrie même, fublime, tranfcendante, lorsqu'elle eft
pouffée à trop de fubtilités, eft prête à
chaque inftant à laiffer, pour ainfi
dire, tomber la vérité, qui ne
femble plus alors tenir qu'à un fil
délié, foiblement tiffu par la conjec-
ure. Vous allez voir le but de ce
difcours.

Si toutes les caufes premières font
cachées en Phyfique, en Chymie, en
Aftronomie & dans les Mathématiques,
quel

quel droit auroit la Medecine au des-
fus de ces hautes fiences, de prétendre que ces caufes fuffent à fa feule
portée? Le corps humain eft un cercle, fuivant la penfée d'*Hippocrate*.
Mais qui peut dire à quel point ce cercle a commencé? Cette incertitude,
où nous fommes des premiers reffors,
eft commune à toutes les fiences d'u-
ne vafte étenduë, à la Politique, à
l'Art militaire, à la Géométrie même,
qui n'eft qu'une clé des plus groffières
opérations de la Nature, avec laquelle on ne peut ouvrir les caufes cachées : ce qu'il y a de plus fubtil fe
dérobe à fa vuë ; elle eft elle-même
foumife & affujettie, & nos refforts
ne reconnoiffent ni fes mefures, ni fes
calculs.

V o u s voyez que rien de plus facile à refuter, à retorquer, que l'ob-
jection tirée de l'ignorance des premières caufes. Un Militaire vous oppo-
fe-t-il les Diffenfions, les Disputes,
les Contradictions des Medecins, opo-
fez-lui les differens avis des Officiers
Généraux. Il ne faut, comme dit
Montagne, qu'un Medecin au lit d'un
Ma-

Malade , & qu'un Général à la tête d'une Armée. Le moyen de concilier les opinions , dans une conjončture épineuſe ? Il faudroit ſuppoſer l'impoſſible , je veux dire les mêmes dégrés de lumières & de pénetration dans tous les Hommes. Si l'un eſt plus habile ou plus Clairvoyant que l'autre, il eſt juſte qu'ils ſoient d'avis différens.

PLUS un Art eſt vaſte, plus il faut par conſéquent s'attendre aux diſputes , aux contradičtions , aux événemens imprévus & même aux plus grands écarts. Un Officier, dont parle Mr. de la M. (a) ne s'étoit-il pas mis dans la tête, que la guerre ſe feroit auſſi-bien avec un mauvais Général, comme avec un *Turenne*, ou un *Saxe*. Quelle erreur plus groſſière ! On n'en fait pas de moindres en Aſtronomie. C'eſt peu de choſe qu'une erreur de mille lieuës dans un eſpace incommenſurable ; on la pardonne, comme une *Bagatelle*. (b) Pourquoi feroit-on moins indulgent en Medecine ?

(a) *Eſſai ſur l'Eſprit*.
(b) Expreſſion de Fontenelle. *Plur. des Mond,*

ne ? Pourquoi exclufivement à toute autre fience, feroit-elle par tout éclairée, infaillible ? Les Medecins feroient certes trop heureux, s'ils raifonnoient toujours jufte, & voyoient toujours clair dans les obfcurs fentiers d'une Profeffion, dont chaque partie demande, non pas un Homme, mais un bon Efprit tout entier & fans aucun partage ; tandis que tant de Navigateurs, de Militaires, de Phyficiens, de Chymiftes, de Métaphyficiens, de Politiques, & fur-tout de Geométres, raifonnent tout de travers du matin au foir. Devant quel art luit donc toujours le flambeau de l'évidence ? Quelle fience joüit d'un tel privilége ? Quoi! parce qu'on vacille, qu'on fe trompe en Medecine, il s'enfuit qu'elle eft depourvuë de Règles, de Principes, & que les Medecins fans Bouffole font témerairement voile fur une Mer dont ils ne connoiffent pas les écuëils ? Ou, pour laiffer là les Métaphores, parceque les premières caufes de nos maux ne nous font pas révélées, il faut conclure que tout nous eft également inconnu ? Et ç'eft un

bon

bon Efprit qui tire cette Conclufion!
L'obfervation la plus exacte durant tant
de fiècles, par les plus puiffans génies,
n'auroit rien découvert ? La fagacité
des Phyficiens, les recherches des Anatomiftes, tant d'expériences fur les A-
nimaux, fur les Hommes & dans la
fanté, & dans la Maladie, auroient
été vaines ? Enfin de l'hiftoire de nos
maux, de leur origine, de leur fuite,
de leur cours, de la manière dont ils fe
fuccèdent, fe terminent, fe guériffent,
de tant de faits, tant de fois conftatés,
toujours obfervés les mêmes dans tels
& tels cas, il n'en réfulteroit aucuns
préceptes lumineux dans le traitement
des Maladies? Monumens frivoles que
tous ceux des Anciens & des Modernes! Livres inutiles que ceux d'*Hippocrate* & de *Sydenham!* L'Anatomie &
la Mécanique font des fecours fuperflus. Pourquoi ? *Staahl* l'a dit. Peines perduës que tous les travaux du
grand *Boerhaave!* il a vainement élevé
le raifonnement le plus fevère fur les
plus fûres expériences; nous n'en con-
noiffons pas mieux les détours du Dé-
dale de l'Homme! La Chymie ftérile
&

& infructieuſe entre ſes mains, ne nous a point éclairé ſur la nature & la dégénération ſpontanée des humeurs; ſur la nature & l'action, toujours relative à nos reſſorts, des Alimens & des Remèdes, pour le régime & la cure des Maladies.

NON, je n'en impoſe point ici, il eſt une Medecine : qui croit, ou dit le contraire, eſt un Ignorant, ou un Impoſteur. Cette ſi grande incertitude prétenduë, n'eſt que pour ceux qui n'ont qu'effleuré notre Art ; elle s'éclipſe, à meſure qu'on l'approfondit. Mais la Médecine dont je ſoutiens ici l'exiſtence, n'eſt pas celle des Médecins vulgaires ; encore moins celle qu'un Médecin (a) ſe vantoit d'apprendre en deux heures à un de ſes confrères ; ni celle que la plûpart des Chirurgiens exercent d'après la pratique de tant de Médicaſtres ; ni celle qu'un Théoricien oiſif enfante, les bras croiſés dans ſon cabinet, ni conſéquemment enfin cette Medecine Syſtêmatique, que *Chirac* a cru n'avoir pû

pro-

(a) La *Caſe*.. à *Sylva*.

produire qu'à force de génie, & qui cependant ne suppose qu'une imagination frivole. Pauvre d'expériences & d'observations, au milieu de tous ces riches Monumens des Anciens qu'il a dédaignés, il n'a pû avoir que la sienne propre, toujours de peu de valeur, à cause de la briéveté de la vie, toujours suspecte, dans qui ayant la démangeaison d'imaginer, fait indifféremment entrer dans ses systêmes, l'erreur, comme la verité.

La Medecine dont je parle, est celle de *Boerhaave*, la seule sage & sensée, dans les bornes mêmes qu'elle s'est prescrite. Fondée sur les meilleurs matériaux de l'Antiquité, mise en œuvre avec un Art admirable, elle n'est souvent qu'une foule de vérités, jadis éparses, aujourd'hui comme étonnées de se trouver ensemble dans un si petit espace. (*a*) Si *Boerhaave* a fait des fautes, s'il a commis des erreurs, il étoit Homme, mais Homme à les avoüer, au lieu que *Chirac* jusqu'à la mort a soutenu les Hypothêses dont je parlerai.

Com-

(*a*) V. Les Institutions & les Aphorismes.

COMME l'Art ne peut souffrir des diſſenſions, des fautes que font tous les jours les Medecins, il ne peut également rougir de ſes limites. S'il eſt en Medecine mille faits, mille expériences inexplicables & difficiles à ſaiſir, il eſt par-tout ailleurs mille Problèmes irréſolubles. Toutes les ſiences ont leur dégré de certitude & d'incertitude, leur empyriſme & même leur Charlatanerie, que le Public ſemble avoir rendu néceſſaire. Une forte & ſolide raiſon ſe défiant ſagement d'elle-même, a le courage de ſe plier, de ſe ſoumettre au joug d'une expérience qui la révolte, ou la contrédit, en attendant que de plus heureux génies puiſſent la comprendre & l'expliquer. Quelle miſère ! Quelle honte pour l'Eſprit humain de vouloir ſe frayer de nouvelles routes, pour que la vanité ait l'honneur, ou plutôt le deshonneur d'avoir égaré la raiſon, ou de ne s'attacher, comme a fait *Chirac*, qu'à des Règles hypothétiques, déſavouées par l'expérience, comme par cette raiſon même ; Règles malheureuſes d'un cerveau deréglé, qui
cou-

coutent tous les jours la vie à tant d'Hommes! De tels Medecins font-ils autre chose à la Medecine, que ce que les Fabuliftes font à l'Hiftoire?

La Medecine a donc fes Principes, tels qu'on les peut voir dans les Apho-rismes de *Boerhaave*; & il eft faux que nous foyons toujours réduits au tâton-nement & à la Divination. Nous fou-fcrivons volontiers à tous les jugemens d'un de nos adverfaires (*a*) contre l'ignorance, la prévention, la préfomp-tion, la Charlatanerie, l'incertitude de la plûpart des Medecins; mais nous ne les croyons pas réverfibles fur l'in-certitude de l'Art. Son petit ouvrage eft bien écrit; le fujet y eft mis à la portée de tout le Monde; on y trouve beaucoup de raifonnemens fi féduifans & fi plaufibles, qu'ils ont entraîné nombre d'efprits peu folides ou peu ac-coutumés à penfer; c'eft pourquoi je me fuis fait un point capital de réfuter fé-rieufement les Hérétiques en Medeci-ne,

(*a*) L'Auteur d'une Lettre contre *Maloët*, Inferée dans les *Obferv. fur les Ecrits Moder-nes*.

ne, dont les objections ne font au fond qu'une mauvaife Rapfodie de vieilles idées cent-fois rebattuës, auxquelles il y a bien peu de mérite à donner une nouvelle forme.

SOYONS de bonne foi, & nous conviendrons que ceux qui rejettent la Medecine, reffemblent à ces Païfans qui ne croient point à l'Aftronomie. Nos principes font en effet pour les uns, à la même diftance que les Aftres pour les autres. La même raifon, (raifon d'ignorance) fait croire aux premiers qu'on ne peut guérir aucune maladie, parcequ'il y en a d'incurables, & aux derniers qu'on ne peut prédire aucune éclipfe, parcequ'ils n'imaginent pas que cela foit poffible. Le Medecin & l'Aftronome font feuls frapés par différens traits de lumières qui fondent & éclairent leurs diverfes prédictions, fans que les yeux du Vulgaire puiffent les appercevoir.

VOUS voyez que le même coup dont on a frappé les Medecins, ne peut ébranler la Medecine. Ce feroit une méprife que de le croire, une erreur que de le craindre : méprife lour

de,

de, qui ne peut entrer dans un bon efprit. D'ailleurs n'eft-il pas certain que quand il n'y auroit pas de Medecine, les Malades, fur-tout dans le Peuple, y croiroient toujours? Il eft vrai qu'on paroit d'abord l'embarraffer & l'affliger, par la difficulté de trouver un bon Medecin, qui eft veritablement *l'Oifeau rare.* Mais outre qu'on peut donner les fignes & comme la balance, auxquels il eft facile de le diftinguer & de le pefer en quelque forte; le Public s'endormant dans une fauffe fécurité, pourquoi ne feroit-il pas du devoir d'un Citoyen zèlé de le réveiller? Eft-ce dans un cas auffi grave, qu'il faut préférer une erreur agréable, à la plus importante, quoique facheufe vérité?

CHAP.

CHAP IV.

De la Préminence de la Medecine sur la Chirurgie.

QUE manque-t-il au Medecin pour être Chirurgien ? L'adreſſe de la main, & peut-être la connoiſſance de certains détails manuels. S'il manque d'Anatomie, c'eſt ſa faute, dans un tems, où les Cadavres, les Animaux, & les Anatomiſtes s'offrent en foule pour l'inſtruire d'une ſience, qui ne demande que des yeux & de la mémoire.

QUE manque-t-il au Chirurgien pour être Medecin ? Qu'il s'examine & reponde lui-même. S'il eſt de bonne foi & n'a pas plus de lumières qu'un excellent Chirurgien n'en ſuppoſe en ſoi & n'en a communément, il conviendra, qu'il ne ſait que l'Anatomie, & même que l'Anatomie groſſière, appellée pour cette raiſon Chirurgicale: de plus il ſait faire les Opérations de ſon Art, par ce qu'il a acquis l'habitude

K   de

de les faire, & enfin il connoit la Pharmacie, j'entens celle qui est de son ressort. Qu'il se fonde après cela, il n'y a plus que ténèbres, défaut de Littérature & de pénétration dans un esprit pour l'ordinaire peu cultivé. D'où l'on voit quelle distance énorme il y a de la Chirurgie à la Medecine.

LE Medecin au contraire n'a qu'un pas à faire pour savoir la Chirurgie. Un seul cours d'Opérations sur le cadavre peut jetter les Fondemens de toutes ses connoissances, & pour peu qu'il soit emploïé dans de grands Hopitaux, il n'a qu'à voir travailler les Artistes, & il deviendra lui-même bon Chirurgien (à la main près) dans ces Ecoles vivantes de la Chirurgie.

LA facilité de savoir l'Anatomie ne laissant aucune excuse à l'ignorance des Medecins, ils sont supposés la savoir, & dès lors ils sont presque déjà Chirurgiens.

MAIS soyons vrais & impartiaux, quoiqu'en certains tems la plûpart des Medecins ayent négligé l'Anatomie, quelques-uns cependant, même en France, sur laquelle les reproches tom-

tombent plus légitimement, l'ont toujours cultivée beaucoup plus que tous
ces Ouvriers de St. *Cofme*, veritablement plutôt dégraiffeurs de Mufcles,
qu'Anatomiftes. On peut donc dire
en général que les Medecins l'empor-
tent fans contrédit en cette Partie fur
les Chirurgiens, en ce qu'ils la favent
plus profondément, avec tous fes ac-
compagnemens de Phyfique, & de
Mécanique raifonnées, trop fubtiles,
pour être faifies par des Gens fans é-
tude.

Qu'on ouvre les Faftes de l'Art &
les Bibliographies Anatomiques, on
verra que ce font les Medecins qui ont
découvert la voye du fang, la voye
du Chyle, la voye de la Lymphe, & que
ce font eux en un mot qui ont de-
brouillé, pour ainfi dire, le peloton de
l'Homme, de forte qu'ils ont prêté
aux Chirurgiens le fil qui les conduit,
& fans lequel ils ne pourroient que s'é-
garer. Quels noms en effet, je les
défie d'en citer un François qui ne faffe pas rire les Connoiffeurs, fans excepter, je ne dis pas *Cowper*, qui eft
étranger & feul, mais *Mery* même?

quels

quels noms pourroit-on opofer aux *Harvées*, aux *Véfales*, aux *Euftachius* aux *Fallopes*, aux *Sylvius*, aux *Vidus-Vidius*, aux *Rouffets*, aux *Morgagni*, aux *Albinus*, aux *Haller*, & pour ne pas fortir de la Faculté de *Paris*, aux *Riolans*, aux *Duverney*, *Winflow*, *Hunauld* &c. Et pour m'arrêter à l'Eloge du dernier, avec quelle ardeur ne dévora-t-il pas les plus pénibles travaux Anatomiques? Avec quelle fagacité il fonda deux abîmes d'ouvrages, dont il n'avoit point eu l'Auteur pour Interprète! Il s'appliqua enfuite à l'étude de nos maux, & dans cet art dificile de les difcerner & de les guérir, en conféquence de ce fin & rare difcernement qu'on n'obtient jamais que par les faveurs de la nature, ou la force du génie, il égaloit à 40. ans, comme on l'a dit, les plus grands Maîtres. Mais dire qu'il favoit la Chirurgie, c'eft dire que *Corneille* faifoit de jolis vers; il avoit approfondi & étendu tout ce vafte champ que *Boerhaave* avoit femé. Excellent Profeffeur en Chirurgie, comme en Anatomie, combien de grands Chirurgiens n'a-t-il pas formés?

més ? Que manque-t-il donc à un tel
Homme pour être Chirurgien & fort au-
deſſus de tous ceux qui le ſont ? L'habitude d'être cruel , car il faut l'être ,
l'habitude d'opérer ſur le vivant, pour
n'être point intimidé par les cris d'un
malheureux à qui on ſert d'utile Bour-
reau , & dont on augmente les douleurs ,
pour l'en délivrer ; car d'ailleurs *Hunauld*
avoit toute l'adreſſe imaginable.

TOUT le Monde convient qu'en
général le Medecin a plus d'éducation
que le Chirurgien. Cet exercice de
l'eſprit lui donne une pénétration par
laquelle, aidé du ſecours des Langues
& des connoiſſances ſavantes, toujours
attentif aux Phénomènes qui frappent
ſa vuë, il eſt plus en état de remonter à leur ſource. Ce jugement vigou-
reux le ſuit dans la pratique d'un Art
qu'il a ſû approfondir. Un tel Homme a bientôt une expérience conſom-
mée ; & s'il ſe préſente un cas dificile, nouveau, inouï, Qui eſt préféra-
ble, Qui doit décider ici, ou du plus
grand Chirurgien de l'Europe, ou d'un
tel Génie ? & quel Chirurgien oſeroit
lui conteſter le pas & la ſupériorité de

lumières? Sans qu'il fache operer lui-même, je dis qu'il doit préfider aux opérations que font les Chirurgiens, puisqu'elles exigent fouvent une auffi grande fagacité, qu'aucune Maladie interne. Bien des Membres qui euffent été coupés par trop de précipitation, par ignorance, ou par la démangeaifon d'operer, ont été conſervés par la prudence & les vuës d'un grand Medecin. Un grand Medecin & un grand Chirurgien font donc deux Etres bien différens; & l'un, au jugement même de l'autre, fera toujours fort fupérieur, comme le prouvent tant d'exemples de modeftie dans les œuvres d'*Ambroife Paré*, connus de tout le Monde.

ON fent que je parle ici de quelques Hommes rares, dont perſonne n'eft fait pour dédaigner, ni même pour balancer les fages & importans avis. Je fuis perfuadé que fi tous les Medecins leur reffembloient, les Chirurgiens n'entreroient point en lice avec eux; ils ne leur difputeroient point un vil mécaniſme, & ils les affocieroient avec plaifir dans leurs Affemblées, pour voir plus clair dans un Art qui a

fes

ſes épines & ſes ténèbres, comme le nôtre. Mais par malheur la plûpart des têtes médicales ſont d'un prix infiniment
moindre. Tandis que quelques ſavans
Medecins faiſoient les plus belles découvertes Anatomiques, presque tous leurs
Confrères uniquement livrés à l'ignorance active & au lucre qui la ſuit, n'en ſa-
voient pas un mot; elles n'étoient connuës que des Chirurgiens, qui en profi-
toient, peut-être avec trop de ſuffiſance,
& c'eſt ce qui a fait en ces derniers
tems le triomphe de la Chirurgie. Si les
Medecins n'euſſent point négligé l'A-
natomie, les Chirurgiens n'euſſent
point eu ſi beau jeu.

TANT d'indolence de la part des
Medecins dans leur profeſſion, & cependant tant d'ambition réciproque;
fait trembler tout bon Citoyen. Car
qu'en peut-il reſulter, ſi ce n'eſt l'é-
ternelle continuation de ces procès &
de ces guerres inteſtines, où chaque
partie ſe nourrit des affronts & des cha-
grins que l'autre lui fait, en un mot
de cet eſprit d'animoſité, dont les Lettres de *Guy-Patin* ſont remplies & qui
malheureuſement rallumé par un puiſ-

K 4   ſant

fant chef de Parti, ne s'est pas éteint avec lui.

QUICONQUE ignore l'Anatomie & la Chirurgie, n'est pas seulement indigne d'être mêlé dans les consultations Chirurgicales, il ne peut être qu'un Medecin détestable. J'ai plaisanté, j'ai badiné, je me suis servi de l'ironie & de mon esprit, dans *le Machiavélisme*: je chante ici sur un autre ton; *seria serio*, c'est ma raison qui parle, & quoique j'aye dit, l'Anatomie est la Boussole, sans laquelle le vaisseau de l'Homme sera necessairement entraîné par le courant impétueux des Maladies. Sans elle un Medecin ne sachant où diriger sa route, s'égarera sans cesse & trouvera, pour ainsi dire, des écuëils à chaque pas.

JE le demande à présent, que savent bon Dieu ! tous ces petits Docteurs musqués & poudrés à blanc, comme des Sénateurs, ou des espèces de Beautés, qui prétendent avoir droit d'assister ou plutôt de présider à des opérations qu'ils n'ont jamais faites, ni vu faire. La Faculté a beau dire; le Public ne changera jamais; il sent son

am-

ambition démefurée, & celui qui balancera pour fe faire faire telle ou telle opération, s'y determinera plutôt fur le confeil de *la Martinière*, que fur l'avis de tous ces petits Medecins, & même de ces favans Docteurs, hors de la fphère de leur Art.

LAISSONS là ces procès fuggérés par de honteux motifs, & où tous les tours de l'injufte chicanne & les termes les plus odieux font prodigués. Que les *Barons*, les *Maloëts*, les *Santeuls*, les *Andrys* & même le pieux *Hecquet* regardent les Chirurgiens comme des Gens de la Lie du Peuple, indignes de faluer les uns & de marcher à la droite des autres. Que ces orgueilleux Docteurs les appellent *Barbiers*, *Valets*, *Efclaves*, Créatures faites pour obéïr aveuglément aux plus fottes décifions d'un ignorant Medecin. Les Chirurgiens feront bien de méprifer des Difcours qui fe fentent du voifinage de la place Maubert. Qu'on les faffe marcher à droite, ou à gauche, devant ou derrière la Faculté, que leur importe? & qu'importe même au Public, pourvû que les Mala-

K 5 des

des soient secourus par eux dans des circonstances, où tout le Monde convient qu'ils sont nécessaires, & qu'un oisif Constructeur de systêmes ne vienne pas se presenter au préjudice des uns & des autres, pour remedier au dérangement d'une machine qu'il ne connoit que par speculation? Un tel Medecin peut connoître l'Homme de *Descartes* & en faire lui-même un autre à sa fantaisie, mais il ne connoîtra jamais l'Homme véritable.

Le Medecin au fait de sa profession a sa place & sa partie supérieures à celles du Chirurgien : mais enfin le Chirurgien, à quelque degré inférieur qu'on le mette, a aussi la sienne. Si le Medecin est utile, comme on n'en peut douter par tant de guérisons prédites à coup sûr, moyennant les remèdes convenables, le Chirurgien l'est aussi, non plus réellement, mais plus visiblement : ce qui ne peut que tourner, comme il l'éprouve tous les jours, à son avantage.

C'est donc bien leur faute, aux uns & aux autres, si la Patrie n'en tire pas de plus grands services ; car si au lieu
de

de s'embarrasser des prérogatives plus
ou moins considérables de la Mère sur
la Fille, ou de la Sœur ainée sur la
Cadette, on abandonnoit volontiers toute la *Prééminence de la Medecine* à
la plume des *Andrys* & de ses pareils.
Si au lieu de perdre un tems précieux
à des Disputes aussi frivoles, que celles
de *Baron*, ils n'étoient tous occupés
que du bien de la chose & des services qu'attendent d'eux les Citoyens,
chacun prendroit réciproquement de
son voisin ce qui lui manque, on ne
plaideroit plus pour des Chimères que
le seul esprit de parti réalise & grossit
tous les jours, & on se détermineroit
enfin à payer les Avocats qui leur disent tour à tour des sotises pour leur
argent. Tout le combat se réduiroit
à bien juger, chacun de son côté, des
différens procès, pour lesquels on les
appelle chez les Malades.

VOULEZ-vous que le Public ne
rie plus aux dépens de *St. Cosme* & de
la Faculté? Qu'il ne soit plus la dupe
de l'avarice & de l'ambition de deux
Corps tour à tour trop entreprenans?
Portons le flambeau l'un après l'autre.

Que

Que le Chirurgien aprenne la Chirurgie au Medecin qui l'ignore, & que le Medecin fasse connoître au Chirurgien quelle est sa témerité de se charger du pésant fardeau des événemens dans ces cas épineux de Medecine, qui font trembler les plus grands Medecins. Que le Chirurgien vulgaire ne fasse point en un mot la Medecine, le Medecin vulgaire ne fera point la Chirurgie. Chaque Art est un Bareau étranger pour celui qui n'a cultivé que l'un d'eux : y elever la voix, s'y ériger en juge, c'est se faire méprifer. Je dis plus, & c'est une conféquence de tout ce qui a précedé, les plus éclairés Chirurgiens, ils l'avoüeront eux-mêmes pour s'en faire honneur, font encore fort éloignès d'être de grands Medecins. Ils ne font point en état de traiter par les plus fages Méthodes des maladies douteufes, compliquées, qui fuppofent une fience confommée & des vuës d'Aigle. Qu'ils accordent donc le refpect, la vénération & la fuperiorité à nos grands Maitres ; ils étoient Medecins, leurs leçons & leurs ouvrages les ont formés, & nous rendront

dront avec plaifir juftice à leurs talens.

MAIS des Hommes qui n'ont que
le titre & le jargon de leurs Ecoles, &
du Medecin, que la figure & la gravité,
quoique foutenus par le fecours des
Loix & les avantages du rang, méri-
tent-ils une diftinction qui les élève à
un empire injuftement defpotique ?
Non, un jufte mépris eft leur partage.

DEPUIS plus de cent ans, la Faculté n'a produit aucun Medecin, dont le
nom puiffe vivre dans les Faftes de
l'Art, & cependant les belles armes
pour fubjuguer les *Morands*, les *Ques-*
nays &c.! elle veut conduire, pour ainfi
dire, par le nez S^t. *Cosmes* & tous fes
Enfans avec fes faignées, fon éméti-
que & fes Apozêmes! Car voilà toute la Medecine de Paris, & par quels
Hommes eft-elle pratiquée ? Bon Dieu !
Vous le favez, & fi des Medecins de
la trempe de ceux qu'on rencontre tous
les jours, ne doivent pas donner un
peu de vanité à leurs Antagoniftes !

J'AI donné la préference aux vrais
& favans Medecins par deffus les plus
grands Chirurgiens ; j'ai cru qu'il étoit

K 7   des

des cas fort dificiles dans la Chirurgie,
où la décifion d'un grand Medecin qui
la poffède à fond, devoit l'emporter.
Pour ce qui eft des Medecins & des
Chirurgiens vulgaires, c'eft beaucoup
trop à chacun que leur Partie; il n'y
a de part & d'autre que des Gens fort
éclairés & pleins de génie, qui puiffent
ufurper l'un fur l'autre. Et fans doute
dans les lieux qui manquent de Medecins, il feroit ridicule d'empêcher les
Chirurgiens de faire la Medecine, &
vice verfâ. Pourquoi y a-t-il fi peu de
Medecins ?

A i-je rendu juftice au gré des deux
Corps, & ne m'accufera-t-on pas de
la partialité que j'ai voulu fuir ?

❁❁❁❁❁❁❁❁❁❁❁❁❁❁

C H A P. V.

Des Chirurgiens - Medecins.

HIPPOCRATE a laiffé à fes Enfans un fond riche de Chirurgie
comme de Medecine, que *Boerhaave,*
Albinus, & autres ont cultivé en Hol-
landois intelligens, toujours attentifs
à

à réparer & aggrandîr les Héritages de leurs Ancêtres. Ce digne Pére & Fondateur de l'Art trépanoit & faisoit les principales Opérations de la Chirurgie; aprés quoi, consulté sur les Maladies les plus sinistres & terribles, il rassuroit, ou faisoit trembler par la hardiesse d'un prognostic souvent fondé. Qu'on lise son Traité des Plaies de la tête; quelle habileté & quel exemple de candeur, dans l'aveu même de ses fautes. Combien de Medecins & de Chirurgiens lisent encore aujourd'hui avec fruit un ouvrage fait il y après de 3000. ans. *Hippocrate* a donc fait la Chirurgie & la Medecine. Autrefois ces deux Professions n'étoient point séparées, chacun étoit doublement utile au Public, & la vanité ne murmuroit pas de voir le rabot & la lime dans les mains du Génie. Mais que ces Hommes sont rares, qui joignant la modestie & le goût du bien Public aux plus grands talens, peuvent, comme fait souvent *Albinus* en Hollande, réunir les deux parties! Grand Anatomiste, Professeur en Medecine, il forme les Chirurgiens, au Collège desquels ils préside;

fide ; c'eſt lui qui décide s'il faut faire une opération & comment il faut s'y prendre ; comme il a beaucoup d'adreſſe & de dextérité, il opère ſouvent lui-même ſur le Vivant, & ſans lui periroient bien des Malades dans un Païs, où la plupart des Chirurgiens ne ſont que des Barbiers.

On a preſcrit des bornes à la Medecine & à la Chirurgie ; on a ſéparé les deux Arts & ceux qui les cultivent, on a eu raiſon. La preuve que chacun doit reſter dans ſa ſphère, c'eſt qu'elle eſt encore très difficile à embraſſer ; on court risque de perdre ſes droits, en voulant empiéter ſur ceux d'autrui. Vous, Mr. *Babil*! En faiſant la Medecine, ſans la ſavoir, en prenant la petite vérole pour une indigeſtion, comme j'ai pris la liberté de vous le dire en face, vous pouvez être excellent Chirurgien, quoique vos Confrères en disconviennent, mais vous ceſſerez de l'être avec le tems & vous oublierez la Chirurgie, ſans ſavoir la Medecine. Et vous Medecin, plus vous cherchez à approfondir l'Art Chirurgical, plus vous perdez un tems trop court,

pour

pour le vôtre. Ouvrez ces Mémoires,
dont Dieu veuille amener la fuite, quelle prodigieuse multitude de Règles difficiles à fuivre ! Quel Labirinthe de
connoiffances ! La vie d'un feul Homme fuffit à peine pour former un vrai
Chirurgien. Parcourez cet Océan de
maux internes, Océan plein d'écueils
invifibles, qu'il faut cependant connoître & deviner, comme s'ils étoient à
découvert. Faut-il moins de tems
pour devenir bon Pilote fur une Mer
auffi fameufe en naufrages ?

VOIONS cependant, puifque nous
y fommes, lequel eft le plus fondé à
ufurper le champ de fon Voifin & en-
trons dans un plus grand detail que
nous n'avons fait jufqu'à prefent. E-
coutons notre Oracle : *Externos morbos*
Chirurgicos primo pertractandos, externa
internis congruere, nec aliter quid in Praxi
Medica fieri poffe, aut doceri. Boerhaa-
ve, comme on le voit par ce paffage
de fes Aphorismes, prétendoit & avec
raifon qu'il ne fe paffe rien au dedans
du corps, dans la Pleurèfie, par exemple, que ce qu'on obferve dans un
mal également inflammatoire au bout
du

du doit. Les Maladies internes font donc conformes aux externes; celles-ci nous éclairent fur celles-là. C'eft comme une Echelle Chirurgicale avec laquelle on peut atteindre à la plus haute Medecine; de la vient que ce fameux Profeffeur trop habile en Chirurgie, pour n'en pas fentir l'influence néceffaire fur fon art, veut qu'un jeune Homme qui fe deftine à la Medecine, fe dévouë tout entier à la Chirurgie, dès qu'il s'eft mis au fait de toutes les Inftitutions de Medecine; & c'eft moins fans doute pour juftifier fa Méthode, que pour le profit de la vérité, qu'il recommande aux Profeffeurs de commencer toujours par la Chirurgie, avant de s'élever au fublime de l'Art. Ainfi la Chirurgie & la Medecine ne font qu'une feule & même fience, mais qui a fes degrés dont la Chirurgie eft le premier, c'eft-à-dire, le plus bas. Il ne faut que des yeux pour devenir Chirurgien; il faut de l'efprit & du génie, pour être vraiment Medecin: la Chirurgie eft comme la Géométrie; & la Medecine comme la Phyfique la plus fubtile. Or pour un feul grand Phyficien,

ficien , quelle foule de Géomètres!

CONCLUONS donc encore une fois que tel qui a pû devenir Medecin, a beaucoup plus de facilité pour apprendre la Chirurgie, qu'un Chirurgien n'en a pour parcourir avec succès la vaste Carrière de la Medecine. Si la Chirurgie est la voye de la Medecine, qu'il faut d'esprit & de lumières, pour aller jusqu'à cette dernière , sans s'égarer!

A Dieu ne plaise qu'on imagine que je veuille prétendre par ce discours, que les Chirurgiens sont moins en état d'exercer la Chirurgie, que la plûpart de nos Docteurs, la Medecine. Je condamne, comme on a vu, l'ambition ou la presomption des uns & des autres. Plus on embrasse d'objets, plus il est necessaire qu'on soit superficiel & ignorant. L'avarice seule & la sordide cupidité qui nous domine, peut dicter des Conseils differens. Cependant on peut regarder la Chirurgie, comme la plus belle fleur de la couronne d'Esculape; c'est la partie la plus lucrative de l'Art, & la plus promptement lucrative, tandis que le Public a voulu que le

le Medecin vieillît & ne fît fortune que
pour ſes Héritiers.

NE nous jettons donc point de l'Abîme de la Chirurgie, dans celui de la Medecine encore plus impénétrable. Ne
réuniſſons point ce que la raiſon & l'interêt des Citoyens a diviſé. Soyez Medecin, ſi la Nature vous a doüé des plus
grands talens, ſur-tout de ces Organes
fins & deliés, à la ſagacité desquels
la vie des Hommes peut être livrée a-
vec confiance, car alors vous pouvez
l'être. Si au contraire tout votre eſprit
eſt au bout des doits; ſi au lieu de ce
génie, qui remontant aux cauſes, en
découvre d'un coup d'œil tous les effets, vous avez pour tout partage de
bons yeux avec beaucoup d'adreſſe &
d'induſtrie, & cette fermeté d'ame dont
j'ai parlé, que les ruiſſaux de ſang &
les cris les plus affreux ne peuvent
ébranler, alors vous êtes né Chirurgien. N'entendez vous pas *Celſe* &
la Nature qui vous élèvent à haute voix
à la Chirurgie? Mais encore une fois
ſoit Medecin, ſoit Chirurgien, ne ſoiez
que cela. Bornez vous, pour vous é-
tendre. Quel mérite en effet, je vous
prie,

prie, y a-t-il à prendre pour peu d'argent un misérable grade dans une Université encore plus misérable? De tels Chirurgiens qui se font Medecins, ne font pour l'ordinaire ni l'un ni l'autre. Ils veulent seulement faire parler d'eux, & qu'on dise, *celui-là fait le latin, il a étudié, il a fait le tour du Collége.* N'est-ce pas bien ressembler à ces petits Généraux, qui, pour séduire le Peuple, font mettre leur noms, comme un *Gloria Patri* dans toutes les Gazettes, pour qu'on dise: ,, le comte, ou le Marquis ,, de . . . . se trouve par-tout, & mê-,, me où il n'a jamais été: s'il n'est pas ,, de la première promotion, il fera ,, bien de quitter le service ". Or comme les Connoisseurs rient de tant d'Eloges deplacés, qui ne coutent pas plus cher à l'Officier, que le Bonnet de Docteur au Chirurgien, les Gens sensés se mocquent des démarches, que la seule vanité fait faire.

LE moien effectivement de ne pas lever les épaules, à l'aspect d'un *Horace* ou d'un *Petrone*, dans les mains d'un Graisseur d'emplâtres, qui étudieroit cent mille ans le Latin, avant que de

fai-

faifir la fineſſe & la délicateſſe de ces Ecrivains, & cela faute d'eſprit trop mal cultivé, ou trop long-tems laiſſé en friche. Je rencontrai ces jours paſ-fés un de ces Garçons Chirurgiens, qui non contens de la Maîtriſe de S.ᵗ Coſme, aſpire à celle des Beaux-Arts. Je ne ſuis occupé, me dit-il, que du Latin, pour me faire recevoir Maître-ès-Arts & peut-être enſuite Medecin. Voilà bien des affaires que nous a donnée Mʳ. *de la Peyronnie*. Mon cher Monſieur, lui dis-je, étudiez plu-tôt votre Abregé Anatomique de Verdier, votre *la Faye*, votre *Dionis*, votre *Petit*, le Chef de presque tous ceux-là, & même votre *Garengeot* &c. Si vous avez aſſez de pénétration pour comprendre la véri-table théorie de votre Art, atten-dez la Traduction des Commentaires de *Van Swieten*; quelques diffus qu'ils ſoient, ils ne le ſeront jamais aſſez pour vous.

JAMAIS les *Céſar-Magatus*, les *Fa-brice de Hilden*, les *Marchettis*, les *A-quapendente* & tant d'autres Chirurgiens Légiſlateurs, n'ont voulu s'ériger en Medecins. Mʳ. *Morand*, à qui rien n'a man-

manqué pour le devenir, a dédaigné
avec raifon un titre frivole. Peut-être
il a craint, comme les autres, de perdre le luftre qu'il avoit acquis dans fa
profeffion, & probablement il l'eut
perdu :

Pluribus intentus, minor eft ad om-
nia fenfus.

Combien de Chirurgiens dans tous les
tems auroient pu prendre un vain grade, qu'on offre au premier venu, même fans favoir le Latin, pour le pris
d'un Traité de Gazetier ! Mais c'eft
trop copier la fotte vanité d'un Procureur, qui faifant l'Avocat, ne peut que
fe dégrader par une qualité étrangère
mal remplie. Le Public éclairé, aux
yeux duquel un Chirurgien s'eft diftingué durant 30. ans, ne s'accoutume pas
à ce traveftiffement. Il ne voit qu'un
orgueil puérile, dans un nouveau titre,
qu'on mérite d'autant moins qu'on a
été plus digne du premier ; & par conféquent tel qui a été Chirurgien la moitié de fa vie dans Paris, n'y fera jamais Médecin. Feu Mr. *de la Peyronnie*
eût

eût obtenu la première place, qu'ou eût fenti la grace & les bontés de fon Maître, fans pour cela l'en croire digne. Je n'excepte ici que quelques Genies rares, à la tête desquels je croi pouvoir mettre mes illuftres Amis *la Martiniere* & *Quesnay*, fans crâindre que mon amitié pour eux me faffe aucune illufion fur leur mérite.

V O I L A tout ce que l'*Anti-Machiavélisme*, où mon efprit d'impartialité me force de dire au fujet des Difputes des deux corps ennemis, & des changemens ridicules que la vanité & l'ambition d'un feul Homme a depuis peu introduits dans la Chirurgie.

P O U R épuifer la matière je devrois peut-être traiter ici de la certitude de cette partie, comme j'ai fait de celle de la Medecine; & comme perfonne ne la contefte, il ne refteroit à difcuter que la certitude de la Chirurgie, compârée à celle de la Medecine. Mais puifque ces deux Arts n'en font qu'un feul, fondé fur les mêmes principes, il s'enfuit que la certitude eft à peu près la même, & ne diffère que de quelques degrés ; en ce que le mal s'offre aux yeux

du

du Chirurgien, avec tous les progrès de fa guérifon, tandis que le Medecin ne peut juger que fur des fignes fouvent équivoques de ce qui fe paffe au dedans du corps. Mais il n'eft pas moins vrai que comme il eft des Phifionomies fortes & decidées qui annoncent la forte d'efprit, d'humeur & de caractére de ceux qui les portent, il eft auffi des maladies, dont on eft fi frappé, qu'il n'eft pas poffible de ne pas les faifir. La certitude & l'incertitude eft la même par-tout, & chaque profeffion a fon luftre & fon ignominie. Les vieux ulcères ne font ils pas en Chirurgie, comme la Phtifie déclarée dans le poumon, la honte & l'opprobre de l'Art? L'Action des médicamens externes, ou plutôt leur manière d'agir eft elle plus connuë que celle des internes? De part & d'autre n'eft-on pas tous les jours reduit à l'Empyrisme? Mais ne rapellons par ici le fâcheux fouvenir de la Tèfe d'un Doc. teur (*Maloët*) qui a été une des premières fources de toutes les Difputes & fotifes des deux Corps.

L CHAP.

C H A P. VI.

Que les Medecins ont plus & moins de Religion qu'on ne croit.

PASSONS à un sujet plus sérieux & plus intéressant, je veux dire à la Religion des Medecins. Elle a été suspecte dans tous les tems (*a*). Les Sectes les plus éloignées les unes des autres dans leur façon de penser, se sont toutes réunies contr'eux. Il a toujours suffi d'être Medecin pour être accusé d'Irréligion, & ces idées n'ont point

(*a*) Le Clerc fait remonter à Diagoras l'origine de l'Irréligion des Medecins. Voici le fait plaisant sur lequel il fonde son opinion. Ce Philosophe ne trouvant point de bois pour cuire son repas, mit au feu la statuë d'Hercule, en disant : " Voilà un Dieu qui " sera excellent pour la faire rotir. Ce sera le " treizième & le dernier de ses travaux". Le P. Garasse *Doct. cur.* L. II. §. v. p. 139. lui fait dire: *Veni Hercules*, 13um. *subi certamen, & excoque lentem.* Je parie qu'Astruc va dire que ce bon père se trompe; que c'étoit des raves

&

point changé & ne changeront jamais.
Ce seul titre semble entraîner avec soi
celui d'Incrédule.   Ne prend-on un
Medecin que pour Déiste, c'est lui faire grace. Si on ne prouve pas l'Athéisme ou le Déisme des Medecins, du
moins on le suppose.

Dans ce préjugé les Medecins trouvent une indulgence, qui semble leur
permettre une entière liberté ; j'entends
une liberté de penser dont Personne
n'est surpris, sous le singulier prétexte
qu'ils connoissent mieux la Nature que
les autres Hommes, & les Loix exigent
seulement qu'ils n'abusent pas des priviléges qu'on leur accorde.

Est-

& non des lentilles qu'il mangeoit, & qu'il ci-
tera la dessus Athenagoras *in legat.* p. 36.
   Qu'à ce fait il me soit permis d'en ajoûter
un autre pour démontrer que les préjugés ne
meurent point. Un Seigneur Malade me com-
muniquoit ainsi ses frayeurs & ses doutes sur
l'autre vie : " Les uns me font trembler, les
" autres me rassurent ; qu'en pensez vous,
" mon petit. Docteur ? Je vous ai envoié
" chercher pour me tranquillifer, car vous
" autres Medecins, vous êtes de fort bonnes
" Gens, qui avez sur la Religion des opinions
" singulières & commodes.

L 2

EST-ce à tort, eſt-ce avec raiſon, qu'on a dans tous les ſiècles intenté cette accuſation contre les Medecins?

IL eſt certain qu'ils ont peu dogma-tiſé, que peu d'entre eux ont embras-ſé les différentes Sectes, qui s'élèvent de tems en tems dans le Chriſtianisme, tandis que les autres Philoſophes n'ont pas rougi d'être chefs de parti, jusqu'à donner dans le Fanatisme (car elle a le ſien) de l'irréligion la plus outrée. Voulant faire les Eſprits forts, ils ne nous ont fait voir que des Eſprits auſſi foibles que préſomptueux. N'ayant pu réſiſter à la démangeaiſon de déveloper des idées triviales qui ne coutent rien à l'Eſprit, idées bizares, & ſans ſuite; idées dont la ſingularité fait tout le mérite, que l'évidence ne peut accom-pagner, qui conduiſent à l'Anarchie, & que pour cette raiſon tant de ſages Politiques ont combattuës.

MAIS puisque les Medecins ſe ſont revetus au moins des dehors reſpec-tueux qu'exige la Religion „ ſans ſe mê-ler presque jamais de ſes ſectes ni de ſes Diſputes, commént encore une fois ont-ils pû s'attirer de ſi graves ac-
cuſa-

cufations, qui de génération en génération ont paffé jufqu'au tems où nous vivons?

La Philofophie dans les premiers fiècles étoit réunie à la Medecine, dont ella n'a commencé à être feparée que dans le fiècle d'*Hippocrate* (*a*). Or qui dit Philofophe, dit Ennemi déclaré de toute fuperftition, laquelle eft encore aujourd'hui la Religion des Demi-Savans, comme du vulgaire. Ainfi bleffer, détruire la fuperftition, c'eft aux yeux d'une infinité de Gens bleffer & détruire la Religion. Comment donc les anciens Medecins qui étoient Philofophes & beaucoup plus que ceux d'à-préfent, auroient-ils pu fe fouftraire aux invectives qu'un zèle amer prodigue fi volontiers? J'ai prouvé dans le *Machiavélisme*, que fi c'eft la Philofophie qui a ainfi chargé d'incrédulité les Medecins de l'Antiquité, ceux de nos jours pour une raifon contraire doivent être lavés du meme foupçon. Mais le Peuple qui ignore ces chofes, n'eft pas
fait

(*a*) *Medicinam a fapientiæ ftudio disjunxit.* Celf. *Præf.*

L 3

fait pour fentir d'aufli fines différences, lui qui communément n'en met point entre un Medecin & un autre Medecin.

VOILA' l'origine de toutes les calomnies répanduës contre les Medecins.

OUVRONS les Faſtes & remontons jusqu'aux ſiècles de la ſuperſtition & de la Barbarie ; voions jusqu'à quel déplorable & horrible aveuglement s'eſt porté l'eſprit humain dans ſon enfance, & tout ce que nous apprend l'Hiſtoire à ce ſujet.   On formoit, on exécutoit les vœux les plus cruels dans les maladies , ſous le dangereux masque de l'hypocriſie , dans le deſſein , diſoit-on, de plaire aux Dieux ; ſi on detruiſoit l'humanité , c'étoit pour mieux la conſerver ; on ne faiſoit périr l'un, que pour ſauver des Roiaumes entiers. De ſacrés Charlatans, toujours trop reſpectés, ſous le nom de Magiciens ou d'Expiateurs, jouoient un grand rôle dans la conſervation de la vie des Hommes.   Aux maladies les plus naturelles & à plus forte raiſon à celle, qui s'écartoient tant ſoit peu des voies ordinaires, ils donnoient le

                                   nom

nom impofant de *Maux-divins*. Ce feul
nom infpiroit de la terreur & éloignoit
de tout fecours humain des Efprits fimples, qui ne fongeoient qu'à apaifer à
quelque prix que ce fût la Divinité
irritée. C'eft ainfi que des Fripons en-
veloppés dans le manteau de la fuperftition, fe donnèrent long-tems pour Mé-
diateurs, & furent véritablement regar-
dés comme des Acteurs néceffaires
entre les Hommes & les Dieux; &
qu'enfin le Fanatisme, pour le dire
ainfi, fut le feul Medecin des malades, que fouvent il égorgeoit, durant
Dieu fait combien de fiècles.

Ce Monftre fut enfin terraffé par
Hippocrate: toute fuperftition ceffe au
tems de ce grand Homme. Chez lui
les conjonctions des Aftres, les Eclip-
fes, les Comètes, le Tonnère n'ont
pas plus de crédit que le vol des Oi-
feaux & des Poulets. Plus d'Aufpices, plus de Devins; les Maladies font
dépouillées de leur merveilleux; ra-
menées à la fource des maux vulgaires &
affujeties enfin aux remèdes communs
& aux Methodes naturelles. Ce même ancien Docteur s'élève contre la

L 4 fu-

superstition avec le langage le plus sen-
sé & le plus édifiant: première marque de sa vraïe piété, dont la seconde
éclate visiblement dans la sagesse du ju-
rement qu'il faisoit faire à ses Disciples,
qui le font encore aujourd'hui, quitte
à se parjurer quelquefois.

I L étoit digne d'un Medecin & qui
plus est d'un Philosophe, d'abatre d'un
seul coup toutes les têtes de cet Hydre
sans cesse renaissantes. Mais dans un
autre sens il étoit peut-être encore plus
digne du Peuple, de declamer contre
l'Ennemi de la superstition, de le faire passer pour l'Ennemi de la Religion, & de le calomnier enfin sous les
noms révoltans d'Impie & d'Athée.
De là ceux qui ont marché sur les traces d'*Hippocrate*, ont été en butte aux
mêmes injures & à la même méchanceté.

J E conviens que parmi les Gens
d'esprit plusieurs abusant de leur génie,
ont prétendu que l'étude de la Nature
conduisoit necessairement à la Religion
du Medecin, qui est de n'en point a-
voir: mais ils n'ont tracé que ces mêmes difficultés dont s'armèrent les *Li-
nié-*

nières, les des Barreaux, les Vanini, les Spinosa, les B. . . . & autres Apôtres de l'Athéisme, dont Paris est rempli, qui font plus d'honneur que de tort à la Religion. Difficultés encore que certains d'entr'eux ont eux-mêmes resoluës, sans y prendre garde par leur foiblesse & leur pusillanimiré; en faisant voir que la seule durée de leur santé étoit la mesure de leur incredulité, en abjurant leurs folles idées, dès que les passions se font affoiblies avec le corps, qui en est l'instrument. En effet la belle, la forte Philosophie, qui se déconcerte & tremble aux approches de la mort !

Mais quelle erreur de s'imaginer que l'étude de la Nature détourne de l'idée & du culte de son Auteur ! Elle conduit l'esprit à la Religion, loin de l'en écarter. Ou mes sens & ma raison me trompent, ce qui n'est pas probable, ou il y a dans les corps animés des traces évidentes de la main éternelle & invisible qui les a formés.

Pour mieux servir la Faculté, qu'il me soit permis d'en appeler aux Fastes de l'Eglise. Parmi nos Docteurs

L 5   il

il y a des Hommes pieux qui ont merité la vénération de tous les honêtes
Gens. Un de leurs *Doyens*, *Duval* a
a receuilli la vie d'un grand nombre de
Saints Medecins, dont Mr. *Andry* op-
pofe la Lifte refpectable aux railleries
des Chirurgiens (*a*). Mais quand ceux
qui publient de tels Ouvrages abufe-
roient de la permiffion qu'ils ont de
mentir, qui disconviendra que *Dodart*,
Hamon, *Hecquet* &c. aient été auffi fameux par leur piété & leur refpect pour
la vie des Hommes, que par leur favoir?

E N F I N chaque année fait éclore
des Hiftoires de Medecins d'Ames, dont
les Pénitentes ont plus fouvent lieu de
fe repentir d'avoir confeflé leur pé-
ché que de l'avoir fait. Combien de
locus n'ont pas faits, combien de jeunes Penitentes n'ont pas féduites les
Cordéliers & les Carmes! Il faut convenir qu'ils fe font acquis une reputation immortelle fur l'Article. Au contraire la Religion des Medecins mérite
ici très rarement des Reproches. Peu
donnent prife fur leur conduite. Dis-
crets,

(*a*) Préem. de la Med. fur la Chirurg. T. 2.

crets, réfervés pour la plûpart avec le
beau fexe, pour un qui s'oublie, mille fages & retenus, fe font gloire de fe
refpecter eux-mêmes dans les Perfonnes qui les honorent de leur confiance.
Ce feul trait ne devroit-il par fuffire,
pour faire voir que les Medecins ont
beaucoup plus de Religion qu'on ne
croit, & que le Vulgaire eft abufé fur
leur compte à bien des égards. Et fi
les honnêtes Gens n'étoient perfuadés
de ce que je dis, qui eft-ce qui con-
fieroit aux Medecins fa Femme ou fa
Fille?

Un Medecin peut donc croire ce
que bon lui femblera, excepté le fond
de la Religion, qui eft l'exiftence d'un
Dieu, aux idées indicatives duquel un
bon Efprit, qu'un aveugle Pyrrhonifme n'engage point à rejetter jufqu'aux
apparences les plus frappantes, ne
pourra jamais fe refufer. D'ailleurs
n'eft-il pas jufte qu'il refpecte ce que
les Pafcals & autres grands Hommes,
qui n'étoient pas plus convaincus, ont
revéré? Qui voudroit détruire ce qui
fait le fondement des Loix divines &
humaines, feroit fans contredit un Per-

L 6   tur-

turbateur de la Société, qui devroit être chassé comme tel. Mais donnera-t-on un nom si indigne & si peu merité à un Philosophe, qui croyant pouvoir librement se servir de sa raison, embrasse une opinion philosophique, soutenuë dans tous les tems, & qui ne supposa ni Athéisme, ni Déisme, ni mauvaises moeurs, & dont les argumens sublimes, n'étant point à la portée du Peuple, n'en ont jamais detruit les *Garde-foux*, c'est-à-dire, n'ont jamais rien changé dans les Gouvernemens, les Loix, & le Courant des Sociétés? Je ne croi pas qu'un Citoyen de cette espèce mérite de telles injures, mais au contraire une recompense & une considération proportionnées à ses talens. L'Homme est fait pour penser, comme pour voir, marcher &c. & jamais enfin la plus injuste persécution ne l'en empêchera.

J'AI exposé la Religion du Medecin, suivant les idées du Vulgaire, & ce qu'il faut penser, tant du jugement Populaire, que de cette Religion même.

JE passe à la véritable irréligion des Me-

Medecins; on va voir qu'elle est tout autre que celle qu'on accuse.

TOUT est caprice ou prejugé; la raison ne conduit presque jamais les Hommes. Ils accusent les Medecins d'irreligion sur de simples soupçons; ils condamnent leurs idées & critiquent rarement leur conduite qui blesse toute probité, la première Religion de l'Homme. Ordinairement on ne s'attache qu'aux dehors; on ne juge que sur les apparences: ici c'est tout le contraire, on veut penétrer ce qui est impénétrable; on prétend devoiler les Secrets de l'Ame & voir clair dans l'obscur Labyrinthe des coeurs, tandis qu'on a de l'indulgence pour l'extérieur, qui cependant est l'image du coeur même, & l'expression naturelle du sentiment. D'où vient une telle bizarrerie? C'est que le vice, dont il s'agit, est commun; & que les vices communs ne sont plus des vices, ou du moins ne paroissent plus tels.

POUR vous faire pénétrer dans le coeur des Medecins, il suffit de vous rappeller qu'ils sont les Dépositaires de la vie des Hommes, Depôt précieux

con-

confié à leurs mains; le feul bien (pour
qui c'en eft un) fans lequel les autres
ne font rien ; bien émané de l'Etre
fuprème & fur lequel nous n'avons
aucun pouvoir, quoiqu'il femble nous
appartenir : c'eft ce Tréfor dont il ne
nous eft pas permis de difpofer nous-
mêmes, quoiqu'en difent ces Philofophes hardis, pour qui la Religion &
les Loix font fans frein; c'eft, dis-je,
ce même Tréfor que les Malades nous
confient. Ainfi s'ils viennent à le perdre
par notre infidelité ou par la temerité
de nos entreprifes, nous fommes plus
coupables que des Voleurs, qui l'arra-
chent de vive force, puisque nous en
dépoüillons des Gens, qui fur notre
parole, & même fur notre feule figure de Medecin, croyent ce bien fort
en fureté dans nos mains; qui loin de
fe défier de nous dans ce commerce,
payent fouvent ceux-là mêmes qui le
leur ont enlevé & les ont fait périr.
En difpofant impitoyablement de la
vie d'autrui, nous fommes donc des
Meurtriers gagés, Meurtriers d'eux &
de toute une Poftérité, qui feroit fleu-
rir un Etat, tandis que nous aimons,

que

que nous refpectons notre propre vie. Non, il n'y a que l'irréligion, l'impiété, le coeur noir, l'inhumanité, la Barbarie, qui ofe & commettre de tels forfaits, & qui plus eft, s'en accufer fans effroi.

QUI peut égarer de la forte des Gens qui par devoir d'état, ne doivent être occupés que du bien public? Le voici.

LES premières Etudes des Medecins font le premier pas qui les conduit à l'irreligion. Je ne parle point ici de leur genie; l'amour propre ne nous permet pas de nous juger nous-mêmes; il faut avoir de l'efprit, pour favoir qu'on en manque. Or tous ceux qui fe dévouënt à la Medecine, n'ont pas fur cela beaucoup de graces à rendre à la Nature.

TELLE eft la raifon, pour laquelle ceux qui ont le moins d'efprit choififfent la Profeffion qui en exige le plus. Sans la vanité, il n'y auroit pas tant de Sots (*a*) Medecins.

MAIS

(*a*) Il y en a de fi fots, qu'ils ne font pas en état de faire l'expofé d'une maladie, confor-

Mais en suppofant contre toute vérité qu'un Medecin pût fe paffer de genie, nous ne pouvons pas fuppofer la même chofe des Etudes qui doivent devancer la pratique. Elles font fi néceffaires, quelque efprit qu'on ait, qu'elles doivent être longues, férieufes, affiduës. Ce n'eft qu'à force de peines, de travaux, d'applications & même de veilles, qu'on peut devenir vraiment Medecin. Que penfer après cela d'un pauvre Génie, qui dort la moitié de fa vie, & perd l'autre moitié dans l'oifiveté, dans des Lectures frivoles, ou des fiences incompatible avec l'Art. Plus on eft borné, plus il faut d'étude, mais un Homme né Medecin, n'en a pas tant befoin. Il trouve dans fon génie des reffources qui manquent à la mémoire la mieux meublée.

Je demande à prefent quelle eft l'application des jeunes Etudians ? En général ils font inappliqués, diffipés; ils

ne

---

forme aux eclairciffemens donnés cent fois par un Malade qui a de l'efprit. Je reçois dans ce moment même une Confultation d'une Dame.

ne penſent qu'à entaſſer dans leur mémoire ce qui peut leur ouvrir les portes d'une Faculté.   A Montpellier,
ceux qui ſe deſtinent à la Medecine,
ſont pour la plûpart de jeunes Etour-
dis, livrés à la diſſipation & au plaiſir
pendant les deux premières années. C'eſt
à la troiſième qu'ils commencent à é-
tudier, pour pouvoir répondre à des
Queſtions frivoles, comme celles - ci:
Quid eſt vita? Quelques-uns, il eſt vrai,
viennent enſuite à Paris ſous prétexte
de s'y perfectionner ; mais comme ils
croyent tout ſavoir, ils mepriſent tout
& ne fréquentent pas plus les ſavans,
que les Ecoles.   Tel eſt le malheureux
effet de la préſomption que les Ecoliers
de cette Univerſité ſucent, pour ainſi
dire, avec ſon premier lait.

MAIS les nôtres, ceux de Paris,
ſont - ils plus ſérieuſement appliqués ?
Non, en entrant en Philoſophie ils ſe
font inſcrire ſur les Regîtres de la Faculté, de façon qu'ils étudient en même

Dame de l'Orient, qui me marque qu'elle a
été obligée de la faire elle-même, n'étant point
du tout ſatisfaite de pluſieurs *expoſés*, que ſon
Medecin avoit faits.

me tems & la Philofophie & la Medecine, on plutôt ils ne s'appliquent ni
à l'une ni à l'autre par l'impoffibilité de
tout embraffer. Entraînés par le plaifir, on les voit aux promenades, aux
fpectacles & nos *Laïs* font leurs Maîtres d'Ecole. Eft-il donc furprenant
que les feules connoiffances qui confti-
tuent la Medecine, leur foient fi étrangères? Ou plutôt n'eft-il pas auffi honteux, qu'incroyable, qu'après quelques
années d'étude, (eh! Bon Dieu! quelles études! car ce ne font que de certaines formalités qui confiftent à écrire
de miférables Cayers, qu'on n'eft pas
même obligé de favoir) n'eft-il pas
honteux, dis-je, que des Efprits fi éva-
porés, fi peu cultivés, fi peu remplis
de théorie & d'obfervations de pratique, que des Gens qui n'ont rien lû,
rien vû, rien remarqué, foient reçus
Medecins, parcequ'ils jargonnent à
peu près comme ceux qui le font, &
qu'une telle ombre de Medecin leur
fuffife pour avoir le titre de Docteur,
& en conféquence de ce vain titre le
droit d'exercer un art, qu'ils ignorent
parfaitement, quoiqu'il en coute aux
Ci-

Citoyens? Et Molière a-t-il eu si grand tort de joüer une chose aussi ridicule que la reception de la plupart des Medecins?

On voit assez parceque je viens de dire, quel est le second pas de ces Docteurs vers l'irréligion, c'est que pour des reponses bien dignes des questions qu'on leur fait, on leur accorde *Jus tuandi & vastandi impuné per totam terram.* Des Professeurs mercénaires les reconnoissent pour des Gens capables de se charger de la vie des Hommes, dans un age inexperimenté & peu solide qui dépose contr'eux. A Paris, comme à Montpellier, tout le Monde est reçu; l'argent, ou la protection décide de tout.

Mais le Brigandage le plus marqué se commet dans les autres Facultés subalternes. Quel abus plus criant & plus dangereux que de voir un Ignorant mis au nombre des Medecins pour deux Loüis! Au reste autant vaut être Medecin de la Fabrique d'une vieille Université, que de celle d'une vieille Femme, comme Bouillac, ce vilain spectre d'*Esculape* érigé, comme par
le

le pouvoir des Fées, en arbitre du deſtin des Hommes.

Oui, deux Louis, 50. ℔. plus ou moins, ſont le prix de tous les Meurtres qui doivent ſe commettre. Le *bonnet* ſe marchande comme une aune de drap, & on donne de magnifiques Patentes, où le menſonge & les éloges les plus outrés & les plus ridicules ſont prodigués, proportionellement à la généroſité du payement du nouveau Docteur. Moi-même qui n'étois certainement que l'ombre d'un Medecin, combien de complimens ne reçus-je pas ſur mon *profond* ſavoir? Et pour mes dix Loüis & d'amples Feſtins Bacchiques que je donnai à la Faculté en bonne Maiſon Bourgeoiſe, n'eut-on pas la ſotiſe d'écrire à mon Père, que depuis *Hunauld*, on n'avoit pas reçu un ſujet d'un ſi *grand* mérite?

Est-il ſurprenant après cela que les Villes & les Cours ſoient remplies de mauvais Medecins, qui ne feront pas vrai-ſemblablement ſi tôt rares, Dieu merci, & le bon marché de la Fabrique? *Boüillac* eſt le ſeul encore une

une fois à qui cette Manufacture ne
coute rien ; quoiqu'il ait une Clé d'or
qu'il a gagnée au Piquet, il n'a pû s'ouvrir aucuns Temples d'*Esculape*, malgré
leur multitude & leur facile profana-
tion; sa confience ne lui reproche point
d'avoir corrompu aucune Faculté : nul
Professeur enfin n'a violé pour lui les
Loix divines & humaines. Tout ce
que la faveur a pu obtenir, de près, comme de loin, ce font dés Lettres de *Ba-*
chelier, fuivant que l'a révélé fon ami
Marcot, tant de fois brouillé & réconci-
lié avec lui quand fon interêt le lui a confeillé? Mais après de telles receptions
autorifées par la feule avarice, & presque toujours gratuites pour le favoir,
on croiroit peut être que ces nouveaux
petits Docteurs cherchaffent à s'inftruire dans la pratique de leur art, fous
des yeux éclairés & dignes de les gui-
der. Point du tout; leur hardieffe eft
proportionnée à leur ignorance, qui
paffe ainfi fous ce voile arrogant & en
impofe par un air de fuffifance & de
fierté. Ils fe chargent témérairement
de toutes les Maladies qui fe préfen-
tent, parcequ'enfin un Marchand ne
ren-

renvoya jamais une Pratique qu'il peut attraper ; de sorte qu'on peut dire que les six ou sept premières années de leur exercice sont des années de Mortalité.

„ GUILLAUME Temple se fatigue
„ beaucoup à chercher d'où vient que la
„ Pepinière du Nord n'envoïe point de
„ ces prodigieux Essains de Goths & de
„ Vandales. S'il eut pris garde ", dit un Moderne (*a*) " qu'il n'y avoit point a-
„ lors d'Etudians en Medecine , & que
„ cette sience fleurit aujourd'hui dans le
„ Nord, il auroit pu mieux resoudre cet-
„ te difficulté ". Le *Spectateur* a raison *Experimenta faciunt per vitas & mortes, nec sapiunt quidem facto cadavere.* J'ose avancer qu'une Maladie Epidemique est un fléau moins à craindre dans une ville , que cinq ou six jeunes Docteurs pleins de suffisance & d'impéritie. Un demi siècle de pratique ne peut les éclairer ; toujours ignorans, présomptueux , téméraires , il est nécessaire que leurs Massacres continuent, jusqu'à ce qu'au grand bien des Citoyens, ils

(*a*) Le Spectat. Angl. tom. 1. p. 104.

ils ceſſent de vivre, ou d'exercer la Medecine.

Si, comme on l'a vû, il n'eſt rien de ſi difficile que d'aſſeoir un jugement certain, ſi l'expérience même eſt trompeuſe, ſi l'occaſion de guérir paſſe vîte, s'il faut un génie plein de feu & de juſteſſe pour ſaiſir l'inſtant qui fuit, le moyen d'être Medecin ſans eſprit, ſans études & ſans principes!

De tels Medecins ne peuvent pas être plus honnêtes Gens, qu'éclairés, l'improbité marche ici avec l'ignorance. Ce ſont les Brigands qu'il faudroit punir, & non les Auteurs qui les démaſquent, car comment peut-on être honnête homme, en exerçant une profeſſion qu'on ignore? Si l'amour propre de ces Docteurs pouvoit un moment faire place aux ſentimens d'humanité & d'honneur, ils conviendroient en francs *Myopes*, que la ſience d'*Hippocrate* eſt trop étenduë pour une vuë auſſi courte que la leur, ils rougiroient a la vuë d'un million de fautes & d'erreurs dont la moindre coute la vie à tant de Perſonnes. Mais non; les plus mauvais ou les plus médiocres

Me-

Medecins font toujours ceux, qui fe dis-
penfent le plus volontiers de toutes ces
inquiétudes; ils voguent avec confiance fur un Element inconnu : perfuadés de leur fermes démarches, ils ne
croyent point entrainer perfonne dans
une chute, dont-ils n'ont garde de
convenir.

MAIS comme un Homme ivre, qui
tuë quelqu'un d'un coup de tuile, jettée
au Hazard par la fenètre, eft fujet à la
rigueur des Loix, la confiance & la
vanité font une ivreffe de l'Ame qui
ne, juftifie point les fotifes qu'elle fait
faire. Un ignorant ivre d'un favoir
imaginaire, un Medecin qui fait perir
un nombre infini de Citoyens, merite
la même punition.

MAIN-

,, (a) Les Medecins me demandèrent fi
,, c'étoit une Femme, où il n'y eut que vous
,, pour la gouverner, que lui feriez vous ? Je
,, leur propofai des remèdes qu'ils ordonnè-
,, rent en même tems à l'Apoticaire, lequel
,, leur en propofa d'autres à la mode d'Italie,
,, qu'il difoit qu'en pareils cas faifoient grand
,, bien. Eux fachant l'affection qu'il avoit au
,, fervice de Sa Majté. & que fi le remède ne
,, faifoit tout le bien qu'on en efperoit, qu'il ne
,, pouvoit faire aucun mal, le firent donner".

Ainfi

MAINTENANT que ceux, qui au-
torisent la dangereuse distribution de
tant de remèdes hazardés, que ceux
qui l'apuient de leur suffrage & de leur
credit, ou plutôt de leurs patentes
(dont le revenu fait les apointemens
du Secretaire,) que ceux qui ordonnent des remèdes de bonnes Femmes,
& consentent en un mot à tout ce qu'on
leur propose (*a*), s'examinent sérieusement, & ils se trouveront les premiers
Assassins & les premiers Boureaux,
puisque tant de Meurtres privilégiés
se commettent tous les jours sous les
auspices de ces *Archiatres* par ces Ma-
rodeurs.

C'EN est assez pour faire voir la Réligion qui importe au Public, celle qu'il
doit

Ainsi parle de *Du Laurens* & autres Medecins,
qui vivoient alors, *Loüise Bourgeois* dans son
exposition de la naissance des Enfans de France
p. 152. où il s'agit de l'accouchement de Marie
de Medicis. Dans tous les siècles les Medecins se ressemblent; l'exemple rapporté par
cette Sage-Femme, digne de foi, prouve qu'il
y a toujours eu en Mecine des Esprits moux,
pusillanimes, qui ne cherchent qu'à se tirer
d'affaire par une basse complaisance; à quelque prix que ce soit.

M

doit d'autant plus defirer dans le Medecin, qu'elle lui manque ordinairement;
& par conféquent le Medecin fe trouve
en même tems éclairé de fes devoirs.
Les maux les plus à craindre, mille a-
bus fe trouveront prevenus par d'excellentes études.   Faché d'être célèbre
avant le tems, il s'arrachera à une
confiance trop precoce, pour fe mettre en état d'y mieux repondre par la
fuite; il faura fondre une partie de fon
patrimoine, pout s'inftruire à fond de
fon art; & enfin il ne negociera, pour
le dire ainfi, que lorsqu'il fe fera fait
un Magafin bien afforti de Marchandi-
fes parfaitement choifies. Un tel Homme, qui vient à pratiquer la Medecine,
a non feulement la piété dont tout Ignorant eft dépourvu, mais la feule
Religion que les honnêtes Gens refpec-
tent, la feule, oui je le foutiens, à
l'abri de laquelle jamais infulté ni me-
prifé, il paffera toujours pour Homme
de probité & bon Citoïen, tandis que
le Devot, aveugle dans fon Fanatisme
comme dans fon Art, detruit un état
qui ne fe foutient que par la Multitude des fujets.   L'un croit & trouble
                                    tout,

tout, l'autre ne croit & ne trouble rien.

QUE M^r . . . . . donne mille Livres par mois aux Pauvres de sa Paroisse, je louë cette action si elle est vraïe, ce dont je doute fort. Mais la vraïe charité est de faire la Medecine à la façon du Docteur *Hecquet*. De tels Medecins, le Modèle de leurs Confrères, ne sont pas toujours les mieux païés, mais on les considère : sans doute ils sont les seuls que Dieu veut qu'on honore & qu'il a jugés necessaires. Les autres, saints, si l'on veut, (car pour faire un saint, il n'est rien tel qu'un Sot) ne sont que d'ignorans & vils superstitieux. La Faculté, dans laquelle ils ont été reçus, leur reputation, leur avantageuse gravité, leur fortune orgueilleuse, rien ne les garantit d'un juste mépris.

J'AI eu de grandes maladies & je ne me suis pas contenté de mes plus sérieuses reflexions. Je les communiquois à ceux de mes Confrères, qui me paroissoient les plus dignes d'être consultés ; je les priois de lire les meilleurs Auteurs, qui avoient traité de mon mal ;

M 2 je

je me les faifois lire à moi-même; j'é-
coutois, je meditois, je combinois
tout. Parmi mille remèdes & mille
différens confeils, je choififfois ceux qui
me fembloient pouvoir me fauver la
vie, ne m'arrétant jamais qu'au plus
grand degré de probabilité. Or tandis
que je ne prends qu'en tremblant mon
parti pour moi-même, après de mu-
res deliberations avec les plus habiles
Medecins du lieu, je tâterois le poûls
des Malades, comme en courant, pres-
fé d'ordonner ce qui me paſſeroit par
la tête à tout hazard, ou la première
drogue eſtimée du Peuple? & pour
laver de pareils forfaits, il me fuffiroit
de faire des charités pleines d'oſtenta-
tion, de jeuner, de prier, &c.? Non,
fi telle eſt la vraïe Religion, je n'en
ai aucune. Je regarde même comme
des Impies, ceux qui ne fuivent que
celle-là. En effet, fi la plus grande fe-
verité de moeurs; fi la Religion du
Païs, la plus fcrupuleuſement obſer-
vée, n'eſt qu'un vain masque qui n'a
qu'à tomber pour montrer le veritable
Indévot dans le faux Medecin, comme le vrai Devot dans l'habile Homme,
&

& le Citoïen zèlé ; ſi la vie la plus exemplaire & la plus vertueuſe conduite en apparence n'empêchent pas ces hardis Ignorans de traiter des Maladies, dont ils n'ont pas la première notion, coupables juſqu'à un tel point dans leur art envers leur Roi, leur Patrie, leurs ſemblables ; complices par conſéquent d'inhumanité & de barbarie, comment pourroient-ils n'être pas infiniment criminels aux yeux de Dieu & des honnêtes Gens ? Comment auroient-ils un grain de vraïe Réligion, puiſqu'ils n'ont ni ſenſibilité, ni honneur, & joignent à leur negligence dans leur profeſſion, juſqu'à l'audace même de l'exercer ſans y croire, & qui plus eſt d'en faire parade & d'en triompher. C'eſt ici qu'on peut dire *qui peccat in uno factus eſt omnium reus.*

LA vraïe Religion, celle qui eſt née avec l'honnête Homme, eſt de ne rien faire contre les lumières de ſa conſcience. Or un Medecin, qui ne ſait point la Medecine, qui fait mille baſſeſſes, pour s'inſinuer dans telle & telle Maiſon, pour ſupplanter un Confrère plus habile que lui, porte en ſoi

le

le fentiment de fon infuffifance. Son
amour propre a beau joüer fon Rôle,
il ne peut toujours la cacher ; & quand
même il fuppoferoit avec cette abfur-
dité, que fon ignorance eft commune
à tous les Medecins, comme alors elle
feroit invincible, un tel Doêteur feroit
un Fripon decidé, qui vendroit fort
chèr des chofes au moins inutiles felon
lui-même. Puifqu'il violeroit ainfi des
Principes de probité admis de toute la
terre, ce feroit un Monftre d'autant
plus pernicieux dans la Société qu'il
feroit Medecin.

TOUT le Fafte de la piété, tout ce
qu'on décore fauffement du beau nom
de vertu, ne m'en impofe point. Les
fonêtions d'un mauvais Medecin, d'un
Ignorant, qui ne fait rien pour ceffer
de l'être, qui doute que fon Art foit
utile, qui le croit même plus incertain
& plus dangereux que certain & falutaire, eut-il toute la piété des Anaco-
retes & des Martyrs, les fonêtions,
dis-je, d'un tel Doêteur doivent lui
être interdites, comme celles d'un mauvais Prêtre, beaucoup plus indiféren-
tes en foi. Mais ce n'eft pas fix mois
de

de feminaire qu'il faut à un Praticien
fi redoutable, on doit l'éloigner du lit
des Malades, du commerce des honnêtes Medecins & en un mot de la fociété. Un tel Homme eft une pefte dans
un Roïaume. A quoi fervent les Loix?
Elles s'amufent à punir ceux qui s'ar-
ment contre le défordre, au lieu de
fevir contre le defordre même. Il n'a-
partient point à un Medecin Philofophe de prendre parti pour ou contre
quelque Réligion que ce foit ; il feroit
ridicule qu'il fût Martyr du Fanatifme,
mais que fon ignorance n'en faffe point.
Helas pourquoi faut-il que notre fainte
Réligion éclaire fi rarement ceux qu'elle anime? Et qu'on ait à craindre un
fcelerat caché fous le voile d'un faint.

JE ne fai fi j'ai ébranlé le préjugé
du Public contre la Réligion du Medecin, mais j'ofe me flater qu'un bon
Efprit faura deformais diftinguer la
veritable de la fauffe, celle qui lui eft
utile & effentielle au Medecin, de celle qui eft étrangère à l'un & à l'autre.
Voïez le fuccès de nos Armes. Qui
a fixé la victoire fur nos Etendarts?
C'eft un grand Général, que Dieu a
M 4 vou-

voulu faire naître pour le bonheur d'un
Roi & d'un Peuple immenſe de Catho-
liques; dans une Religion différente de
la leur. Quel exemple plus illuſtre de
l'indifférence des Religions! Elles ſont
toutes bonnes & ſaintes, pour qui a des
lumières & le coeur droit. Faut-il en
dire davantage pour faire voir, qu'un
Medecin a toujours aſſez de Religion
pour la Société, s'il ſait guérir, comme
un Général, s'il ſait gagner des Batailles.

CHAP VII.

Si les Medecins doivent écrire.

Les Medecins doivent-ils écrire; &
s'ils écrivent, eſt-ce pour acquérir de la réputation, ou pour tromper
le Vulgaire?

Tout le Monde ſemble être poſſedé
de la *Scripto-manie*. Nos preſſes ſont occupées ſans relâche. Si nos lumières
étoient proportionnées au nombre des
Livres, que nous ſerions ſavans! Quelle Sphère des plus profondes connoiſ-
ſan-

fances nous embrafferions ! Mais il
paroit tous les jours des Ouvrages
nouveaux ; & Dieu merci , nous
n'en fommes guères moins ignorans.
Pourquoi ? Est-ce parce que la Nature est impénétrable, ou parce qu'on
ne fait que diverfement l'effleurer ?
Ces deux chofes font également vraiës.
On peut comparer les fiences à une
efpèce de nez de cire , que chacun
manie & retourne à fa fantaifie, fuivant la forme qu'il est capable de lui
donner. C'est cette forme toujours
variée à l'infini , & non un nouveau
fond, qu'on nous offre. L'imagination fe promène fur l'ancien & le travaille toujours fans le fecours du génie, rarement affocié à l'ouvrage, &
qui pourtant feul ajoute, & feul étend
les beaux Arts. Et de combien encore les étend-il? Du trajet d'une Taupe.
C'est là tout ce que le plus grand des
Génies, uniquement tourné vers la Phyfique, un *Newton*, peut creufer dans
le champ de la Nature.

DES richeffes Litteraires, de l'efpèce
de celles dont je parle , ne méritent
pas de durer plus long-tems que les.

Modes, auxquelles elles reſſemblent. Elles devroient deſabuſer le Public ſur
le compte de leurs Auteurs ; cependant
ce ſont ces modes , ces formes , ou
manières d'imaginer, qui ſe ſuccédant
ſans ceſſe, ſéduiſent & entrainent tous
les Eſprits par l'atrait de la nouveauté,
& ce qu'on nomme le goût de l'eſprit.

FAUT-IL donc après cela qu'un
Medecin écrive ? La raiſon répond,
oüi, ſuppoſé qu'il ait à communiquer
de nouvelles expériences, ou à confirmer de vieilles obſervations. *Syden-*
ham, Boerhaave, Staahl, &c. . . euſſent étés de mauvais Citoïens du Monde, ſi contens d'être utiles durant leur
vie, ils fuſſent morts ſans l'éclairer.
Un excellent Praticien peut ſervir ſa
Patrie un demi-ſiècle ; un excellent Livre ne meurt point, & le Medecin qui
l'a fait eſt auſſi utile que s'il vivoit toujours. Tel eſt la différence entre un
Docteur qui écrit & tout autre qui né-
glige d'écrire, ou ne peut le faire ; &
conſéquemment celle de la diſtinction
que méritent les bons Auteurs, au-
deſſus de ceux qui ont dédaigné, ou
n'ont point été à portée de le devenir.

MAIS,

MAIS, si l'on n'a pas de nouvelles
lumières à répandre, si l'on ne peut
rien ajouter à ce que les autres ont déja dit & inventé, écrire, n'est-ce pas
multiplier les Livres, & ennuïer d'honnêtes Lecteurs sans nécessité & sans
fruit? Que les Ignorans, les Esprits
bornés, qui n'ont ni lettres, ni agrémens, ni force, meurent donc dans
l'oubli comme ils ont vécu. S'ériger
en Auteur, quand on a eu le bonheur de
percer la foule & de se faire un nom
à force de troter sur le pavé d'une
grande ville, c'est risquer de perdre
sa réputation, se demasquer, se mettre au niveau de soi-même aux yeux
du Public enfin défabusé; en un mot,
se faire siffler sur ses plus vieux & plus
respectables jours. Il ne faut donc pas
s'exposer à perdre un bien que la Pro-
vidence nous envoie, cette renommée
qui toute peu fondée qu'elle est, é-
bloüit quelquefois les savans mêmes,
comme je le remarquois ces jours pas-
sés en lisant la Bibliothèque raisonnée (a).

MAIS

(a) „ Les distinctions que Louis XV. vient
„ d'ac-

MAIS en profcrivant les médiocres
& inutiles Ecrivains, je voudrois cependant qu'on fit grace à ces habiles
Compendiaires, qui par un art admirable réduifent un nombre infini de Vo-
lumes en un feul petit, qui en eft comme l'extrait & la fleur. Au defaut de
ces induftrieufes Abeilles, qui forment
une ruche fi utile & fi merveilleufe,
d'un miel que tant d'autres ont eu la
peine de cuëillir, ou que le Hafard
leur a indiqué, je permettrois encore
l'ufage de la plume à ces Compilateurs
judicieux, qui montrent autant de
goût que de méthode dans le choix &
l'arrangement de leurs matériaux, Ces
Ecrivains ont fur le dos tout le Bagage
de

,, d'accorder à Mr. De la *Peyronnie*, quoi
,, qu'elles ne l'égalent pas encore à Mr. *Du*
,, *Molin*, fervent de Preuve du credit des
,, Chirurgiens, &c. "
Je n'entreprens point ici de faire un parallèle d'un Homme qui a été toute fa vie Chirurgien, & qui fur l'ambitieufe fin de fes jours,
dans le deffein de parvenir à la première place
& de fubjuguer les Medecins, avec un Homme d'un efprit mâle & nerveux, exercé fur de
plus grands objets. Mais ce que je blame dans
un Philofophe, c'eft de le voir croire que
Molin,

de l'Antiquité, ce font les Chevaux de charge de la Republique des Lettres, & conféquemment ce font des animaux utiles.

VOUS connoiffez ce Docteur, à large poitrine, à épaules quarrées, à voix tonnante, au regard fier & impofant, le plus pefant fardeau n'a pu le rebuter. C'eft dommage que, ne diftinguant pas l'ivraye du bon grain, confondant les fyftêmes avec les Obfervations & les expériences qu'il dédaigne, il compile l'erreur comme la verité & plus fouvent l'une que l'autre; car comme *Fontenelle* a dit, pour donner d'un feul mot l'idée d'une prodigieufe multitude de connoiffances & de

Molin, qui n'a rien écrit (& pour le prouver, il fuffit de renarquer que l'Auteur de l'Extrait, qui eft *Haller*, ne fait feulement pas fon nom) foit un Homme qui ait beaucoup plus de lumières & de connoiffances, que M. De la *Peyronnie* n'en avoit, lui qui a donné des preuves de fon favoir, non feulement en Chirurgie, mais dans la Phyfique du corps humain, que *Molin* ignore. Qu'un tel jugement aprend bien aux Medecins à ne point écrire, mais que je rougirois de l'avoir porté! V. Biblioth. raif. 1746. X^bre. p. 438.

de talens, que *Leibnitz* étoit lui seul une Académie, on peut dire, pour rendre la même justice à qui n'a guères qu'une Memoire prodigieuse, que M.ʳ A..... est une Bibliothèque.

TOUT ce que je dis ne peut rien changer au Courant des choses. Quiconque se trouve l'ombre du Génie ou d'un petit talent, écrit pour se faire connoître, & sur-tout les jeunes Medecins, qui semblent afficher leur savoir pour avoir des Pratiques. Les Ouvrages devroient cependant plutôt suivre que précéder la reputation, dont ils font le sçeau authentique. Avant cette épreuve publique, qui ose juger d'un Medecin, court risque de dérober à la Nature, tout l'honneur qu'il fait à l'art.

MAIS les noms que donne le vulgaire à certains Auteurs, font aussi souvent des faveurs qu'il prodigue. Une telle estime ne force point la mienne, ni celle des Connoisseurs. Rien ne peut leur en imposer; ils savent faire tomber un masque séducteur, & nous montrent l'Homme dangereux, ou borné dans l'Ecrivain téméraire. Celui qui

qui répand des preuves de son ignorance dans ses Ouvrages, qui écrit des
choses démenties par la Nature & par
les Observations, quelque place qu'il
occupe, quelque célébrité qu'il ait,
est un Ignorant, un Esprit faux, un
mauvais Medecin, un Imposteur dont
je ne serai pas la dupe.

Nous allons juger sur ce principe
le Mathématicien *de Besiers*, *Bouillet*,
pour réparer l'oubli dans lequel je l'ai
presque laissé jusqu'à present. Il mérite une place parmi mes Heros, &
pour repondre à son mérite & faire
voir l'heureuse influence de la Geomé-
trie sur la Medecine, je lui en ai gardé
une des plus serieuses. Je finirai ce
Chapitre par ce dernier jugement.

Il y a environ dix-sept ou dix-huit
ans, qu'il annonça pompeusement un
grand Ouvrage de Medecine. *Partu-*
rient montes. Il a paru enfin ce Livre
si prôné, si attendu, si desiré. Or si
vous me demandez ce que c'est, que
ce grand Ouvrage; je vous repondrai
avec franchise : *Ridiculus Mus.* C'est
encore une Rapsodie, si jamais il en
fut; un Livre sans principes, des Ob-
fer-

fervations vagues , des lambeaux mal
coufus ; Il commence par le traité d'*Hippocrate* , *de Officio Medici* ; enfuite vient
l'Hiftoire des Maladies Epidémiques ,
par *Baillon*.　　Pour confirmer la Doctrine de tous ces Ouvrages , on tran-
fcrit l'extrait d'un Extrait de *Phyfiologie*,
ou d'une idée d'un léger foupçon d'*E-
conomie animale* (*a*): & encore Dieu
fait quel Extrait , fait par un Homme
qui n'étoit pas Medecin !

　　V o i l a` en quoi confiftent les trois
premières parties du *Grand* Ouvrage
de *Bouillet*.

　　L a quatrième, qui eft de lui , eft
compofée de Défcriptions fuperficiel-
les de quelques Maladies très connuës ,
fur lesquelles on ne nous apprend rien ;
tout y eft fans ordre , fans génie ; nul
point de l'Art n'y eft creufé , approfondi. S'il s'agit d'une fièvre , on l'at-
tribuë aux *humeurs peccantes* , pour lesquelles le Malade a dû être purgé. La
fièvre étoit-elle violente ? Le *Sage
Boüillet* a ordonné une faignée & (chofe remarquable !) le Malade a été guéri ou tué.　　Avoit-on confulté quelques

──────────

(*a*) De M^r. H . . . .

ques Médecins de *Montpellier?* La confultation eſt encore copiée mot pour
mot. Voilà l'ouvrage du Docteur *Bouil-*
let. Qu'on diſe à préſent que les Mathématiques ne font pas le grand Medecin!

❧❧❧❧❧❧❧❧❧❧❧❧❧❧❧❧❧

CHAP. VIII.

Du Grand Boerhaave.

L'UNIVERSITÉ de *Montpellier* &
tous ſes Copiſtes de la Faculté de
Paris, s'efforçoient à l'envi de répandre le goût contagieux des Hypothéſes,
lorſque *Boerhaave* parut. Il fut à la
Medecine ce que *Descartes* fut à la
Philoſophie : il la réforma. Génie auſſi
étendu ; mais d'une meilleure trempe,
il ſentit le prix de l'obſervation & de
l'expérience ; & s'y attacha, comme au
fondement le plus ſolide de l'Edifice
immortel, qu'il vouloit élever. Il com-
mença d'abord par l'Anatomie. Initié
par ſon célèbre ami *Ruyſch* dans tous
les Myſtères de l'Economie animale,
il parcourut tout le *Labyrinthe* de l'Homme.

me. Il s'éleva enfuite avec force contre les Idées de fon Guide & fe montra capable de lui frayer une nouvelle route, je ne dis pas dans les Maladies, où un tel Difciple étoit fait pour être bientôt le Maître, mais dans l'Anatomie même, comme les Connoiffeurs en peuvent juger par fon petit Traité des Glandes. Quelques injections de *Ruyfch*, peu de Leçons de *Drelincourt*, qu'il devoit bientôt dedaigner, pour n'avoir pas la peine d'oublier ce qu'il aprendroit dans les Ecoles felon la penfée de *Freind*; ces foibles fecours fuffirent à *Boerhaave*; & le flambeau de l'Anatomie & de la Mecanique, qui l'a conduit au plus haut degré de gloire, a éclairé en même tems les erreurs de tous ceux qui l'avoient précedé.

C'est à un tel Homme que la Nature avoit dit, foïez tout ce que vous voudrez. Après fix mois d'étude dans la Botanique, il fut en état de l'enfeigner avec fuccès; fous fes yeux le jardin des Plantes de Leyde prit une nouvelle face; toutes les Plantes éparfes dans l'univers y fembloient raffemblées. Enfin il a écrit avec génie fur cette fien-

fience, & la Poſterité ne refuſe point
de le compter parmi les Botaniſtes.

A l'étude des Plantes il joignit celle de la Chymie , dans laquelle il s'eſt
conduit avec un ordre & une ſageſſe,
dont on ne croïoit pas cet Art ſuſcep-
tible. Il n'a rien découvert, il eſt vrai,
ni en Chymie, ni en Anatomie, ou du
moins que fort peu de choſes. Il a fait
plus , il a ſû circonſcrire les verités
trouvées par d'autres , & fecondant
en quelque ſorte les Connoiſſances les
plus ſtériles par l'excellent emploi qu'il
en a fait, combien d'arbres, qui alloient
ſe flétrir ſous les yeux mêmes de ceux
qui les avoient plantés , ont germé ,
ont fleuri , ſous les heureuſes mains de
mon incomparable Maître ! Je veux
parler de cette lumière étonnante que
Boerhaave a répanduë ſur la nature des
Medicamens, ſur la juſteſſe de leur application, ſur leurs vertus toujours re-
latives à ce Mecanisme des Corps, qu'il
nous a ſi clairement developpé ; & enfin de ces nouveaux & excellens uſages,
qu'il a fait rejaillir ſur la bonne Medecine.

PARLERAI-je de ſa Phyſique ?
Quoi

Quoi de plus brillant en ce genre, que
le premier Volume de ſes Elemens
Chymiques! Son ſeul Traité du feu eſt
un Mémoire complet de toutes les expériences faites ſur ce ſujet; il a ſervi
de baze à la plûpart de ceux qu'on a
faits depuis qu'il a paru. Madame la
Marquiſe *du Châtelet* lui doit en partie
cette flateuſe couronne Académique,
qu'elle a, non obtenuë mais meritée.
Muſſchenbroek, qui en parle comme B.
de *Sydenham*, avouë avoir puiſé dans
ce même volume toute la Phyſique
Chymique, qu'il a miſe dans les ſiens:
& quoique *s'Graveſande* ne fut pas toujours de l'avis de notre Auteur, il é-
toit trop Connoiſſeur pour ne pas l'admirer.

Q U E L L E honte pour nos François,
pour ... pour .... & autres petits
Chymiſtes, d'avoir penſé differem-
ment de tant de grands Hommes!
Peut-être étoient-ils peu capables de
voir ce grand jour, que *Boerhaave* venoit de repandre ſur la Phyſique, la
Medecine & la Chymie. Mais ils ont
fait plus que de le regarder comme un
Phyſicien médiocre & un mauvais
　　　　　　　　　　　　　Pra-

Praticien ; ils ont accufé de fauffeté les opérations qu'ils n'ont pû faire ; & cette imputation générale a paffé de bouche en bouche, jusques dans l'éloge Académique de ce Profeffeur. De tels jugemens font bien dignes de nous autres François ; & ce n'eft pas la première fois, qu'un Académicien ne pouvant venir à bout de faire les experiences des Savans étrangers, pour avoir plutôt fait, les a trouvées impoffibles (*a*). Que peuvent des Hommes auffi obfcurs que jaloux contre la gloire de *Boerhaave*. Ce font des Ombres, qui l'illuftreroient, s'il en avoit befoin! Sans doute les Arts fe perfectionnent tous les jours, & il eft des voies plus fimples de faire certains procédés, tels que *le Tartre régeneré.* &c. & le fucceffeur (*b*) de ce grand Medecin, qui les connoît & les enfeigne, les publiera quelque jour. Mais fi on s'en rapporte à fon jugemeut non fufpeɛ̌t, à celui de *van Zwieten*, & de tous les Gens de l'Art, ils vous diront

que

(*a*) On a ici en vuë *Mariotte* à l'égard de *Newton.*

(*b*) *Gaubius.*

que rien n'eſt plus judicieux que l'uſage
qu'il fait de la Théorie de ſon premier
volume, pour expliquer les *procédés* du
ſecond, & que perſonne avant *Boerhaave* n'avoit decrit ces *procédés*, avec
tant de netteté & de préciſion.

Il ſeroit fort à ſouhaiter que quelque Auteur habile & accoutumé à bien
écrire, nous donnât les opérations de
la Chirurgie avec la même clarté & la
même exactitude. *Boerhaave*, devoüé
d'abord au Miniſtère & enſuite à la
Medecine, n'avoit point eu occaſion
de s'inſtruire aſſez à fond & ſous ſes
yeux du *Manuel* de cette Partie. Il
ne le connoiſſoit, que comme l'Anatomie, par les Livres qui en traitent.
C'eſt d'après eux qu'il le decrivoit,
ainſi que la ſtructure du corps humain:
& de là vient cette foule d'erreurs,
peu préjudicables ou indifférentes à
l'Art, que les petits Génies, qui ſe
ſont bornés à une ſience étroite & ſen-
ſible, triomphent de rencontrer, &
relèvent avec un plaiſir malin; & pár-
cequ'ils excellent dans une petite carrière, ils ſe donnent les airs de rire
aux depens d'un Homme, qui les a
par-

parcouruës toutes, qui a tout embras-
fé, & qui s'étanr attiré une reputation
aufli grande que le Monde éclairé, eft
encore plus grand qu'elle. *Boerhaave*
n'a pû tout faire & tout examiner par
lui-même, *vita brevis*, *ars longa*; il a
fallu qu'il s'en raportât pour l'Anatomie à ceux que la Nature avoit faits,
pour ne pas voir plus loin que leurs
yeux : & pour ce qui eft de la Chirurgie, né dans un fiècle différent de celui
d'*Hippocrate*, il ne pouvoit travailler
de la main; & n'eut-ce pas été le plus
grand domage de voir ainfi ramper le
plus beau Genie ? Mais il avoit pénetré le fond de cette fience; il en connoiffoit la fource & l'étenduë, & il
l'a éclairée enfin, tandis qu'il a élevé
la Medecine à plus de gloire & de
fplendeur que deux mille ans d'études
& d'expériences n'avoient pu lui en
procurer.

QUELLE plus exacte Analyfe, que
celle qu'il nous donne des Maladies des
Os! Mr. *Petit* le fameux Chirurgien y
trouveroit de quoi embellir fon Ouvrage. Quélle plus lumineufe Theo-
rie fur les playes en général, & en
par-

particulier fur celles de la Tête, de la Poitrine, du Bas-ventre, fur la Gangrène &c.

MAIS pour ce qui eft de cettte dernière Maladie, c'eft à l'Aigle de la Chirurgie qu'il appartient de faire des Decouvertes d'un plus grand prix. Je parle de M*r*. *Quesnay*, qui, quoique Chirurgien de profeſſion, à la honte de la Faculté, s'eft trouvé en état par fon genie de creuſer, d'approfondir & d'embellir la Doctrine *Boerhaavienne*, à laquelle il a beaucoup ajouté; puiſqu'il eft certain que dans la dernière Edition de fon *Economie animale*, il eft parti, pour ainſi dire, du point phyſique où notre célèbre Auteur étoit reſté dans fes Inſtitutions. Ce qui prouvera à M*r*. *Haller*, que mon illuftre ami n'eft rien moins qu'un *Eternel & Groſſier Copiſte* de *Boerhaave*, comme il le dit dans la Bibliothèque raiſonnée à l'endroit, que j'aï cité ci-devant.

A M*r*. *Quesnay* je dois joindre M*r*. *Senac*, qui en nous donnant une belle Phyſiologie, s'eft montré à fon tour le Guide de fon Precurſeur, & nous a éclairé fur fes défauts comme fur fon mé-

mérite. Voilà les seuls qui aïent dignement marché sur les traces de ce
grand Homme. Après cela sera-t-on
surpris qu'un savant Medecin d'Am-
sterdam (M^r. *Tronchin*) m'ait demandé depuis peu, si les Medecins de Paris commençoient à entendre & à suivre *Boerhaave*. Il avoit bien raison de
demander s'ils avoient *commencé*; car
il y a à peine 12 ou 15. ans qu'ils le
connoissent, & je mets en fait, qu'il
n'y a pas six Medecins dans toute la
Faculté capables de l'expliquer; c'est
sur-tout, en François, comme en Latin, un Abime impénétrable, pour tous
ces vieux Messagers d'Esculape ou tâ-
teurs de pouls.

UN autre savant me disoit qu'il é-
toit bien honteux aux Medecins en général, que ce fût un Théologien (Ha-
lès) qui les eut instruits de la statique
des Plantes & du Sang; Ah! Monsieur, lui dis-je, tel qui enseigne la
circulation dans les Plantes ne la connoît pas dans l'Homme, ou du moins
pratique la Medecine, comme si elle
étoit encore ignorée.

VOILA' tout ce que j'avois à dire

N

du

du Reformateur de l'Art. Je lui de-
vois cette reconnoiſſance en faveur des
Ouvrages immortels dont il a enrichi
la Medecine ; des excellentes Leçons
que j'ai entenduës à Leyde en 1733.
& 34. & que j'ai priſes avec tant d'a-
vidité & de plaiſir de ſa propre bouche. C'eſt à cette excellente Ecole
que je dois le goût que j'ai pour l'obſervation & l'expérience. Par elle j'ai
connu le prix de la Phyſique du corps
humain, ſans laquelle un Medecin n'eſt
qu'un Empyrique ; par elle j'ai apris à
diſtinguer la Medecine ſenſée, de toutes ces miſerables conjectures, qu'on
donne ſous ce nom: je lui dois enfin
le peu que je vaus. Ceux qui voudront
entrer dans un plus grand détail ſur le
compte de cet Homme célèbre, peuvent lire ſa vie, que j'ai donnée à la ſuite de ma traduction de ſes Inſtitutions ;
ſon éloge par M^r. *de Fontenelle*, l'orai-
ſon funèbre de M^r. *Schultens* ; & pour ne
rien dire de tant d'autres Panegyriques,
l'Eloge Critique de Boerhaave, ou *Eſſai
ſur le caractère du Grand Medecin*, dont
j'ai nommé l'Auteur.

CHAP.

CHAP. IX.

Du Danger des Systêmes.

HIPPOCRATE avoit donné un exemple, que malheureusement ses
Enfans n'ont pas suivi. Il n'a recüeilli
que des faits; mais son recüeil est im-
mense: il faut qu'il ait été aidé dans
un si grand travail; car la vie d'un seul
Homme n'eût pas suffi pour le former.
L'ouvrage de ce Medecin suppose un
Esprit vaste, un jugement sûr, une
exactitude, une sagacité à laquelle
rien n'échappe. Tel est le mérite de
ce grand Homme. Les *Erasistrates*,
les *Aretées*, & autres grands Génies de
l'Antiquité, ont marché sur ses traces.
Galien a cultivé le même fond; mais
l'envie de raisonner, de tout expliquer,
lui est venuë dans un tems, où la Physique étoit sans lumières, & où la Medecine n'étoit qu'un pur Empyrisme,
encore borné par un cercle fort étroit.
Les Arabes défigurèrent la Medecine,

N 2　　　　en-

encore plus que Galien ; elle ne fut entre leurs mains qu'une Philosophie subtile, pointilleuse, où tout se décidoit au tribunal de l'autorité & de l'imagination. *Sans Aristote le bon sens ne* voioït *goute, & la raison* radotoit.

DESCARTES parut enfin ; il lui étoit réservé de faire une révolution dans les siences. Dans l'empire de l'esprit, (quelles conquêtes plus glorieuses !) c'est le premier des Conquérans ; né dans le sein & comme dans l'obscur cahos du Péripatétisme, il en a dissipé les ténèbres ; il a vaincu, étonné tous les Esprits ; il a dominé sur les ames, par la plus forte persuasion ; il les a attirées à lui par l'éclat de sa lumière. Père de la Géometrie transcendante, il a le premier emploïé l'Analyse ; pas im-

---

(*a*) Il fut saisi d'un grand froid sur le Pont de Stocholm, & voici comment il raisonna. „ Le froid condense les Liqueurs, comme „ tous les Corps ; Le Chaud & conséquem- „ ment l'Eau de vie les raréfie ; buvons en „ donc ". Il en but largement & mourut. Voilà ce qu'on dit ordinairement touchant la Mort de ce grand Philosophe. Mais *Goris* dit qu'il en but dans la fièvre, malgré son Medecin, qui le haïssoit cependaut, selon Voltaire
&

immenfe & bien plus hardi, que tous ceux, que *Newton* & les autres ont fait après lui. S'il s'en étoit tenu là, s'il eut mieux connu fes forces, fans en tant préfumer, il eut été le plus grand des Hommes ; mais femblable à un Soleil, qui fe couvriroit lui-même des brouillards, & des nüages, qu'il viendroit de diffiper, *Descartes* s'eft obfcurci & a deshonoré la raifon, à force de vouloir raifonner. Livré aux plus frivoles hypothèfes, il a retardé les progrès de la Phyfique ; après l'avoir tirée de la poudre des Ecoles. Enfin Dupe de fes propres idées que l'expérience éclaira rarement, il fe tua lui-même philofophiquement, ou plutôt faute de Philofophie (*a*). Le gout de *Descartes* pour les Hypotèhfes a infec-

&autres (Lettr. Philofoph.). *Descartes* étoit perfuadé que les femblables fe guériffoient par leurs femblables, & non par leurs contraires, comme on l'a toujours dit (Journ. des Sav. 1703. X^bre. p. 1094. Edit. de Holl.) D'autres prétendent, ce que je croirois plus volontiers, qu'il ne voulut jamais fe faire faigner dans une fièvre chaude, que comme *Sylva*, lorfqu'il n'étoit plus tems. Voilà l'Hiftoire & combien un feul fait, concernant un Homme auffi

cé-

feﬄé & perdu la Medecine. Les Medecins après lui n'ont été occupés, à
l'exemple de tous les Phiﬁciens, que de
Spéculations Chymériques, ou d'explications arbitraires. Ils ont cru qu'il
étoit beau de s'élever aux premières
cauﬁes : & comme Phaëton, apparemment qu'il étoit beau même d'en tomber.

TOUTES les Sociétés des Medecins
ont ﬁuivi ces veﬁtiges. *Willis*, *Bontekoe*,
Sylvius, *Bellini* & autres ont imaginé
des cauﬁes factices, ﬁur lesquelles ils
ont traité les Maladies; enﬁn les Medecins devenus Carteﬁiens ont fait la
Medecine, comme tels; comme *Des-*
cartes l'eût faite lui-même. Pauvres
malades! que je vous plains! De combien d'écueils vous avez à vous garantir en prenant un Medecin, ﬁouvent
plus

célèbre, eﬁt difficile à éclaircir. Quoiqu'il en
ﬁoit, on imagine aiﬁément qu'un Homme qui
avoit été aﬁﬁez extravagant, pour croire avoir
trouvé un Régime, qui le feroit vivre 500. ans,
a dû ﬁuivre ce Régime & ﬁe traiter lui-même
en conﬁéquence dans ﬁes Maladies. V. la vie
de *Descartes* par *Baillet.* Si ce Philoﬁophe eut
injecté de l'eﬁprit de Vin dans les veines d'un
chien, il eut apris qu'il coagule le Sang; & il
n'en

plus à craindre que la maladie! mais allons au fait. *Chirac* a brillé parmi ces Auteurs fyftêmatiques. Perfonne n'a plus negligé & même dedaigné la Nature. Il fonda tout fon empire fur des hypothèfes; il en répandit plus que jamais le goût & la contagion, fous l'impofant titre d'Analyfe que nous allons expofer.

Voici comment il raifonnoit, fuivant cette Analyfe. ,, Je cherche ", difoit-il, " la caufe du mouvement du ,, coeur. Les côtes éloignées du coeur ,, ne le mettent pas en mouvement; ,, ce ne peut donc être que le pou- ,, mon. Mais je vois que ce vifcère ,, ne peut mouvoir le coeur. Refte le ,, Pericarde, qui n'a pas plus de prin- ,, cipe actif. Il faut donc recourir à ,, la Membrane externe du coeur, &
,, de

n'en eut pas bû. Pour ce qui eft de l'autre opinion, s'il eut éprouvé à quel degré de chaleur le fang ceffe de circuler, il fe feroit fait plutôt faigner. Tout Homme qui fe traitera foi-même, ou fes amis, fuivant fes propres conjectures, fera, comme *Descartes*, Philofophe à fes propres dépens, ou aux leurs, ou plutôt ne le fera point du tout.

N 4

,, de cette Membrane, inerte en foi,
,, au coeur même ".

C'est par ces fuites, ou progrès
d'idées, que l'Analyfe Chiracienne,
conduit de caufe en caufe à la découverte d'une première caufe, adoptée
ou imaginée par l'Auteur (*a*). Voilà
un fil admirable pour refter èternelle-
ment dans le labyrinthe de la Nature.
Auffi Dieu fait comme l'Auteur s'en
eft tiré.

Passons de plein vol aux hypothèfes de *Chirac* ; il ne parle que ,,dA-
,, cides & d'Alcalis, d'effervefcence
,, dans le fang & dans les premières
,, voïes ; de Ferment ftomacal fale-
,, acre : d'Acides qui augmentent la
,, confiftence du fang & font " felon
lui & *Sylva*, " les grands Mangeurs :
,, de Filets fulphureux, lymphatiques,
,, caufe de la vifcofité ! (*b*) d'Aigres
,, cruds, qui forment le Cochemar :
,, de fermentation qui fait les rêves,
,, com-

(*a*) Le Docteur *Bouillet* fait jouer les pointes nitreufes pour expliquer le mouvement
du coeur. Il faut être bien éclairé, pour faifir une caufe auffi fubtile.

„ comme la Digestion; de soufres fi-
„ gées par des pointes acides: de la
„ fermentation du chyle avec la bile
„ & le suc pancréatique ; de chyle
„ crud, gluant, acido-austère, vis-
„ queux, coagulé dans le vivant mê-
„ me: de lymphe, qui une fois degor-
„ gée dans les premières voïes, y for-
„ me des glaives épaisses, qui epaissit
„ le sang de concert avec le Chyle;
„ de bile *épaissie* qui *épaissit* : d'humeur
„ Rheumatique, qui refluït dans le sang,
„ & le condense; de parties souffrées
„ de la Lymphe, lesquelles en s'accro-
„ chant les unes aux autres forment
„ des concrétions , d'où naissent ces
„ apparences de mouches, qu'on croit
„ voler devant les yeux &c. ". S'a-
git-il du mouvement des liqueurs? il
vient *du nitre de l'air*. Du vertige ?
„ Il est toujours causé par une disette
„ d'esprits forcés de tourner en rond".
&c. car je ne finirois point d'exposer

ici

(*b*) Je suis surpris qu'une cause aussi *évi-*
dente ait échapé à *Boerhaave* & à son célèbre
Commentateur *Van Zwieten de Glutinoso sponta-*
neo. Aph.

N 5

ici en detail toutes les fottifes que ce *grand Homme* a debitées très férieufement.

JE viens à la caufe univerfelle de toutes les Maladies, c'eft l'épaiffiffement du fang, comme on a pû déjà le preffentir. Tout vient de cette caufe, fièvre maligne, petite vérole, pefte, Incube &c. . . . la pratique eft digne de la Théorie : par exemple, dans le *Cochemar* (a) *Chirac* ordonne la roüille de fer, qu'il croit *diffolvante*.

ON dira que ce Doƈteur fentit enfin le vuide & le danger des Hypothèfes, & qu'il fe determina à confulter les cadavres, ces Maîtres muets, plus éloquens que tous nos raifonneurs, pour qui fait entendre leur langage. Je fai qu'il ouvrit bien des corps durant fon féjour à Rochefort. Mais étoit-ce pour y chercher de bonne foi la vérité, ou pour y trouver des faits qui apuiaffent fes imaginations, fans être révolté,

(a) Il faut que l'Efprit de fyftême aveugle bien ceux qui en font poffedés, puifque le fang, qui ne teint pas l'eau dans les *Cholorotiques*,

té, que dis-je, arrêté par ceux, qui les detruifoient ? Voïons ce qui en est.

DANS les fujets morts de fièvres malignes & de petite vérole, il trouva des congeftions, des inflammations, des parties molaffes & pourries ; & de ces phenomènes il conclut vîte & avec plaifir que fon Syftème étoit fondé dans la Nature, puisqu'il étoit vifible, que toutes ces caufes particulières & médiates avoient été formées par une caufe générale & immédiate, qui étoit l'épaiffiffement du fang. Ce n'eft pas tout : il mit, pour ainfi dire, la pefte dans la même balance, & fans la croire contagieufe, il la définit une fièvre maligne, plus longue, plus rapide, plus redoutable. Enfin, voïant par-tout le même caractère de condenfation & d'inflammation, il n'a régardé les bubons, les charbons, les puftules peftilentielles, que comme des glandes diverfement engouées & enflammées.   CE

___

ques, eft fort rouge au bout de deux mois d'ufage du mars, & qu'il n'a tenu qu'à *Chirac* de vouloïr regarder, pour obfervcr mille fois cette vérité.

CE qu'il y a d'étonnant & ce qui a féduit beaucoup d'Efprits mediocres, c'eft qu'en tout ceci, il n'a pas prétendu donner une Hypothèfe, mais établir des principes vrais, clairs, évidens.

CE font conféquemment ces principes, qu'il nous refte à examiner ici. Si nous demontrons qu'ils font chymériques, adieu fa Methode & tous fes Remèdes qui en font les fuites! Tout l'Edifice doit crouler avec fes fondemens.

QU'OBSERVE-T-ON dans les fièvres malignes? Un pouls naturel, une chaleur médiocre, des urines affez belles; cependant *latet ignis fuppofitus cineri dolofo.* Le principe de la vie & du fentiment eft attaqué dans l'inftant que le mal fe déclare. Et ce mal, quelle eft fa nature, fa caufe; quel eft le développement de ce feu inné dans nos corps, cette forte d'électricité interne, qui enflamme, pourit, brule tous les lieux où elle fe fixe, fi ce n'eft pas un vrai feu? Quelle eft cette dégéneraiton d'humeurs cauftiques, qui affiégent indifferemment toutes les parties

ties du corps, n'épargnent pas plus
les uns que les autres, attaque aujourd'hui le foie fans le cerveau, &
demain le cerveau fans le foie ? Car
j'ai obfervé avec M^r. *Senac* dans fon
Traité de la Pefte, contre tout ce qu'a-
vance M^r. *Chirac*, que dans les fièvres
malignes le cerveau eft fouvent blanc,
ferme, folide, & nullement offenfé.
Bien plus; les abcès & la moleffe du
cerveau font fi rares, qu'il faut que
Chirac ait pris pour des inflammations,
des engorgemens, arrivés dans les derniers tems de la maladie; il s'eft trompé auffi lourdement, que feroient ceux
qui foutiendroient, que le fang s'épais-
fit dans le coeur, parcequ'il nous offre
des Polypes, dans presque tous les fujets.

La caufe des fièvres malignes n'a
donc pas plus fon fiége dans le cerveau
qu'ailleurs, quoique le principe vital
foit d'abord attaqué; car s'il l'attaque,
quelles preuves a-t-on, que ce foit parceque les Miasmes empoifonneurs de
cette maladie fe forment originaire-
ment dans le cerveau, & non parcequ'ils l'infectent par voie de circula-

N 7   tion,

tion, comme tant d'autres parties ?
Pourquoi en effet, le cerveau feroit-il
la fource primititive de tous les accidens, puisque la même caufe inconnuë
agit également fur tous les vifcères,
qu'elle en détruit les tiffus, en trouble,
en abolit les fonctions ? Le délire, la
phrénéfie ne font-il pas fouvent Sympa-
thiques ? Et cela n'eft - il pas prouvé
par la diffection de ces cadavres, où
on ne trouve qu'un abcès au foie, tandis que les autres vifcères, & le cerveau
même, font d'une parfaite *Saineté*.

CONCLUONS donc que l'irritation,
produite par quelque caufe que ce
foit, infinuée dans le tiffu folide des
parties nerveufes, ou errantes dans le
grand courant des Liqueurs, bouleverfe,
toutes les Loix de l'économie animale ;
& qu'ainfi la fièvre, les engorgemens,
les dérangemens des fonctions peuvent
avoir une infinité d'autres caufes que
l'épaiffiffement du fang.

CETTE caufe n'eft donc pas plus
celle des fièvres malignes, que toute
autre. Ce qui eft fi vrai, que je défie qu'on me produife aucunes obfervations certaines, aucunes expériences

ces indubitables, qui prouvent que l'épaississement du sang ait jamais produit quelques fièvres, qu'on veuille supposer. Il est bien vrai que le mouvement & la chaleur & conséquemment la fièvre durcissent ou epaississent le sang, propriété commune au repos comme au mouvement, & au froid comme au chaud. Mais encore une fois il n'est pas demontré que le sang épaissi fasse naître la fièvre, quoiqu'à la rigueur la chose soit possible.

SUPPOSONS avec M^r. *Senac* que le sang soit arreté & fasse obstruction par quelque cause qui agisse sur les extrémités solides des Artères, ou sur la substance même du sang. Un tel embarras ne suffiroit-il pas, pour faire concevoir que le sang doit passer plus lentement dans les veines, que parvenu aux ventricules du coeur avec peu de force, il sera de même poussé foiblement par ce muscle creux, qui languira, à cause de l'engourdissement de ses vaisseaux & de ses nerfs. De là le principe de la vie doit paroître attaqué, l'esprit bien-tôt égaré, les yeux creux éteints, le visage hippo-

cra-

cratique, la respiration par les aînes, & en un mot tous les funestes symptômes des fièvres malignes.

VOILA' un raisonnement plus vraisemblable que tous ceux de *Chirac*. Cependant que nous aprend-il de la source des accidens, des causes de la phrénésie, du pourpre des inflammations gangréneuses &c.? Rien. Tant il est vrai que la Théorie la plus lumineuse ne nous éclaire point sur les causes des Maladies, & que c'est folie d'y vouloir remonter. En effet quel plus grand & plus dangereux abus de la raison, que de choisir une cause incertaine, parmi tant d'autres causes également possibles? N'est-ce pas livrer le Genre humain au peril d'un système, aux écueils de conséquences hardiment tirées d'une conjecture frivole ; sur-tout lorsqu'on donne ces conclusions, témérairement déduites de principes, gratuitement supposés certains, comme des Règles sûres & infaillibles?

Au lieu de nous élever follemet sur les misérables aîles de notre esprit, rampons plutôt sur les traces du bon sens.

fens. Notre art, comme dit *Boerhaave*
dans la Preface de fes *Inftitutions*, en
fera moins étendu, mais plus certain ;
bornons-nous, quand la Méthode raifonnée nous abandonne, à la fience
inébranlable des Faits ; cherchons en
de nouveaux, confirmons les fans ces-
fe par la plus grande exactitude à bien
obferver, talens rares, donnés à peu
de Medecins, qui confiftent à ne voir
precifément dans la Nature que ce qui
y eft, mais tout ce qui y eft. Ce n'eft
pas le tout d'établir un fait ; il faut favoir comme il s'établit lui-même,
quelle eft fa conftance, en un mot fes
variations. Si *Chirac* eut voulu prendre cette peine, il n'eut pas donné
pour des faits, des Syftêmes ; & pour
des faits toujours vrais, ce qui n'eft
pas conftant, ce que mes yeux, & tant
d'autres beaucoup meilleurs, n'ont jamais vû, ou que très rarement. C'eft
ainfi que l'efprit préoccupé d'un Syftême
favori, trouve communement moins
ce qui eft, que ce qu'il cherche, &
prend des apparences pour des réali-
tés.

BORNONS-nous donc encore une
fois

fois à combattre les effets qui fe mani-
feftent à nos fens ; que notre amour
propre ne rougiffe point de revenir à
l'Empyrisme trop decrié : ce n'eft pas
un fi mauvais point d'apui qu'on le
penfe, pour un Efprit exercé, qui fait
tirer parti des fecours que fournit l'A-
nalogie.   Un tel Génie ne s'embarras-
fera point de la Nature de ces premiers
levains, dont l'Homme aporte quelques,
uns en naiffant; il ne recherchera point
d'où, comment, quand ils fe forment,
ni l'incompréhenfible mécanique de
leur developpement (*a*) ; trop fage pour former de tels projets, il n'as-
fiégera les caufes , que par leurs effets
palpables, perfuadé qu'une autre conduite eft peu fenfée & occafionne mille faux pas.

On ne m'accufera pas de partialité
fur le compte du fameux *Chirac*, lors-
qu'on faura que Mr. *De Chicoyneau* fon
Gendre convient lui-même, dans une
Lettre ecrite à *Bruhier* , que fon Beau-
Père raifonne à perte de vuë fur la
Na-

(*a*) La Fraieur, par exemple, fait éclore la
petite verole. J'ai moi-même été plufieurs fois
tc-

Nature des Principes, qui constituent les Liquides du corps humain ; qu'il n'a pas mieux connu leurs manières d'agir ; & que sans rien donner à la mécanique (qu'il ignoroit dans la grande perfection) on ne trouve dans ses Ecrits qu'effervescences, fermentations & autres Chimères dont j'ai parlé. Il est vrai que ce Médecin respectable, & à qui il n'a manqué que de l'activité & de l'ambition pour faire parler de lui, zélé pour la gloire de Mr. *Chirac*, ajoute, que s'il avoit eu le loisir de revoir ses Ouvrages, il n'auroit pas manqué de reformer la plûpart de ses raisonnemens, en rendant au corps ce qui est du Corps, & à la Chymie ce qui appartient à la Chymie. *Chirac* pouvoit bien témoigner qu'il se corrigeroit dans ces Entretiens familiers, dans ces momens rares, où l'amour propre, à l'écart, permet peut-être à un Homme de sens froid de se considérer tel qu'il est, & souvent le fait descendre beaucoup plus bas, qu'il

ne

temoin de ce fait, dont presque personne ne doute. Mais qui oseroit l'expliquer ?

ne l'avoit élevé lui-même. Mais tant
de modeftie ne s'accorde pas plus avec
le dernier Ouvrage de notre Auteur,
qu'avec fon caractère.

JE veux parler de fon Traité des
Fièvres malignes, auquel il a emploïé
les quatre dernières années de fa vie,
& qu'il a eu foin de laiffer comme un
Dépot précieux, dont on enrichiroit
le Public après fa mort. Il efperoit a-
paremment que cet ouvrage lui feroit
autant d'honneur, qu'il lui en fait peu.
Je croi au contraire qu'il n'eut jamais
corrigé fes erreurs; je doute même
qu'il en fût jamais convenu, quand il
eût vecu un fiècle de plus. La vanité eft le poifon de la bonne foi. *Chirac*
fe croïoit au-deffus de tous les Eloges;
& perfonne n'étoit digne des fiens; pas
même *Boerhaave*, dont le nom feul re-
veille l'idée du plus grand Maître. S'il
le louë, c'eft légèrement, & comme
un petit falut de Protection qu'il lui
fait en paffant, femblable à ceux dont
M^r. *Aftruc* honore ceux, qu'il veut bien
ne pas tout-à-fait méprifer. Enfin, ce
que les Medecins Etrangers auront peine à croire, *Chirac* n'a-t-il pas l'im-
pu-

pudence d'avancer, que l'illuftre Profeffeur de *Leyde* lui a fripé fa Doctrine
de l'inflammation ?

Ce qu'il y a de fingulier, & ce qui
mérite bien la réflexion d'un bon e-
fprit, c'eft que parmi tant de Praticiens, dont les noms fameux vivront é-
ternellement dans l'Hiftoire, le Public
ne fe fouvient jamais que du dernier
mort, qui n'avoit pas befoin de mourir, mais de vivre feulement comme
il avoit vécu, pour refter inconnu aux
Savans ; tandis que le Peuple en fait
l'Apothéofe. On parlera dans Paris de
M^r. *Molin*, qui n'a rien écrit & a fait
fagement, comme de *Chirac* ; & de
M^r. *Vernage*, comme de M^r. *Molin* &c.
ce font des réputations Plébéiennes,
qui fe fuccèdent & s'éclipfent tour à
tour.

Il y a une chofe plus déplorable à
confidérer. Qui ne gémiroit de voir
un Art, qui doit avoir pour Baze l'Hiftoire des Faits, ou qui ne doit être
fondé que fur la Nature, être le plus
fouvent apuïé fur des Syftèmes, fruits
ordinaires d'une imagination fauffe ou
préfomptueufe ? Tel eft le malheur de
la

la Medecine mal cultivée, ou plutôt de ceux qui en ont befoin. N'étoit-ce pas affez pour un Malade, d'avoir à craindre les épreuves perilleufes de tels ou tels remèdes, fans avoir enco-re à fe défier de la malheureufe forte d'efprit, ou de vanité de fon Méde-cin?

UN autre mal plus irremédiable (car l'autre ne l'eft pas) c'eft que la Mede-cine n'eft à la portée, je ne dis pas, que des Medecins, mais que des bons Medecins. De là vient que le vulgai-re, qui ne voit goute dans cet abîme impénétrable, donne aveuglement fa confiance au premier venu, qui lui eft prefenté, Dieu fait de quelle part! Un Medecin eft une efpèce de mon-noie qu'on reçoit volontiers, fur la parole de Gens, qui fe vantent d'en fa-voir le prix. Il fuffit de le furfaire, on croit beaucoup de mérite & de ta-lens à qui n'en a point, & le faux Monnoïeur inconnu fait fortune com-me on l'a dit Part. III. Chap. 1. Je mets en fait qu'il y a fix Femmes dans Paris, qui pourroient, fi elles fe l'é-toient bien mifes dans la tête, donner à

Bouil-

Bouillac la réputation de *Molin* ? C'eſt
un grand malheur de tous les tems, &
qui vrai ſemblablement ſera toujours,
que les Femmes ſeules, ſoient pour
ainſi dire, les Pilotes des Medecins:
Car pourvû qu'elles conduiſent au Port
de la Fortune ceux qu'elles aiment ou
protégent, elles ſe ſoucient peu que
les Malades & la Medecine ſe noient,
chemin faiſant. Ah ! que ne ſont-el-
les auſſi favorables à ces Docteurs
pleins de zèle & de lumières, uniquement occupés du ſoin de conſerver en
elles la plus belle moitié du Monde,
qu'à ces Docteurs frivoles & ſuperfi-
ciels, qui ne ſavent que les amuſer ?
D'un ſeul mot, elles rendroient plus
de ſervice à l'art & à ceux qui le poſ-
ſédent veritablement, que moi-même,
qui ai penſé me ſacrifier, en voulant
l'élever ſur les debris mêmes des mauvais Artiſtes. Mais, ſi tel eſt l'empire de l'amour propre, & de la prévention, qu'il ſemble que les opinions
des Hommes, ſi petites & miſérables
qu'elles ſoient, leur ſont ſouvent plus
chères que leur propre vie, la même
déraiſon doit faire préférer un Homme

aagréable à un Homme utile, & qui peut donner du plaiſir, à qui ne peut donner que de la ſanté.

CHAP. X.

Des Conſultations par écrit.

DES Conſultations qui ſe font de bouche, après avoir examiné le Malade, ſont fort utiles, lorsqu'il n'y a que d'habiles & d'honnêtes Medecins aſſemblés ; car alors au lieu de chercher à briller par une éloquence deplacée & ridicule, ou de mettre ſa reputation à couvert ſous le voile & les ruſes de la Politique, chacun s'aide mutuellement avec zèle à decouvrir les cauſes de la maladie, but auquel je me ſacrifierai toutes les fois que l'occaſion s'en trouvera.

UNE autre eſpèce d'Aſſemblées, ce ſont celles qui ſe font à Paris, tandis que le Malade eſt en Province. Je vais prouver que c'eſt un abus, une pratique folle & un vrai brigandadage. Ce fujet n'a rien d'étranger à l'*Anti-Machiavélisme*. Qui eft-ce qui remediera aux abus & aux erreurs des *Machiaveliftes*, fi ce n'eft la raifon & la probité, les feuls Guides d'un Medecin dans l'exercice de fa profeffion.

TOUT le Monde fait la manière dont fe font ces confultations. Le Malade fait faire un expofé de fa Maladie par fon Medecin traitant; on envoïe cet expofé à un Banquier ou autre Correfpondant : on le charge de le remettre à tels & tels fameux Medecins, avec le demi-loüis pour chacun. Si les Medecins font abfens, ou fuppofé tels, on laiffe le tout aux mains d'un fidèle Portier, qui fe charge de le donner à fon Maître, lorfqu'il fera rentré ou éveillé, & vous promet de vous rendre le lendemain à pareille heure la reponfe d'un Oracle fouvent invifible. Qu'arrive-t-il de là quelquefois? Une diftraction de Banquier qui envoïe à *Lion* une Lettre tirée fur *la Haye*; je veux dire un *qui-pro-quo* de Medecins, ou de Portiers, ce qui revient au même, puifqu'on reçoit la reponfe qu'un autre attend. S'agit-il de la chû-

O   te

te du *Rectum*, c'eſt un beau & ſavant
discours ſur l'épilepſie. Conſulte-t-on
ſur le mal cadu? La conſultation roule
ſur le grand relâchement des fibres de
l'inteſtin droit. Ainſi on ordonne à l'E-
pileptique de ſe mettre pluſieurs fois
par jour à cheval ſur les bras d'un fauteuil à la manière des Enfans, & de
s'y donner beaucoup de mouvemens
pour faire rentrer le boyau, qu'il faut
baſſinner dans l'intervalle des ſecouſ-
ſes avec une bonne fomentation de ro-
ſes de Provint & autres Aſtringens,
tandis que pour la chute de l'inteſtin
on ordonne force poudre de Guittete
& autres antiſpasmodiques. Jugez de
la ſituation d'un pauvre Malade qui
reçoit une pareille Conſultation, & ſi
d'auſſi ridicules mépriſes ne merite-
roient pas plus d'attention de la part
des Medecins. Ceci n'eſt point imaginé à plaiſir malin, en conſultant Chri-
ſologue, pour un vieux Doyen de mon
Païs, la choſe m'eſt ſerieuſement arri-
vée; heureuſement je m'en apperçus
d'aſſez bonne heure.

MAIS il faut apprendre à l'Etranger
comment tout s'exécute. On choiſit
d'a-

d'abord pour faire la confultation , le
Docteur le plus oifif, celui qui a le
moins de Malades, le plus de Théorie
& de facilité pour écrire. Les Auteurs
de profeffion font preférés. Ainfi A...
eft volontiers chargé de la befogne.
Il a, dit-on, toujours la plume à la
main, c'eft *lui boüillir du lait doux*, que
de le faire écrire, pourvû qu'il com-
pofe & raifonne, bien ou mal il eft
content, rien ne lui coute ; il trouve
du tems pour tout. Il eft vrai que deux
tours de roüe de plus en font l'affaire,
la confultation fe fait en carroffe fur le
genou. C'eft la plus petite chofe du
Monde, on y fait toujours roulant,
des Chapitres in 4to. A l'heure mar-
quée arrive notre Ecrivain ; tous les
Medecins qui fe trouvent au Rendez-
vous fignent fans lire (le tout par politeffe ordinaire entre Gens bien élevés) ce qu'il a plu au fcribe d'imagine; moïennant quoi croïant avoir l'a-
vis de quatre Avocats, vous n'avez
que l'opinion d'un feul, & ordinairement, comme vous voïez, en ce cas
celle du moins expérimenté & le plus
prompt à produire des fictions.

O 2   C'EST

C'est une bien triste ressource pour les Malades de Province d'être reduits à consulter les Medecins de Paris. Les premiers valent bien peu s'ils ne valent pas les derniers; & d'ailleurs il est humiliant & risqueux de soumettre sa conduite à des juges souvent injustes & arrogans, quand ils ne sont pas louangeurs fades & outrés. Ceux qui joignent à un bon Esprit un grand gout pour leur profession, sont plus à lieu d'y faire de grands progrès.

Les Villes sont petites, les Malades rassemblés quelquefois comme dans un jardin; les occupations moins vastes, point tant d'occasions de se dissiper, point de Thèses à faire pour celui qui les soutient, point d'obligation de s'assembler dans la Faculté, point d'ambition, ou que très rarement, de s'immortaliser par des Ecrits, trop content de savoir guérir, tous les talens se bornent & se concentrent au profit des Citoïens dans une pratique judicieuse. Uniquement devóué au soulagement des Malades, tous les jours à lieu d'acquérir de nouvelles lumières sur leur temperament & sur l'effet

fet des remèdes qui s'enfuit, mettant à profit fans ceffe leurs obfervations, dont les Medecins zèlés font un journal portatif fur ce qui a réuffi ou non dans les Maladies, qu'ils ont precedemment traitées, plein de probité, de foins, d'attentions, d'attachemens, pour des Malades qu'ils voïent fans ceffe, qui font leurs Amis, le Public peut-il férieufement balancer fur la confiance dûe à d'habiles & honnêtes Gens, qui fuivent avec ardeur tous les pas de la Nature, pour la remettre dans le bon chemin, fouffrent, gemiffent & pleurent même quelquefois de leurs fautes trop tard reconnuës, mais fouvent avouées avec candeur, qui voudroient que tout fut poffible à l'Art & donner généreufement l'immortalité, quand même ils feroient condamnés à ne pas la partager? Combien de fois j'ai eu ces triftes occafions de repandre des Larmes? Combien de fois j'ai regretté mon Malade plus que les Parens mêmes! A prefent fi l'on recapitule tout ce que j'ai pris la liberté de dire fur les Medecins de Paris, le Parallèle ne leur fera pas fort avantageux; car la

O 3　　plu-

plupart s'intéreſſent fort peu au ſort de leurs Malades, ils ne s'appliquent point à en connoître le temperament, toujours emportés par le tourbillon d'une pratique galopée & tumultueuſe, de Galanteries & autres intrigues; mais la manie de la Province ſaute aux yeux, lorſqu'on conſidère que le Malade eſt à cent lieuës du Medecin, & que ſon mal peut tous les jours changer, & rendre la reponſe des Oracles fort inutile, comme on l'éprouve ſouvent, pour ne rien dire des mauvaiſes conſultations des plus fameux Medecins; & que quelquefois le Medecin traitant conſerve, pour en rire avec ſes Confrères & ſes amis.

Peut-être eſt-on ſeduit par l'éloquence Pariſienne, car nous recevons veritablement de magnifiques Memoires où brillent la Théorie la plus ſubtile, & l'érudition la plus variée dans les termes de l'Art, les plus recherchés & accumulés. Je ſuppoſe, par exemple, que ce ſoit ſur une maladie de nerfs, une goute ſerene que roule l'expoſé: miſericorde, les belles choſes! Qu'on eſt ſavant à Paris. Criſtallon, Canal
gau-

gaudronné, chambre antérieure & po-
ftérieure, petits vaiffeaux de *Ridley*,
Ramifications de la Paire de *Willis*,
nerf recurrant, Patte d'*Oye* de *Duverney*, j'ai vû tous ces mots & mille
autres, qui formoient presque un Traité
de l'oeil dans une feule Confultation.
Je l'avois fait venir pour feu notre bon
Evêque. L'Auteur étoit le plus grand
Diffequeur d'yeux qui ait jamais paru;
fur-tout Grand joueur de Nerfs, dont
il donnoit volontiers l'Hiftoire à la
moindre occafion. Je fus lire le Memoire à mon Prelat, qui me confultoit,
quoique je fuffe alors fort jeune. Je
me rappelle qu'à chaque grand mot
que je prononçois lé mieux qu'il m'é-
toit poffible, pour en fauver le ridicule,
le bon Homme fe rangorgeoit; enfuite
quand la Lecture fut fime, après a-
voir un peu rêvé, M^r. . . ., me dit-
il, votre Medecin *Petit* me fait bien
de l'honneur, je ne croïois pas avoir
une fi belle Maladie.

J'EN fuis fâché pour les Medecins
de Paris: on ne m'accufera pas de
mechanceté dans un Ouvrage de la nature de celui-ci, fait de fens froid &

où

où je n'avance rien qui ne foit mure-
ment reflechi & mon propre fentiment; mais encore une fois il étoit
de mon caractère & de mon plan de
detromper la Province. Parlons à préfent des Charlatans, à l'exemple de
Razés & de *Freind* qui a copié cet
Arabe.

CHAP. XII.

Des Charlatans.

COMMENÇONS par *Sigogne* ; il
voit que je lui avois gardé fa place. Voici fon Hiftoire en peu de Mots:
Garçon Tanneur dans fa jeuneffe , il
quitta ce métier pour celui de Soldat
aux Gardes. Il fe conduifit comme
tel & fut enfermé à Bicêtre, où il fut
emploïé à broyer du Quinquina. Sor-
ti de ce château, dont Mr. *le Chev. de
Mouby* a donné la Defcription en Hollande dans fon lourd & mauffade *Pa-
pillon* , il dit à qui voulut l'entendre
qu'il avoit de grands fecrets ; & à force
de

de les vanter il fit du bruit dans Paris,
& ſes prétenduës Découvertes lui pro-
curèrent de credules Malades. Voici
l'Epôque de ſa Fortune : Un jour qu'un
Chirurgien, avec lequel il fut appellé,
s'aviſa de mal parler de Mᵗ. *Chirac*,
Sigogne qui connoiſſoit la grande réputation de ce Doѐteur, lui dit que ce
n'étoit pas à un Homme comme lui
de juger le plus grand Medecin du
Monde, & comme ſuivant l'uſage la
diſpute s'échauffa, de fil en éguille,
ou de ſotiſes en ſotiſes, le Marchand de
Pillules penſa jetter par la fenêtre le Juré
de *Sᵗ. Coſme* avec ſes Lancettes & ſes
Biſtouris. *Chirac* inſtruit de la vivacité
avec laquelle notre Charlatan avoit
pris ſon parti, lui en ſut gré; ſa reconnoiſſance lui trouva des talens pour
la Medecine (il avoit du moins l'Art
de tromper) & enfin entreprit de le
faire Medecin à ſes depens. L'avarice fit place alors à la vanité. Mais
faire Medecin un Homme ſans éducation & ſans Lettres ? Outre que ce
projet n'eſt pas de ſi difficile execution,
comme on l'a vû, voici l'expedient
que le Patron imagina. Il envoïa un

Hom-

Homme Lettré à Rheims sous le nom de *Sigogne*, qui dut son Doctorat à cette supercherie. Ce n'est pas tout dit le Seigneur *de la Bouillote*, je voudrois bien donner un Livre au Public, pour faire parler de moi. Mais comment? Je ne sai pas un mot de Medecine, ajouta-t-il franchement. Cela ne fait rien, repond *Chirac*, rien de plus facile; vous n'avez qu'à vous adresser au Docteur *Andry*, ou à quelques autres Journalistes; ces Gens-là vous font un Livre, comme l'*Abé Pelegrin* faisoit un milier de vers sous une même Peruque; & en païant par toises, on en est quitte. . . . part sur le champ & va trouver le Marchand d'Eau de fougère. On convient du prix (quatre mille livres; rien ne coute à l'amour propre) & peu de tems après parut le fameux ouvrage, où tant de secrèts vantés par leur Père. Mais.... ne païant point, *Andry* lui fit un procès dont parle *Astruc*, *De Morbis Venereis*; car de quoi ne parle-t-il pas dans cet ouvrage? Paris fut seduit, suivant l'usage par les promesses de l'Empyrique.

DANS

DANS un Medecin le Public éxige
bien des talens, il faut du moins, comme on l'a vû, qu'il fache amufer, divertir, en un mot joüer la Comedie. Il
n'en eft pas de même d'un Charlatan;
comme fa credulité fait toute la Science de ces Impofteurs, ils en font quit-
tes pour donner des pillules ou des goutes, & véritablement on ne leur en
demande pas d'avantage.

S.... au refte n'a pas été en tout fi
mal habile; il a connu les Hommes; il
a ofé les tromper, & il a fait fortune.

J'AI connu un autre Charlatan plus
diftingué, car il étoit Docteur en Medecine & Homme de condition. Je
croi en avoir déjà parlé. Mais ce que
je me rapelle ici à fon fujet, c'eft une
Hydropifie qui allarmoit toute la France. Le Docteur B. . . . . (que Boiffi a
joüé dans une de fes pièces fous le nom
de Medecin Pruffien) difoit dans une
confultation avec cet illuftre ami, dont
j'ai fait l'Eloge, qu'il voudroit effayer
le Mercure, de peur qu'il n'y eut quelque complication. Enfuite changeant
d'avis, non, dit-il, après un moment de filence, je craindrois toutes

O 6   re-

reflexions faites, que la vivacité de ce
Mineral ne le fît s'epancher dans le
Tiffu celluleux par les crévaffes des
vaiffeaux Lymphatiques. D'où il conclut qu'il faudroit fe borner à faire fur
le bas ventre une fomentation fpiritueu-
fe , aromatique , qu'il donna comme
un fecret, car il n'en dit point la compofition. Ce fecret étoit de l'efprit de
vin, du canfre & du fel amoniac. Le
Malade ne fachant à quel Saint fe
vouër, impatient d'une guérifon fi de-
firée, fe fervit d'un remède confeillé
par un Homme, en qui bien des Gens
de qualité ne laiffent pas d'avoir de la
confiance. Mais le peu de fuccès de
la fomentation, qui empêcha le fom-
meil, en donna plus que jamais au
Grand Général dont je parle, pour
fon Medecin. Il fe trouva fort heureux, comme il le lui temoignoit lui-
même, d'en être debarraffé & d'avoir
fous fa main un habile & honnête Homme auffi attaché à fa Perfonne. Sans
vous,

(a) Il fit afficher une boëte de drogues
pour les yeux, qu'il avoit perdü exprès dans
un grand Chemin, promit 20 Loüis, & les
don-

vous, difoit-il, je ferois fous la ferule
des *Molins* & des *Vernages*, qui ne me
permettroient pas mille chofes, dont un
Homme auffi éclairé que vous, voit
le peu de confequence.

Il y a à Gand un Homme, qui,
fans être Medecin, paffe pour guérir
toutes fortes de fièvres, fans exception & même à l'article de la mort, a-
vec je ne fai quel fpécifique. Un jour
dinant chez le bon Evêque de cette
Ville, une Dame racontoit tous les
Miracles de ce Charlatan, & comme
elle en étoit fort perfuadée, elle fut
fort furprife que je n'euffe pas l'air de
l'être. Jugez ce qu'elle penfa, lorfqu'aïant apris que l'Empyrique vendoit
quatre Loüis chaque dofe de fes remèdes, & que c'étoit le plus honnête
Homme du Monde, je m'avifai de dire: voilà un honnête Homme qui eft
un grand Fripon.

Nous avons vû à Paris l'Oculifte
Taylor, (*a*) Ce Charlatan Anglois merite

donna lorfqu'elle lui fut apportée. Cela fit
penfer que c'étoit un excellent remède & en
effet il le vendit tout ce qu'il voulut.

O 7

rite ici une petite place. Il a écrit ou
plutôt fait écrire un petit Traité, Pre-
lude d'un plus grand, où il veut prouver qu'il y a trente fept (*a*) efpèces
de goutes ferenes, qu'il fait diftinguer
& guérir chacune par des remèdes &
des Opérations différentes. Sa coutume étoit d'annoncer, comme *Cotet* &
tant d'autres pareils, la guérifon de
ceux mêmes, qui s'étoient mal trouvés
de fes Confeils. J'ai eu occafion de voir
un Aveugle, auquel il difoit avoir rendu la vuë. Je fis imprimer dans ce
tems une petite Lettre contre ce Charlatan fous le nom de M^r. J...., Medecin de Bourges, à M^r. *Koniq*, Medecin de Bâle.

D**ans** l'Hiftoire feule de la vérole,
quel-

(*a*) *Ce Galenus* decrit 48 Efpèces de fcor-
but; *Helvetius* Dieu fait combien plus de petites veroles que *Seydenham*. Quand on aura trouvé l'Art de diftinguer quelle forte d'A-
crimonie domine dans le fang, toutes les diftin-
ctions fubtiles, qu'on nous fait de tant de maux,
feront utiles.

(*b*) *Aftr. de Morb. Vener. T. II.*

(*c*) L'un dit que Razou fait le meilleur,
l'autre le fait lui-même pour le vendre.

(*d*) De *Fernel* même, du *grand Fernel*, car
il

quelle foule d'Empyriques ; les *Tuil-biers* (*b*), les *Mongins* &c. dans la Faculté ; les *Blegnys*, les *Dibons*, &c. à S'. *Cosmes* ; les *Cockburnes* & autres en Angleterre ; les Charbonniers & autres Empyriques ambulans, qui, après avoir long-tems erré, viennent se fixer à Paris. Que de Marchands d'eau de Balarne &c. de pilules de *Staahl*, de goutes du Général La *Mo-the*, d'eau de M'. le *Premier*, d'Eflen-ces douces du Chymifte que je viens de nommer, de celle de Seignette (*c*) de remèdes diurétiques &c. Que de *Brochets* encore vivans parmi les Me-decins ! ou de Poiffonniers habiles à prendre du poiffon. Que de rivaux (*d*) du Medecin Suiffe, du Medecin

de

il donnoit des remèdes fur la feule infpec-tion des urines, comme on le voit dans la vie de fon bien aimé *Plantins*, qui le dit pour lui en faire honneur. *Fontenelle* convient que *Lemery*, qui a defriché la Chymie, ne donna pas dans fon Livre tout ce qu'il favoit ; qu'il fe referva les moiens les plus faciles d'operer, & quelques medicamens, dont il ne difoit point la compofition, un *emetique doux*, une *opiate Me-fentorique* &c. c'eft en cette qualité qu'il eft ici placé au rang des Charletans, avec un homme

inde Chaudrais, de Farſé, &c. (*a*) Machiavel & tous les Machiavéliſtes ne detromperont jamais le Public ſur le compte des Charlatans; il eſt trop ami du Merveilleux & trop peu à portée de ſe faire une idée de la Science. On lui fera toujours croire qu'on a la connoiſſance des Maladies par l'urine, qu'on y diſtingue facilement, quand on a le coup d'oeil bon, l'age, le ſexe; de combien de degrés d'une Echelle ou d'un Eſcalier on eſt tombé; de combien de mois une Femme eſt groſſe; article où je renvoie mon ami *Bacoüill*, pour ne rien dire de mille autres ſupercheries connuës. Il ſuffit de fréquenter un grand nombre de Medecins, pour apprendre, comme ils le diſent eux-mêmes, à tirer les vers du nez du Peuple, qui croit que les ſignes les plus équivoques & les plus muets ſont ceux, qu'un ſavant doit le mieux connoître.

DANS tous les tems l'opération de la taille a été la reſſource des Fripons.
Les

incomparablement au-deſſus de lui pour le génie. Mais il faut excuſer *Lemery*. Qui change

Les uns, après avoir tiré la pierre de la veſſie, diſent qu'il y en a encore une ſeconde, qu'ils introduiſent pour avoir double payement; les autres taillant le Malade ſans raiſon, ne tirent que la pierre qu'ils ont furtivement gliſſée. Cet Empyrique *De Caſtres* en *Languedoc*, qui tailloit avec aſſez de ſuccès par le petit appareil, étoit ſujet à ces Friponneries-là; il les faiſoit avec tant d'adreſſe, que les Medecins préſens n'en voïoient rien. Si quelque Docteur contre ſon avis avoit conſeillé l'opération, il eſcamotoit encore la pierre en la tirant de la veſſie, & perſuadoit ſans peine à tous les Aſſiſtans, qu'il n'y en avoit point, de ſorte que le Medecin lui-même, qui ne ſavoit trop qu'en penſer, étoit perdu par là & regardé comme un Homme à pendre.

VOILA des exemples, qui devroient engager les Medecins à cultiver la Chirurgie, & à être plus attentif aux opérations qu'ils ont fait faire. En voici encore une autre. Un Chirurgien eſt

ſou-

ge de Religion par politique, doit en avoir de reſte pour garder ſes ſecrets.

(*a*) V. Le François, *Reflex. critiq. ſur la Med.*

fouvent trompé par l'efpèce de *Melon*, que forme la veffie pleine d'urine, il introduit la fonde, augmente l'inflammation & la fuppreffion. Alors la Famille murmure contre le Medecin, qui s'eft laiffé féduire par les discours affurés d'un fondeur de profeffion. Vous voïez quelle circonfpection, quelle fermeté & combien de diverfes connoiffances un Medecin doit avoir.

JE ne parlerai point de tous ces Charlatans, que d'anciens Auteurs ont voulu faire connoître à la Pofterité. Leurs rufes font trop groffières, pour être expofées à un fiècle auffi clairvoïant que le nôtre. Qui en feroit la Dupe aujourd'hui, fi ce n'eft les plus ftupides? Je ne reviendrai point auffi à cet Empyrique dont j'ai parlé, qui fit croire & voir à tout Paris, fans excepter l'Academie, que notre fang étoit plein de vers, que ces vers étoient la caufe de tous nos maux; & qu'il avoit une liqueur admirable, qui les faifoit fpecifiquement mourir. Je fuis furpris qu'*Aftruc*, qui nous donne cette Hiftoire, comme on l'a dit, ne nous ait pas apris par qui l'impofture fut enfin décou-

couverte. Apparremment qu'il l'ignore; car il dit ordinairement tout ce
qu'il fait, & quelquefois même ce qu'il
ne fait pas.

C'EN eſt aſſez & plus qu'il ne faut
ſur une race auſſi maudite. Les Artifices, les fraudes, les Friponneries
des Charlatans pourroient à peine ſe
décrire toutes dans un volume, & certainement, je ne ſuis pas tenté d'en faire l'Hiſtoire; ſi j'ai placé ici quelques
Empyriques, c'eſt par la liaiſon que
j'ai cru voir entre eux & certains Medecins de Paris; qui ſont à mon avis
encore plus Charlatans, que les autres
ne ſont Medecins. Ceux qui ſeroient
curieux d'un plus grand detail à ce ſujet, le trouveront dans les propoſitions
que *Valentinus* a données ſous le nom
de mon *Heros Machiavel*, dans le *De-
cretoire des Sots* (a), & autres ouvrages critiques de la Medecine & des
Medecins.

(a) V. *la Biblioth. raiſon. Août* 1746.

CHAP.

~~~~~~

CHAP. XII.

Neceſſité de la Phyſique, de la Géometrie, &c.

L A Phyſique eſt-elle réellement ſi u-
tile à la Medecine ? Ne lui ſeroit-
elle pas au conttaire tout-à-fait étrangère ? Queſtion bien digne de la plupart des Medecins ! Ceux qui tiennent
ce langage reſſemblent à ces Arpen-
teurs, ou à ces Ingenieurs, qui n'ayant
aucun fond de Géometrie, croïent a-
voir droit de mépriſer les ſpéculations
& les Découvertes des Géomètres, qui
ne ſont encore que des Eſprits frivoles, aux yeux d'un Machiniſte par inſtinct, comme le Charlatan mépriſe
le Medecin, le Procureur rit de la ſience de l'Avocat &c. car c'eſt ainſi que
les Hommes s'entr'eſtiment.

M E P R I S E R une choſe, c'eſt presque avoüer qu'on l'ignore : ſoutenir
que la Phyſique eſt inutile à la Mede-
ci-

cine, c'est se donner, sans y prendre
garde, pour mauvais Medecin. Mais
qui le soutient? Si ce sont des Gens
qui ne sont pas Physiciens, ne pouvant
pas plus juger de la necessité de la Physique, qu'un Aveugle des couleurs,
ils n'ont point acquis le droit de se des-
honorer eux-mêmes, par le mépris
qu'ils ont pour cette sience; il leur est
impossible de decider, si elle est inutile ou non. De telles Décisions n'a-
partiennent qu'aux connoisseurs, pour
s'ériger en Juge, ou Arbitre d'une
telle matière; il faut être vraiment
Docte ou riche en expériences propres
ou acquises.

LES Medecins étoient autrefois appellés *Physiciens*, c'est-à-dire Natura-
listes, nom qu'on leur donne encore
en Angleterre, & qu'ils ont merité en
certains tems, ou par leurs lumières,
ou par des efforts qui ont surpris dans
les siècles d'ignorance, où certains vivoient.

LA Physique est la clé de la Mede-
nine: sans la Physique, on ne péné-
trera jamais dans l'Art de guérir. Le
Corps humain est un composé des E-
lé-

lémens, qui nous environnent; l'eau, l'air, la terre, le feu, les fels, les huiles entrent dans fa compofition; l'air nous anime par un reffort, qui nous eft effentiellement inconnu, quoique bien prouvé; c'eft lui qui fait & entretient le jeu perpetuel des poumons, qui preffe par un poids énorme toute la furface du Corps, qui n'en fent rien, parcequ'il eft égal; l'air intérieur réfifte à la force de l'extérieur, qui nous écraferoit fans ce contrepoids. On connoit fur-tout depuis la découverte de l'Electricité du Corps humain, ce feu inné dans notre fang & nos vaiffeaux, qui s'alume par l'action du coeur & la vibration des Artères. C'eft ce feu qui produit la chaleur, qui gangrène & fphacèle nos Corps, fous tant de formes malignes & ingénieufes à la masquer. On fait que le mélange des liqueurs & la fecrete action des folides changent les fruits de la terre & tous nos alimens en fang, en humeurs humaines, qui réparent nos pertes, nous font croître & vivre &c.

Puisque tous les Corps qui nous environnent font fi intimément liés au nô-

nôtre, dont ils prennent la nature, en
fe dépouillant de la leur, puisqu'ils
fe changent en nous & deviennent nous-
mêmes; feroit-il donc poffible de parcourir fans broncher toute la difficile
carrière d'*Hippocrate*, à moins que de
connoître toutes les expériences & les
obfervations applicables à l'Art.

MAIS qui ne fait le peu de cas que
les *Freind*, les *Boerhaave* & autres or-
nemens de notre Art, ont toujours
fait de Medecins auffi étrangers en Phyfique que *Dufaut* dans l'Hiftoire, ou
Aftruc dans la pratique de la Medecine? Qui doute encore après tout ce
que j'ai dit, quoique d'une manière i-
ronique, que toute autorité ne doive
ici ceder à la raifon? Je conviens avec
le Docteur *Marcot*, que la Medecine eft
à la verité une Phyfique particulière;
mais elle depend vifiblement de toutes
les autres, auxquelles elle eft fi étroi-
tement liée, qu'il n'eft pas poffible de
l'en feparer, fans l'arracher, pour ainfi
dire, en lambaux inutiles. Si tous les
Arts & toutes les fiences fe touchent
& fe tiennent comme par la main, jamais un Medecin ne faura la Phyfique
du

du corps de l'Homme , fans fe mettre d'abord au fait des principales expériences de la Phyfique générale. Telles font celles qui concernent l'Air, l'Eau, le Feu, la Terre, la lumière, les refforts mécaniques & autres, que *Boerhaave* a fait entrer dans fa Chymie, pour les fuppofer connuës dans fes Inftitutions, & que par conféquent Mr. *Quesnay* a été en droit de fondre dans une nouvelle forme , dans fon Traité de l'*Economie animale*.

Il n'eft pas neceffaire de s'étendre d'avantage pour prouver la neceffité de la Phyfique, dont j'ai d'ailleurs affez parlé dans cet ouvrage même, en expofant le danger des fyftèmes. Souvent les chofes, qui paroiffent les plus inutiles, n'ont qu'un ufage plus éloigné, qui fe raproche peu à peu à l'aide de nouvelles expériences. Qui eut cru, par exemple , que l'Eftricité eut été un Remède efficace pour faire marcher les Efprits arrêtés, ou engourdis? Quoiqu'on foit forcé de retrancher beaucoup dans la pratique , des connoiffances qu'on a acquifes ; qui oferoit definir le point fixe de nos Etudes, où

il

il faut s'arrêter ; le *nec plus ultra* au delà du quel la fience ceffe d'avoir aucune utilité.

PARTONS de là pour juger la Géométrie &c. par raport à la Medecine. Quoiqu'on en dife, ce n'eft qu'une fience lourde, fèche, & bornée. Si l'on ne s'y égare point, c'eft qu'on eft enclavé de manière qu'on n'y peut guères faire de faux pas. De là vient que tant d'efprits médiocres ont été conduits à la verité comme par la main, & (par un coup furprenant du fort) de la verité à la reputation & à la Fortune. Cependant cette fience n'eft vraie que dans la fpéculation, du moins par rapport à toutes les fience, qui ne lui font pas intimément liées, comme la Medecine, dans laquelle tout le Monde fait, par l'Hiftoire des Medecins Géomètres, combien fon application eft rarement jufte & fouvent fujette aux plus groffières erreurs. Et dans cette fpéculation même, quelles imaginations n'ont pas férieufement adoptées les plus grands Géomètres ? J'en ai ci-devant paffé un très grand nombre en revuë, & fi je ne craignois d'être

P   trop

trop long, j'en ajouterois encore bien d'autres. Il faut croire que les Aſtronomes ont leurs ſyſtèmes, comme les Medecins, & que tout mauvais Théoriciens qu'ils ſont, lorsqu'ils veulent pouſſer trop loin leurs raiſonnemens Géométriques, ils n'en ſont pas moins bons Aſtronomes dans la pratique, comme *Sydenham* traitoit mieux qu'on n'avoit jamais fait avant lui bien des Maladies, ſur lesquelles *Freind* & tous les connoiſſeurs conviennent qu'il raiſonnoit fort mal.

CE ſeroit ici le lieu de dire pourquoi il y a ſi peu de bons Praticiens, ſur-tout parmi les grands Théoriciens, mais c'eſt affaire remiſe pour un moment. L'article de la Géométrie n'eſt pas fini: j'y reviens, mais je ſerai court.

IL eſt évident que la Géométrie n'empêche pas les erreurs de l'Aſtronomie, de la Phyſique, & des autres ſiences, qui ont un grand rapport avec elle, & ſemblent en être comme des dependances. Eſt-il donc ſurprenant qu'étant beaucoup plus dificile à appliquer à la Medecine, elle ne l'ait infeſtée tant de fois?

LA

La Géomètrie n'étant point par elle-même liée, ni conféquemment utile à la Medecine, faut-il donc qu'un Medecin la fâche? Oüi, repond-on; fans elle on ne peut avoir l'efprit jufte.

C'est ce que je nie. *Locke*, déjà cité par d'autres (*a*) en pareille occafion, avoit l'efprit très jufte; il avoit une Géomètrie naturelle, & non l'acquife, qui ne vaut pas l'autre. Celui qui eft ainfi organifé n'a pas befoin du fil des Mathématiques, pour fuivre celui d'un raifonnement; & reciproquement, un Efprit faux ou tortu ne fe redreffera jamais par ce fecours, comme le prouve l'exemple de tant de Géomètres, gens lourds, efprits bornés, dont la Géomètrie a appefanti le génie, en l'attachant à la matière & à des fignes fenfibles, qui rendent l'ame incapable d'une certaine étendue, & fur-tout de s'élever à des fpeculations abftraites.

Calcul differentiel, calcul integral, Géométrie fublime, Analyfe, tout eft venu jufqu'ici à l'apui de l'erreur, comme de la verité; & plus fouvent

(*a*) Voltaire *Lettr. Philofoph.*

P 2

vent de l'une que de l'autre. Tout eſt venu déguiſer la dernière à des yeux prevenus ou peu éclairés, mais jamais aucune ſience ne ſe trouva ſi mal de l'alliance de la Géométrie que la Medecine. De là vient, que, comme il y a plus d'Eſprits juſtes parmi ceux qui l'ont exercée ſur des ſiences plus difficiles, moins ſteriles & plus étenduës, il me paroît qu'il n'y eut pas plus de vrais Medecins Géomètres (*a*) que de Géomètres Medecins. *Borelli*, *Bellini*, *Pitcarn* , *Sauvages* , *Bouillet* , *Aſtruc* qui ſe pique de Géométrie &c. en conſcience ſont - ce là des Medecins?

Quoique les Mathématiques n'influent pas plus ſur l'eſprit, que la Muſique ſur la voix, quoiqu'elles n'aïent fait que de mauvais Medecins & aïent introduit une foule d'erreurs en Medecine, elles ont cependant leur utilité pour ceux qui en ont beſoin; elles accoutument l'eſprit à l'évidence, & le font rejetter tout ce qui ne porte pas cet-

---

(*a*) A' moins qu'on ne veüille excepter *Boerhaave*, qui ſe mêloit de Géométrie, mais n'étoit pas profond Géomètre.

cette empreinte. C'eſt ainſi que l'Hiſtoire peut fournir des Règles de prudence à ceux, qui ne ſont pas nés pru-
dens & circonſpects; & comme il y a
plus de Medecins imprudens & étour-
dis, que de Medecins qui trouvent ob-
ſcurs ce qui eſt clair, & clair ce qui
eſt obſcur, il s'enſuit que l'Hiſtoire eſt
en général plus utile à un Medecin
que la Géométrie.

La Métaphyſique lui eſt totalement
inutile. Ce n'eſt qu'un tiſſu de raiſonnemens creux, de rêveries, qu'on devroit rayer du nombre des ſiences.
Qu'elle ſerve aux Philoſophes, comme
les armes puériles de ces jeunes Gens,
qui frequentent les ſales d'armes; qu'elle leur donne éternellement le plaiſir de la diſpute & de l'eſcrime; à la
bonne heure, j'y conſens : mais en
Medecine, où l'on ne doit s'arrêter
qu'aux expériences & aux obſervations, ſon Règne doit être entière-
ment detruit, puiſqu'enfin il eſt demontré, par le peu de ſuccès des Medecins Philoſophes, que jamais on ne
connoîtra les reſſorts, à la faveur deſ-
quels l'Ame, cette volonté ou faculté

P 3   de

de vouloir du cerveau, agit fur le corps & le Corps fur elle.

COMBIEN d'autres triftes reflexions on ne peut s'empêcher de faire fur le peu d'utilité des fiences, & même de celles qui font effentielles à la Medeci-ne; il ne faut que beaucoup d'appli-cation & peu de talens, pour devenir Anatomifte, comme Géomètre; & il eft auffi rare de voir l'un que l'autre, fi jamais on l'a vû, bon Medecin. Il en eft ainfi du Chymifte, du Botanifte, du Chirurgien &c. le premier, en-tant qu'Artifte, n'eft qu'une efpèce d'Apotiquaire diftingué; le fecond, n'a comme dit *Chirac*, que la fience de la figure & les couleurs des plantes; le troifième enfin, entant qu'il opère, n'eft également qu'un Artifte, ou un Ouvrier. Les Gens les plus groffiers peuvent exceller, comme l'expérience nous l'aprend dans toutes ces chofes.

MAIS quand le Medecin réuniroit toutes ces connoiffances au plus haut dégré, il ne feroit pas encore vraiment Medecin; comme un Général d'Armée, qui faura parfaitement la Géomètrie, les Fortifications, & tout ce qui a rapport

port à la Guerre, ne fera pas pour cé-
la grand Général, tandis qu'un autre,
qui fera fort peu favant dans cet Art,
en fera peut-être le premier dans la pratique, comme *Sydenham* femble l'avoir
prouvé en Medecine. L'Aftronomie,
la Botanique, la Chymie, la Chirurgie, la Pharmacie, l'Anatomie humai-
ne & comparée peuvent bien fournir
d'excellentes idées au Medecin fur la
méthode d'obferver, comme les meilleurs traités de l'Art de la Guerre en
donnent au Général d'Armée. Je veux
encore que la Géométrie, plus com-
patible à la Medecine qu'on ne la fuppofe, foit auffi utile & néceffaire,
qu'elle l'eft peu felon moi. Je veux
que le Medecin en tire tout le parti
poffible, ainfi que de l'Hiftoire, de
l'érudition, & enfin des belles Lettres :
Je veux en un mot que fa memoire
foit remplie d'une infinité de connois-
fances capables de former dix favans,
que fon efprit foit éclairé, foutenu,
orné de fon art & de tout ce qui lui
eft étranger. A quoi bon tant d'études & de travaux ? Il eft un Génie
de la Medecine & comme un odorat

d'*Abeilles*, c'eft-à-dire une prudence naturelle, un coup d'oeil, vanté dans ceux qui l'ont eu le moins.
Quiconque n'a pas reçu ces dons de
la Nature, ne fera jamais Medecin.
La même circonfpection, la même
prudence, la même fagacité à deter-
miner les plus grands degrés de probabilité, à faifir vîte un heureux moment qui va s'échaper, la même fience
des rapports eft néceffaire aux Medecins, aux Miniftres, aux Généraux,
Mais de fi grands talens ne s'enfeignent
point dans les Ecoles. On y dicte les
Principes & les Obfervations, fur lef-
quelles l'Art eft fondé, mais leur application, l'ufage qu'il faut faire de fes
lumières, c'eft ce dont on ne peut
être inftruit, parceque c'eft la feule
affaire du jugement & la nature n'en
donne qu'à fes Elus.

J'avois promis de faire voir la raifon, pour laquelle les grands Praticiens
font fi rares ; c'eft qu'il y a beaucoup
de favans & peu d'Hommes de génie.
Ces idées, contraires à celles de bien
des Gens, pourront revolter certains
Lecteurs, & en infpirer de nouvelles à
de

de plus beaux Génies. Mon but est
d'apprendre à penser à ceux qui en
font capables. C'est en effet la seule
veritable sience & la plus difficile de
toutes. En Philosophie elle nous enseigne à choisir parmi toutes les verités celles qui nous sont utiles, en con-
tribuant au repos & à la tranquillité
de notre esprit, & à mener en conse-
quence une vie sage, heureuse, delivrée
du fardeau des inquiétudes, ce qui
doit être le seul point de vuë d'un Homme raisonnable. En Medecine, elle
nous fait distinguer le vrai du faux,
le bon Medecin du mauvais, & nous
empêche ainsi d'être Dupes d'un Imposteur, soit en évitant des remèdes
qu'il nous conseille, soit en renonçant
sagement aux siences vaines & de pure
curiosité ou ostentation, que tant de Pe-
dans nous recommendent. O heureux
donc cent fois ceux, à qui une application assiduë à toutes les siences apprend enfin celle de penser !

P 5 CHAP.

CHAP. XIII.

Choix d'un bon Medecin.

RIEN de plus facile que d'être en
état de choisir un bon Medecin,
après tout ce qui a été dit ; car cet
ouvrage est la juste balance où chacun
peut, comme on l'a dit, peser le sien.

UN Medecin merite la confiance
d'un Malade, si dès sa plus tendre jeunesse, vers 18. ou 20. ans, après de
bonnes Humanités & un excellent
cours de Philosophie expérimentale,
sous un *Musschenbroek*, il s'est assiduë-
ment appliqué à la Medecine ; si aïant
toujours montré de l'esprit, & un bon
esprit, capable de réflechir, l'aïant
toujours cultivé, orné par les belles
Lettres, accoutumé à l'évidence par
le secours des Elemens de Géométrie,
il a d'abord étudié l'Anatomie, sous
les yeux des plus grands Maîtres ; non
dans les Livres, dont les Descriptions
s'impriment mal dans le cerveau, mais
dans

dans le cadavre & les Animaux vivans,
qui font bien la meilleure Ecole Anatomique ; & cela affidûment, pendant un
tems confiderable. Il en eft digne &
percera neceffairement la foule, s'il s'eft
meublé la tête de tous les Faits & obfervations, eparfes dans les riches monumens des Anciens ; s'il connoit toutes
les expériences, que les Modernes ont
faites en Chymie & dans toutes les autres parties de la Medecine. On doit l'e-
ftimer, & l'emploïer, s'il connoit parfaitement, les fignes caractériftiques,
qui diftinguent les maladies entre elles,
& la manière de les guérir. Sans doute un tel Medecin a toutes les qualités
requifes par *Hippocrate* & la Raifon ; &
il n'y a qu'un Infenfé, qui puiffe avoir
mauvaife opinion de qui a de l'efprit
& des Lumières. J'ai cependant vu
un Homme confiderable dans l'Etat,
& de beaucoup d'efprit, à la vuë duquel le Docteur .... avoit fauvé la vie
à fon Chef d'Office ; ce Medecin lui
deplut par fa gaïeté & des ouvrages,
qui la refpiroient ; c'en fut affez pour
le décrier & le perdre dans fon efprit :
J'aimerois mieux, dit-il, à la table

P 6   d'un

d'un riche & refpectable Partifan, la veille du jour que j'y dînai, mourir, que de me fervir d'un pareil Medecin. Tant il eft vrai que les meilleurs Efprits font fujets à des écarts.

MAIS revenons & donnons une certaine étenduë aux qualités du Medecin, que nous n'avons fait qu'abreger.

IL ne fuffit pas d'avoir du goût, des talens pour les beaux Arts, d'avoir long-tems frequenté les Beaux Efprits, ou d'être foi-même Bel-Efprit, il faut avoir exercé fon raifonnement avec des Hommes d'un plus grand difcernement, que ces Mrs. n'en ont ordinairement; Je veux dire avec de bons Philofophes, plûtot qu'avec des Géomètres, foit en converfation, foit par la lecture de leurs ouvrages. Il faut avoir puifé dans ces excellentes fources le Prefervatif des Hypothèfes, ce goût fûr, infpiré par la fageffe, qui rend l'efprit avare de conjectures, & le tient pour ainfi dire en Arrêt fur les dernières verités, connuës par obfervation. Un tel Génie folide, jufte, penetrant, ne deshonorera point la raifon par des explications hazardées, ne traite-

tera point les Malades en conſequence
des opinions, imaginées par les *Chiracs*,
les *Aſtrucs* & autres oiſifs ſpeculateurs;
lui-même ſe donnera bien garde d'a-
voir une opinion, qui ne ſoit pas dictée
par l'expérience, ou fondée ſur la plus
claire Théorie. Que reſte-t-il à faire à un jeune Docteur de la trempe de
celui-ci? Il aura beſoin de ſuivre les
meilleurs Praticiens dans les Hôpitaux,
ou chez leurs Malades; le mieux ſeroit
qu'on lui confiât à lui-même un Hopital, & qu'il y preſidât ſoigneuſement
un couple d'années; car ce peu de tems
lui ſuffiroit, après lequel les Maladies
ſeroient entre ſes mains, comme les
procès dans celles d'un bon Avocat.

ON doit être encore plus diſpoſé en
ſa faveur, ſi l'on voit qu'il n'a mena-
gé ni ſoins, ni peines, ni argent, pour
voïager, s'inſtruire, & écouter les
plus excellens Profeſſeurs; s'il a donné
quelques ouvrages, dans leſquels il a
ſû réunir les obſervation des Anciens
aux Découvertes modernes, que les
Connoiſſeurs eſtiment, pleins de génie
pour la Medecine; & enfin s'il s'eſt
montré Homme de jugement, com-

me

me le Medecin doit l'être, dans les cas embarraffans, qui en exigeoient le plus.

Il ne fuffit pas de connoître toutes les drogues de *Geoffroy*, toutes les Plantes des Frères *Juffieux*, de les favoir diftinguer par tous les Syftèmes de *Tournefort*, de *Vaillant*, de *Linæus*, de *van Royen* &c.; il ne fuffit pas d'être Phyficien, comme l'eftimable & illuftre Medecin *le Monier*, Chymifte comme *Gaubius*, *Cramer*, *Boerhaave*, *Homberg* & *Staahl*, Anatomifte comme *Duverney*, *Winflow*, *Hunauld* ou *Albinus*, au fait de la Chirurgie la plus profonde, comme *Boerhaave & Quesnay*; de la Méchanique, comme *Borelli*, de la Géométrie la mieux appliquée à la Medecine; celui qui pourroit raffembler toutes ces fiences, pafferoit à jufte titre pour un très Savant Medecin; mais non pour un excellent Praticien. Il faut joindre l'expérience à tant de Théorie, & avoir acquis au lit des Malades l'habitude de faire ufage de ce qu'on fait. Cette habitude, qui n'eft qu'une routine méprifable dans la plûpart des Medecins, eft un tiffu
d'ex-

d'expériences folides dans un Homme éclairé, qui a du Génie.

Que vous ferviroit de favoir que le corps humain eft compofé de folides & de fluides ; que les folides ou les vaiffeaux qui contiennent les Liqueurs, font trop forts ou trop foibles, trop lâches ou trop ferrés, fans reffort ou trop élaftiques, roides, inflexibles ; qu'en conféquence de fes vices vafculeux, il s'en forme une infinité d'autres dans les humeurs, felon qu'elles croupiffent, galopent, circulent trop vîte ou trop foiblement ; que de là le fang eft trop épais, trop compact, trop fluide, aqueux & comme diffous, jufqu'à colorer à peine l'eau ? A quoi bon favoir quelles font les autres dégénérations fpontanées des liquides du corps humain, leur acidité, leur acéfcence, leur alcalefcence, leur acreur, & autres diverfes acrimonies que le feul Medecin Chymifte peut diftinguer ? Que vous ferviroit de connoître cette foule innombrable de Maladies, qui dérivent fi évidemment du fyftème dérangé des vaiffeaux & de leur fluide ; cette immenfité de ramaux

qui

qui partent d'une même branche, de branches qui viennent d'un même tronc, qu'il fuffit d'arracher pour tout déraciner à la fois?

Comme il faut qu'un Botanifte fache connoître les Plantes au premier coup d'oeil, ailleurs que dans fon jardin, fans quoi toutes fes Herborifations feroient inutiles, il faut qu'un Medecin fache raifonner & diftinguer toutes les Maladies ailleurs que dans les Livres de l'Art, c'eft-à-dire, qu'il doit être en état de faire une fage & jufte application de tous les Preceptes & de toutes les Obfervations des plus grands Maîtres, au lit des Malades, fans quoi il les vifiteroit vainement, & il les tuëroit même au lieu de leur rendre la fanté & la vie. Or c'eft ici le point effentiel, & la Bafe fondamentale de la Medecine & du Medecin. Quiconque ne fe connoît point en Phyfionomie de Malade ou de Maladie, de Mourant

(*a*) Il faut fe connoître en fyncopes, en Lethargies &c. pour ne pas enterrer les gens avant leur mort, comme il eft fouvent arrivé, j'ajouterai aux Hiftoires, que *Brubier* à recueillies, celle d'un Soldat enterré militairement à *Stras-*

rant ou de Mort (*a*) ; quiconque ne peut prevoir dans un grand nombre de cas bien marqués les événemens finiſtres ou favorables, en un mot qui n'a point de Génie, j'entends celui de l'Art (car on naît Medecin comme Poëte) eſt mal appellé à la Medecine. Jamais en effet, quelque profeſſion que ce ſoit a-t-elle demandé une ſi heureuſe orga-niſation, un coup d'oeil ſi vif & ſi perçant. Il faut ici que l'eſprit ait le tact auſſi fin que les doigts. Mais l'in-terêt de cette matière fait que j'y re-viendrai.

Quoi parce qu'à un certain âge, où on n'a pas encore de pratique, ou du moins que fort peu, on n'a point encore ſoi-même fait aſſez d'expérien-ces & d'obſervations, faudra-t-il pour cela rebuter un jeune Homme, qui a du génie & des talens, qui n'attendent que l'occaſion de germer ? Non cer-tes ; c'eſt aux Gens en place, à ceux

qui

Strasbourg ſur ſes camarades, & qui pour reſ-fuſciter durant la nuit, ne fit que lever la poignée de terre, qu'on lui avoit jettée ſur le corps, & fut retrouver ſon lit, comme les Medecins de l'Hopital de Strasbourg me l'ont affirmé, il y a 3 ans.

qui tiennent les *Resnes*, à nos Miniftres, d'emploïer, de foutenir, d'en-
courager un tel fujet ; le bien qu'on
lui fera rejaillira fur la Patrie. Qu'on
le protége lui & tous fes femblables,
& la Medecine Françoife, fortant de
l'oprobre & du mépris où elle eft,
pourra enfin s'illuftrer. Plus on a de
mérite, plus communément on eft ti-
mide & modefte, moins on ofe fe montrer ; c'eft aux Praticiens confommés
à tirer de l'obfcurité qui n'eft pas fait
pour y refter, à ne pas laiffer croupir
le génie dans une terre ingrate : il y
contracte la roüille faute d'exercice,
comme un Metal expofé au grand air.

P o u r q u o i, jeunes Docteurs, êtes-
vous fi triftes & fi defolés ? Les plus
ignorans, dites vous, les plus fots
moiffonnent dans le champ d'Efculape, & vous n'y trouvez pas à gla-
ner, parce qu'on dit que vous n'avez
pas d'expérience. Ce prejugé contre
les Medecins vous eft mortel. Ah! fi
vous êtes veritablement verfés dans
toutes les parties de votre art ; fi l'expérience eft tout ce qui vous manque,
je vous dirai à peu près ce que *Fonte-*
nelle

nelle dit à fa Marquife dans la pluralité
des Mondes : je vous tiens heureux
par la facilité que vous avez de l'acquérir, puisqu'enfin vous avez celle de
tous les fiècles, riche d'un fond auffi
inépuifable, au fait de toutes les obfervations des plus grands Medecins,
qui vous ont precedé, avec le jugement que vous montrez, pouvez-vous
tarder de percer la foule, & d'éclipfer tous ceux qui vous dedaignent aujourd'hui ? L'expérience de 3000. ans
ne vaut-elle donc pas cellé, que peut
avoir un Homme d'un efprit borné,
qui n'a ni lû ni étudié ? Et quel pauvre bien que celui qu'un feul Homme,
depourvu d'induftrie, peut gagner vis-
à-vis d'un auffi magnifique Héritage ?
fur-tout lorfqu'on fait reflexion, qu'un
feul inftant decouvre au Genie ce que
20. ans de *Valetage* Hippocratique n'a-
prennent point à un Docteur à moitié
imbécille. Tel eft le danger des Pre-
jugés, qu'on ne peut trop revenir à la
charge contre eux.

LE caractère du bon Medecin une
fois connu, rien de plus facile à difcerner que celui du mauvais. Si l'on doit
don-

donner fa confiance & fon eftime à un
Medecin qui a des lumières, de l'efprit
& du Zèle dans fa profeffion ; par la
raifon contraire on méprifera un Medecin ignorant, fans génie, diffipé,
qui fuit l'occafion de s'entretenir avec
les Maîtres de l'Art, & ces Maîtres
mêmes, dans le goût du Miribolan de
Molière. On ne fe fervira point d'un
Débauché, incapable d'allier l'étude
au plaifir ou à la volupté des honnêtes
Gens, d'un Homme qui eft un Pilier
de fpectacles, qui ne manque point
d'Operas, de Comédies, de Concerts,
qui paffant la nuit au Bal, s'eft mis
hors d'état de donner le landemain l'attention neceffaire à fes Malades. On
rejettera un Docteur, qui fait l'homme
à bonnes fortunes, qui les pourfuit &
donne tout fon tems aux intrigues d'a-
mour, qui fait des vers, tranche du
Bel-Efprit, qui n'eft appliqué qu'à
lire ou à faire des ouvrages de goût &
d'agrément, (à moins qu'il n'en faffe
pour fe delaffer d'autres plus ferieux,
liberté que prennent tous les Medecins
étrangers, quand bon leur femble,
fans en effuyer jamais de reproches).
On

On refusera son suffrage sur-tout à ces Litterateurs curieux, qui, sans goût pour leur profession, sont uniquement appliqués à toute autre chose; enfin à ceux qui se mocquent impudemment de la Medecine & n'y croïent point.

UN Medecin qui se vante à tout l'Univers, est un ignorant presomptueux; celui qui passe la moitié du jour dans son Lit est un esprit indolent, qui se soucie peu d'être habile, à moins qu'il n'aprenne plus de choses en dormant, qu'un autre en veillant, comme *Ferrein* le disoit à *Fizes*. Un Docteur qui aime plus la table ou l'argent du Malade que lui - même, est un mauvais *Citoïen*, à qui la principale partie du Medecin manque, l'humanité. Un Medecin qui montant chez un Malade est obligé de se faire soutenir dans l'escalier par les Filles de joye, qui l'y accompagnent, n'est qu'un Ivrogne qu'il faut renvoïer à la Taverne. S'il n'a ni esprit ni Latinité, ni Litterature, c'est, comme je l'ai dit, la lie ou l'excrément de l'Art. S'il a commencé trop tard de s'appliquer serieusement à la Medecine, il ne peut la savoir. Il faut donc
s'in-

s'informer de ce fait, lorsqu'un Medecin vient s'établir à un certain age, comme 45. ou 50. ans, dans le fond d'une Province, qui pourroit être immolée à sa prétenduë expérience, & à cette gravité qui ne rit jamais, comme pour tenir le jugement d'autrui en respect. Il falloit que *Boerhaave* eut beaucoup de génie pour avoir embraſſé avec tant de ſuccès toutes les parties d'une profeſſion ſi difficile, à laquelle il ne s'étoit pas devoué d'abord.

Qu e voulez-vous de plus ? Cette pierre de touche ne vous ſuffit-elle pas ? Appellez les connoiſſeurs. Liez votre Medecine avec eux; conſultez les d'abord pour ſavoir s'ils méritent de l'être. Combien de Docteurs n'ont que l'écorce de Medecin, & encore quelle écorce! Qui miſe & fonduë, pour ainſi dire, au creuſet de la Reflexion, ou expoſée à l'examen d'un Homme penetrant, s'évapore preſque toute entière.

Telle eſt en Medecine la juſte diſtinction de la fauſſe & veritable monnoie. Ceux qui voudront un plus grand nombre de *Signes*, pour ne pas s'y méprendre, trouveront d'autres apho-

aphorismes dans le *Chirurgien de Rouen*, dans lesquels la *Forêt*, *Erofiatre* &c. font peints au naturel en très peu de mots.

CHAP. XIV.

Caractère du grand Medecin François.

Ah! paroiſſez! O vous, à qui le plus beau Génie a ouvert les vraies routes de la Philoſophie & de la Medecine! Vous, qui avez reçu du plus grand des Rois la recompenſe la plus flateuſe (*a*), pour avoir en quelque ſorte ſauvé la France, avec le Turenne de nos jours; rival de *Celſe*, de *Freind* par le Stile, l'érudition, la beauté & la juſteſſe de l'eſprit; *Rival d'Hippocrate*, d'*Aretée*, de *Lommius* & de *Sydenham*, dans l'Art d'obſerver; *Rival* d'un Homme ſuperieur à tous ceux-là,

qui

(*a*) L'honneur d'être Medecin conſultant du Roi avec 10000 ₶. de penſion.

qui vous a reciproquement tant eſtimé
vous & vos ouvrages, qu'il prétendoit
que la Nature avoit reſervé de vous
reveler l'action du Diaphragme, comme à *Newton* les Loix de la lumière &
des couleurs! C'eſt vous, illuſtre Ami,
que j'entreprens de peindre ici; *Rival*
du Grand *Boerhaave* dans la ſience des
Langues, de l'Anatomie, de la Chymie & de la Botanique, de la Phyſique expérimentale, des Mathématiques, de la belle Litterature, en un
mot par cette variété de profondes
Connoiſſances, qui embraſſent tout a-
vec une facilité qui étonne les plus ſavans Hommes. Paroiſſez, ſortez de
ces vaſtes Hopitaux (a), qui depuis
plus de 20. ans ont été votre Ecole:
quitter les Cadavres qui ont été vos
Maîtres (Maîtres trop dedaignés par
nos Confrères) pour être le nôtre à
votre tour. Repondez, que tardez-
vous de repondre à l'empreſſement
d'un Monde, qui s'aprête à vous recevoir avec joye, des mains des ſavans,
comme un bienfait du Ciel; Montrez-
vous

(a) Politique des hopitaux.

vous enfin, & que le Public connoiſſe le grand Medecin dont je parle.

MAIS ce n'eſt point aſſez pour un Homme tel que vous, de ſervir l'état durant la vie: quel avantage auroient les Genies au-deſſus des Eſprits médiocres, ſi tout leur mérite periſſoit avec eux? L'Art ſeroit privé de ſes plus fermes Colonnes. L'Angleterre, la Hollande, la Grèce n'auroient produits aujourd'hui aucun ſujet utile à l'Art. Vous même, cher Senac, ſans vos Ecrits, ce grand ſceau d'une reputation juſtement acquiſe, mourriez tout entier, comme *Molin*, ſi ce n'eſt peut-être que l'Hiſtoire de *Loüis* & de ſon *Héros* ne pourroit guères ſe dispenſer de vous faire partager leur immortalité: au lieu qu'en nous communiquant vos lumières, & nous laiſſant la continuation des Reformes, que de votre aveu *Boerhaave* a faites à la Medecine, Emule de votre Maître & du Protecteur de ſon Empire, vous joüerez dans l'Hiſtoire de la Medecine un auſſi grand Rôle, qu'eux dans celle de France.

QUAND verrai-je paroître avec la Paix favorable aux Beaux Arts, ces

Q   Ou-

Ouvrages immortels fur les Maladies
du coeur, & fur tout ce qu'il y a de
plus certain dans l'Art ? Satisfaites,
en les publiant promptement l'impa-
tience de tous les favans Medecins de
l'Europe , & demontrez par là, qu'il
eſt encore, malgré tout ce que j'ai
dit, une Medécine & même de vrais
Medecins.

P A R O I S S E Z encore une fois pour
abatre toutes les têtes, chaque jour re-
naiſſantes, de l'Hidre trop bien reçu, qui
infecte & ravage tous nos champs.
Marchez, cet honneur vous eſt dû ,
puiſqu'à force d'interroger la Nature,
& de lire les ouvrages de nos Obſer-
vateurs, vous avez ſû vous faire le
plus riche fond de Recherches & de
verités tant propres qu'étrangères ;
marchez à la tête de *Fernel* & de *Duret*,
comme *Boerhaave* s'eſt placé entre *Hip-*
pocrate & *Galien*, pour les éclairer.

M A I S ce qui ne nous intereſſe pas
moins, dites nous, dites par quel Art,
quelle conduite, ou quel bonheur (car
il en faut par-tout) un Medecin a fait
enfin une fortune irréprochable ; dites
comment fans intrigue, fans cabale,

fans

fans place éminente, donnée par la faveur, comme celle qu'obtint *Chirac*, obſcurément caché dans votre Cabinet & vos Hôpitaux, vous avez ſi vîte, avec d'auſſi grands obſtacles que la Modeſtie jointe au mérite, percé la foule de vos Concurrens & de vos Ennemis, & laiſſé tous les Medecins François etonnés ſi loin derrière vous : Dites comment on parvient, lorsqu'on aime autant la verité, qu'on deteſte le menſonge, quand on ne porte au lit des malades, que des ſentimens trop rares d'humanité, de candeur & de bonne foi ; quand deſintereſſé, généreux, charitable, on ne brûle que de les ſoulager. En effet, Nouveau Teray, vous avez deteſté, dès votre tendre jeuneſſe, les haines mutuelles des Medecins & leurs Guerres inteſtines. Sans jalouſie, ſans eſprit de parti, faché de l'exciter, reconnoiſſant, diſcret, impénétrable, d'un commerce auſſi ſûr qu'aimable, conſidérant le ſavoir & la probité par-tout où ils ſe trouvent ; aucun fiel n'empoiſonna jamais votre plume. Elle n'a point trempé dans ces odieux & téméraires com-

plots

plots d'une ambitieuſe Faculté contre
des Gens utiles à l'Etat , comme reciproquement elle n'a plus ſervi ceux-ci que
la mienne même, contre nos communs
Confrères.　Second Linacre , Modèle
vivant des Medecins , vous vous diſtin-
guez à ſon exemple par les plus grands
ſuccès dans l'art de guérir , & comme
lui vous avez merité non ſeulement la
confiance des Grands & d'un Maitre
connoiſſeur en mérite , mais l'amitié ,
l'eſtime , la conſideration & le reſpect
de tous les honnêtes Gens: deſorte que
par la même raiſon , que l'illuſtre *Freind*
trouve dignes d'admiration ceux qui
en ſont penetrés pour le Medecin de
Henri VIII., je me croirois peu de jugement & peu digne de vôtre bienveillance , ſi je ne vous eſtimois ſin-
cèrement , autant que je fais peu de
cas de la plûpart des autres Medecins.

　　LES ſentimens de mon coeur ne
m'abuſent point ici, leur pinceau ſeroit plus flateur; c'eſt mon eſprit ſeul
qui vous peint, & je ne veux que vous
même, depouillé , s'il ſe peut , de l'excès de votre modeſtie , pour Garant
de ma franchiſe. Mais tout le Monde
ſait.

fait que quiconque a du mérite eſt ſûr
de trouver chez vous plus un Ami qu'un
Protecteur ; & que vous ſoutenez de
votre crédit celui que vous en trouvez
digne. Mais malheur à ces Eſprits
hautains, Ignorans Deſpotiques ; qu'ils
s'attendent à trembler, à ramper devant
vous. Malheur ſur-tout à ces coeurs
faux & corrompus, qui auront la baſ-
ſeſſe de vous donner des Eloges, de-
mentis par de ſourdes manoeuvres, dé-
favoués par des ſentimens encore plus
bas.

* * * * * * * * * * * * * * * * * * *

CONCLUSION.

VOILÀ le pour & le contre des
Medecins & de leur Art ; juſqu'à
quel point les uns ſont utiles ou dangereux, Charlatans ou Honnêtes Gens,
& l'autre certain & neceſſaire ; voilà
quel eſt le degré du mérite de chaque
partie de la Medecine & de ceux qui
y excèlent ; le cas qu'on doit faire de
tout ce qui a raport à cette ſience,

ſui-

fuivant que ce raport eft plus ou moins
proche ou eloigné : ou felon que les
études auxquelles on fe dévoüe, font
plus, ou moins compatibles à la nôtre; Telle eft la fupériorité du Génie
fur le favoir confus des Pédans; du vrai
favoir fur le bel efprit; de la Probité
fur le Manége & l'intrigue : Enfin j'ai
expofé, ce me femble, tous les moïens
de diftinguer les Medecins entr'eux,
pour qu'on ne foit point la dupe de
ces docteurs, foit en les eftimant trop,
ou trop peu.

Il paroît qu'on réuffit mieux par
la voie la plus batüe celle du *Machiavélisme*, que par celle-ci, qui lui eft
directement oppofée. Mais fripon dans
l'une, on eft Honnéte-Homme dans
l'autre, la feule digne de quiconque a
les moindres fentimens d'humanité &
d'Honneur. Non, je ne pourfuivrai
point un bien, qu'on ne peut atteindre
que par les plus vils ftratagêmes & les
plus odieufes manoeuvres. Si la porte
de la Fortune m'eft fermée, en ne
cherchant point à fupplanter mes confrères, en difant toujours la vérité,
celle même qui pourroit le plus nuire

à

à ma profperité, & m'enlever la credulité & la Confiance de bien des Malades &c. J'aurai du moins la douce
fatisfaction d'avoir auffi ma Confcience
fermée à ces remords, qui font la
première & la plus jufte punition des
crimes.

CES fentimens font de tous les états,
de tous les coeurs vertueux. " La vraie
„ fineffe, dit une célèbre fage-femme
„ à fa fille (a) eft de n'être point fi-
„ ne . . . . quand vous aurez fait vo-
„ tre charge felon Dieu, mocquez-vous
„ de tout ce qu'on pourra dire. Vo-
„ tre confcience eft un fort rempart:
„ il faut faire toutes chofes pour le
„ mieux, & en bien faifant ne rien
„ craindre . . . . . quelques fubtilités
„ que le Menfonge ait pu apporter
„ contre la vérité, elle eft enfin tou-
„ jours demeurée victorieufe.

Sic te Diva Potens Cypri, &c,
Sic Fratres Helenæ, Lucida Sydera,
Ventorumque regat Pater.

(a) *Louife Bourgeois*, dite *Bourfier*, qui
écrit fur les accouchemens.

AU RELIEUR.

Quoique la reclame de la Feuille F, qui a pour Titre courant *Inutilité &c.* soit PAR- , il faut cependant immédiatement y faire succeder la Feuille * A &c; * K finissant le prémier Tome de cet Ouvrage.